Meurtres cousus main

De la même auteure

Scalpées dans la Baie, une enquête de Laura Claes, Pocket, mai 2025

Les Disparus de Tatihou, une enquête de Laura Claes, Pocket, mai 2025

À paraître :

Momies, une enquête de Laura Claes, Pocket, juillet 2025

Un petit souvenir de toi, une enquête de Laura Claes, Pocket, juillet 2025

NADINE MOUSSELET

MEURTRES COUSUS MAIN

Une enquête de Laura Claes

XO EDITIONS

ISBN : 978-2-37448-890-5

La beauté commence
au moment où vous décidez d'être vous-même.

COCO CHANEL

À Daniel, Stefan, Mikaël et Vinciane

Prologue

Lundi 10 juin

Léonie, quinze ans, était radieuse. Elle avait obtenu, avec un petit coup de pouce de son oncle, conseiller municipal, la possibilité d'effectuer son stage obligatoire de troisième auprès des forces de l'ordre. Depuis toujours, c'était son rêve. Secourir les gens et arrêter les méchants. La gendarmerie de Caucriauville aurait été l'idéal pour elle, tout près de son domicile, mais, pour diverses raisons, cela lui avait été refusé. En revanche, elle avait été admise à l'hôtel de police du centre-ville. En ce matin du 10 juin, elle était réveillée bien avant que son téléphone ne se mette à vibrer pour lui indiquer l'heure de se lever. Elle s'était habillée comme on le lui avait recommandé, jupe bleu marine et chemisier blanc. Pour le haut, elle se contenterait de sa doudoune habituelle, n'ayant pas de blazer bleu. Le rose fluo gâchait un peu l'effet sérieux qu'elle souhaitait produire, mais sa mère avait refusé catégoriquement d'investir dans une veste.

— Tu vas la mettre quinze jours, puis tu n'en voudras plus ! avait-elle argumenté.

Ce n'était pas faux, mais, quand même, Léonie avait quelques regrets. Un blazer aurait été plus professionnel, et elle tenait beaucoup à faire bonne impression.

À 7 heures, elle prit le tram à la station Atrium, tout près du collège Eugène-Varlin, où elle était scolarisée. Vingt minutes plus tard, elle descendait à Palais-de-Justice. Elle inspira fort en posant le pied sur le trottoir du boulevard de Strasbourg. Elle devait parcourir encore une bonne centaine de mètres pour arriver à l'hôtel de police.

En passant devant l'ancienne gendarmerie, située à quelques encablures du commissariat, elle comprit qu'il n'y aurait pas de gendarmerie de sitôt en centre-ville. Le bâtiment blanc protégé par de hautes grilles en fer forgé noir n'était pas en très bon état. Les murs étaient lépreux et des herbes folles poussaient entre les pavés des allées menant à l'entrée. Un panneau fixé près de la porte fermée par un rideau métallique annonçait *Rénovation des bâtiments publics*. De toute évidence, plus personne ne travaillait ici depuis longtemps.

Elle n'eut que quelques pas à faire, une ruelle à traverser, pour se trouver devant l'hôtel de police. Elle marqua un temps d'arrêt devant l'immeuble austère. Ici, tout était gris. Métal et béton se disputaient la place sans qu'on sache vraiment qui avait gagné. Quelques hautes fenêtres formaient l'angle, laissant apercevoir des coursives intérieures. Plus haut, d'étroites ouvertures lui firent penser à des meurtrières. Elle imagina des bureaux sombres où le néon était roi. À l'arrière, formant un bloc, une autre construction accueillait sans doute les familles des fonctionnaires. Garnie de balcons ou de loggias et de quelques portes-fenêtres, elle donnait sur une cour intérieure. Pour Léonie, qui aimait la nature et les espaces verts, cet ensemble évoquait déjà un manque de liberté.

Comme elle était un peu en avance, elle longea le bâtiment principal. Il était recouvert de plaques de métal percées de trous minuscules et de volets d'aération. Le tout avait de l'âge et présentait de larges taches de rouille. Tout au bout, toujours protégé par une grande porte métallique, se trouvait ce qu'elle estima être le garage.

Elle éprouva un peu d'appréhension. Elle n'aurait pas aimé être un suspect amené dans cet endroit lugubre. En soi, cela avait déjà l'air d'une prison.

Elle jeta un coup d'œil à son téléphone. 7 h 50. Il était temps d'y aller. Elle envoya quand même un SMS, laconique mais suffisant, à sa mère pour la rassurer. *Bien arrivée*, suivi d'un petit cœur rouge.

Elle appuya sur le bouton d'entrée, relié à un interphone et une caméra.

Un bourdonnement déclencha l'ouverture et elle se retrouva dans un vaste hall. Derrière un comptoir, une femme en uniforme la dévisagea avec une pointe d'inquiétude dans le regard :

— Bonjour. Tu as des problèmes ?

— Oh non ! Je viens pour mon stage de troisième. J'ai rendez-vous avec le capitaine Delaunay.

— Tu veux faire carrière dans la police ? demanda la policière, souriante, adoptant définitivement le tutoiement étant donné le jeune âge de son interlocutrice.

— J'aimerais bien.

— Assieds-toi un instant, proposa la policière en lui désignant des chaises en plastique scellées dans le mur. Je le préviens.

— Merci, madame.

Elle dut s'armer de patience. Le capitaine ne la fit appeler qu'une bonne demi-heure plus tard.

— Vas-y, c'est au deuxième étage. Prends l'escalier à gauche. C'est la troisième porte à droite.

Léonie s'exécuta, un peu nerveuse quand même. Elle allait entrer dans le saint des saints, inaccessible à son âge à moins d'être un délinquant.

La porte était ouverte sur un bureau encombré de dossiers débordant de papiers de différentes couleurs.

— Entrez, jeune fille ! lança la voix bourrue d'un homme dont elle ne voyait que le dos.

Il se retourna. La quarantaine, les traits burinés des amateurs de bateau, les yeux noisette assortis à sa veste en tweed et à son pantalon en velours côtelé, il la dévisagea l'air curieux.

— Alors, vous êtes Léonie Langlois ?

— Oui, monsieur.

— Ici, on dit « capitaine » !

— Pardon. Oui, mon capitaine.

— « Capitaine » tout court. On n'est pas sur un bateau ! Sortez, maintenant, mettez-vous dans l'encadrement de la porte et tournez-moi le dos.

Léonie hésita, pas certaine d'avoir bien compris. Était-elle déjà virée ? Cependant, elle s'exécuta.

— Stop ! Très bien. Sans me regarder, répondez à mes questions de façon audible. Quelle est la couleur de ma veste ?

Déstabilisée, Léonie bégaya :

— Euh... Bei... beige foncé.

— Y a-t-il une lampe sur mon bureau ?

— ... Je ne crois pas.

— Oui ou non ?

— Non. Un ordinateur, mais pas de lampe et beaucoup de dossiers.

— Je bois du café ou du thé ?

Ce type est fou, pensa Léonie tout en cherchant à se focaliser sur ce qu'elle avait vu. Un mug. Mais qu'y avait-il dedans ? Comment pouvait-elle le savoir ? Elle se concentra, huma l'atmosphère. Cette odeur... et puis un flic ne devait pas boire du thé !

— Du café.

— Très bien, vous pouvez entrer.

Elle obéit avec l'impression d'être une biche pénétrant dans la cage du lion. Jamais elle ne s'était sentie aussi petite. Son caractère fort reprit le dessus. Elle se redressa, tête haute, torse bombé.

Le capitaine Delaunay la dévisagea longuement, puis :

— C'est bien. Un bon flic doit avoir le sens de l'observation. Ce n'est pas mal, mais ça s'affine. Cela vous mènera à l'instinct, celui qui vous mettra peut-être sur la piste de suspects. Bien, au boulot. Être flic, c'est aussi beaucoup de paperasse. Nous allons commencer par là. Premièrement, vous allez trier le courrier, dit-il en montrant du menton une bannette bleue débordante d'enveloppes de tous les formats. Tout ce qui est pub, classement vertical.

— Euh…

— À la poubelle, si vous préférez. Les autres, des piles par noms. Quand ce sera fait, vous irez les distribuer dans les bureaux. Les noms sont sur les portes.

Son téléphone sonna.

— Delaunay.

Il écouta et son visage se crispa.

— J'arrive.

Se tournant vers Léonie :

— Je dois partir. Un homicide.

— Un meurtre ?

Un frisson lui parcourut l'échine. Cela commençait fort.

— Cherchez déjà la différence entre meurtre et assassinat dans un dictionnaire. Inutile de vous dire que je ne vous emmène pas sur le terrain. Vous êtes trop jeune et je n'ai pas envie de vous voir tourner de l'œil. Vous restez ici. Vous pouvez vous asseoir à mon bureau… pour le moment.

Là-dessus il disparut dans le couloir, appelant d'une voix de stentor :

— Durant, Dubreuil, on y va ! Un homicide signalé au Volcan.

Léonie soupira. Elle aurait bien aimé les accompagner. Si elle devait passer quinze jours à trier des papiers, cela n'aurait rien de drôle.

Elle s'installa au bureau et pendant un instant se prit pour le chef de brigade. Trop cool !

Elle classa le courrier, comme on le lui avait ordonné. Une heure plus tard, elle tomba sur une enveloppe blanche non cachetée. Se demandant ce qu'elle devait en faire, elle souleva le rabat. C'était sans doute une pub. Elle aperçut un papier bleu, blanc et rose. Elle le tira précautionneusement. Il s'agissait d'une carte touristique et d'un plan de la ville. C'était marqué dessus. Un de ceux que les offices du tourisme offrent aux visiteurs. Elle hésita. Pour être certaine qu'il n'y avait rien d'autre à l'intérieur, elle le déplia. Rien. Havraise de souche, elle reconnut les lieux. Soudain, un détail attira son attention. Une pastille rouge était collée à un endroit précis. Entre le bassin du Commerce et un point signalé par un 7 bien visible. Elle chercha une légende, tout en connaissant déjà la réponse. Les numéros ne correspondaient pas à une légende, mais à des photos du dépliant. Le 7, c'était le Volcan, le surnom de la Scène nationale. Sur ce plan, il y avait peu de noms de rues, mais elle visualisait très bien l'endroit. Et c'était là qu'avait eu lieu un homicide !

Excitée, sûre de détenir un indice important, elle rangea le plan précieusement.

Il ne lui restait plus qu'à prévenir le capitaine Delaunay.

De toute urgence.

1

Jeudi 20 juin

Après dix ans d'expérience en tant que psychocriminologue, j'avais fait une demande de stage à Quantico. Enfin, le ministère de l'Intérieur, dont je dépendais, y avait répondu positivement !

Nous connaissons tous le nom de cette académie, où l'on forme l'élite des agences spéciales américaines. Situé en Virginie, identifié par la ville où il se trouve, le camp d'entraînement, qui s'étend sur une parcelle boisée de mille six cents mètres carrés, ne reçoit que très peu d'agents étrangers. Pour l'intégrer, il faut avoir fait ses preuves, être avide de s'améliorer dans sa branche et être recommandé par son autorité de tutelle dans le cadre d'une coopération policière internationale. J'y terminais un stage de vingt et une semaines, autrement dit un peu plus de cinq mois, et avais hâte de retrouver mon homme et de passer du hot dog au jambon-beurre.

En France, je travaillais en équipe avec un commandant de police, Fred Jumet, et un major de gendarmerie, Joël Bricart, qui, eux, avaient toutes les capacités physiques pour faire face à n'importe quelle situation sur le terrain. Ici, j'étais seule et, si je voulais obtenir le diplôme tant convoité de l'académie, la psychologie et le profiling ne suffiraient pas. Il me faudrait aller au-delà de mes facultés habituelles. Natation, jogging, athlétisme, musculation faisaient partie du programme, et un échec dans n'importe laquelle de ces disciplines équivaudrait à l'élimination. Bien entendu, le tir était une session majeure de l'entraînement. Là, je me débrouillais plutôt pas mal avec mon Glock, qui m'avait déjà sauvé la mise à plusieurs reprises.

J'avais aussi de bonnes notions de médecine légale et de préservation de scènes de crimes grâce à mes collègues de la PTS[1] et au docteur Jean Lambert, légiste expert devenu un ami au fil des enquêtes. Une autre corde à mon arc était ma capacité à interroger les suspects, les différentes techniques d'interrogatoire faisant partie de mon quotidien.

Deux jours plus tôt, le mardi 18 juin, j'avais passé les épreuves de tir et n'étais pas peu fière de mon résultat. Pas une balle ennemie ne m'avait atteinte, et j'avais « descendu » deux terroristes et un kidnappeur d'enfant. Jumet aurait été content de moi !

Aujourd'hui, jeudi, l'épreuve du jour me tétanisait : six miles, soit presque dix kilomètres, à courir en forêt sur un parcours truffé d'obstacles. Mes collègues avaient misé sur moi, mon ministère aussi. En

1. Police technique et scientifique.

dehors de mon amour-propre, qui en prendrait un coup en cas d'échec, je ne pouvais pas décevoir tous ces gens qui avaient investi confiance et finances dans ce stage.

L'épreuve fut difficile et, lorsque je passai enfin la ligne d'arrivée, je tenais plus du chamallow fondu que de la vaillante enquêtrice !

Qu'importe ! J'avais réussi.

Je reprenais à peine mon souffle lorsque deux rangers se présentèrent à ma hauteur.

— *Enough playing ! You are expected at the commander's. Right now !*[1]

— Dans cet état ? demandai-je en cherchant mes mots, saoulée de fatigue, et en reluquant mes vêtements trempés d'eau et de sueur, sans compter les taches de boue et la poussière collée sur ma peau et dans mes cheveux.

— *Immediately !*

Un MP, policier militaire, m'attendait. Il me fit monter dans une Jeep kaki qui me ramena, sans ménagement pour mes courbatures, au centre de stage. Il me fallut franchir un contrôle avant de pouvoir me présenter à la porte du commandant. Je frappai discrètement puis, en l'absence de réponse, un peu plus fort.

— *Come in !*

Je m'exécutai et effectuai le salut requis.

— Stagiaire Laura Claes…

1. « Assez joué ! Vous êtes attendue chez le commandant. Tout de suite ! »

— C'est bon, je sais qui vous êtes, répondit-il dans un français impeccable. Votre épreuve s'est-elle bien passée ? demanda-t-il en m'examinant de haut en bas, un léger sourire sur les lèvres.

— Aussi bien que possible, commandant.

— Tant mieux, parce que vous nous quittez.

— Mais... osai-je.

Il me lança un regard qui me cloua le bec. De toute façon, s'il avait décidé de me virer, aucun argument ne le ferait changer d'avis.

— Le stage se termine, et vous avez été à la hauteur. Je n'ai pas encore le résultat du jour. Avez-vous franchi tous les obstacles ?

— Oui, commandant.

— Très bien. Donc, en principe, sauf avis contraire de vos instructeurs, vous devriez être reçue.

Pour le coup, je retrouvai un peu d'énergie.

— Vous ne pourrez pas être là pour la remise des diplômes et je le regrette, mais votre chef en France, le commandant...

Il parcourut un papier :

— Le commandant Jumet demande votre rapatriement immédiat. Il semblerait qu'un meurtre particulièrement tordu ait eu lieu... attendez... à... Le Havre. Il a besoin de vous et, comme vous avez terminé le stage, on vous renvoie chez vous. Je compte que, dans cette affaire, vous saurez mettre à profit ce que vous avez appris ici ! Ma secrétaire vous indiquera les modalités pratiques pour votre départ. Heureux d'avoir pu travailler avec vous. J'espère qu'il en est de même pour vous. On vous enverra un courrier avec votre agrément, si toutefois vous avez réussi la dernière épreuve.

Jumet ! S'il me rappelait en urgence, le cas devait être sérieux.

Je remerciai, saluai comme il se devait et me retrouvai dans l'open space, où une jeune femme en uniforme me fit signe de la rejoindre.

— Vous décollez ce soir de Washington Dulles International pour Paris-CDG. Allez vous préparer, une voiture vous attendra dans une heure devant le bâtiment A, afin de vous y conduire. J'espère que vous avez passé un bon moment parmi nous. Votre chauffeur aura votre passeport et vous fera franchir les formalités.

Rien à dire, les Américains avaient un sens de l'organisation qui me plaisait bien.

Revenue à ma chambre, je me jetai sous la douche, fis ma valise et laissai un petit mot avec mon numéro de téléphone sur le lit de ma colocataire, Manuela. J'étais un peu triste de la quitter sans même un au revoir.

Je tentai d'appeler Jumet, mais tombai sur sa boîte vocale. Je réitérai avec Joël Bricart, qui décrocha dès la deuxième sonnerie.

— Salut ! C'est moi.

— Ah, Laura ! Content de t'entendre. Tu rentres ?

— Oui. Il paraît que c'est urgent.

— Encore plus que tu ne peux l'imaginer !

— Tu peux m'en dire plus ?

— Tu sais bien que non. Il faut que tu sois là. Jumet y tient beaucoup. Moi aussi, d'ailleurs. On patauge un peu ! Tu arrives quand ?

— Demain matin à Paris.

— On y sera. En tout cas, il y aura quelqu'un pour t'accueillir. Je dois y aller. Je transmets à Fred.

Et il raccrocha, me laissant sur ma faim.

Que s'était-il passé de si grave pour que l'équipe ait tant besoin de moi ?

*

* *

Vendredi 21 juin

Mon avion se posa à CDG à 8 h 15. Après une heure quinze de trajet entre Quantico et Washington DC dans le luxe du Suburban, ce gros 4 X 4 que nous Français ne voyons que dans les séries américaines, le confort de la classe économique de l'Airbus A 380 m'avait semblé presque spartiate. Le ministère de l'Intérieur, même s'il avait besoin de moi, n'était pas assez généreux pour payer la business class ! Huit heures de vol et six heures de décalage horaire me laissaient un peu étourdie. Je faillis passer sans le voir devant celui qui portait une pancarte à mon nom à la sortie des contrôles douaniers, dans le hall d'arrivée.

— Madame Claes ? me demanda l'homme en costume-cravate.

— Oui.

— Je me présente : Victor Van den Broek. Je suis chauffeur détaché auprès de l'hôtel de police, chargé par la préfecture de vous amener au Havre, où vous êtes attendue.

La classe !

À la sortie de Paris, nous empruntâmes l'A13, bien encombrée jusqu'au péage de Mantes, puis l'A131 en direction du Havre. Deux heures trente de somnolence plus tard, la ville apparaissait à l'horizon. Je ne connaissais Le Havre que de loin. Pour me rendre dans le Nord, du temps où ma mère était encore de ce monde, je passais sur le majestueux pont de Normandie, dominant l'estuaire de la Seine, en venant de chez moi, aux environs du Mont-Saint-Michel. À l'époque, ce qui m'avait marquée, c'était l'odeur désagréable des usines chimiques et pétrochimiques, qui constituaient une bonne partie des activités industrielles de l'agglomération. D'après Serge, mon époux, pilote d'hélicoptère à la Sécurité civile et ayant travaillé au Havre avant de me rencontrer, ces sphères que l'on apercevait depuis la route étaient bourrées de produits chimiques nocifs qui, en cas d'explosion, engendreraient des dégâts similaires à ceux de l'accident d'AZF à Toulouse. Depuis, des mesures avaient sûrement été mises en place pour éviter ce genre de drame. D'ailleurs, aucune odeur ne vint chatouiller mes narines, pourtant sensibles.

La voiture pénétra dans la ville. Nous longeâmes de grands boulevards bordés d'entreprises, puis passâmes devant une énorme structure du plus beau bleu.

— C'est quoi ? demandai-je à Victor.

— Le stade Océane. Vingt-cinq mille places assises, voire trente-trois mille lors de spectacles. C'est le premier stade français à énergie positive. L'enveloppe que vous voyez est réalisée en polymère très fin.

— Vous avez l'air de bien connaître !

— Mon père est d'origine flamande, mais je suis né ici. Je suis Havrais, madame, et fan de foot, supporter du HAC, le Havre Athletic Club.

Ceci expliquait cela.

Malgré le nombre d'entreprises, d'immeubles abritant pour la plupart des bureaux et des commerces, le boulevard sur lequel nous roulions était bordé d'arbres, ce qui allégeait mon impression d'entrer dans une ville industrielle.

— Nous allons directement à l'hôtel de police, sur instructions du commandant Jumet, précisa Victor.

Après le voyage, j'aurais bien pris une douche.

— Savez-vous où nous serons logés ? J'aurais aimé me rafraîchir.

— Je l'ignore, madame. Il faudra demander au commandant. Je sais juste qu'il vous attend avec impatience.

Je soupirai. Je n'avais pas le choix.

Après quelques circonvolutions dans la ville, nous empruntâmes un boulevard au milieu duquel passaient des rails de tram. Devançant ma question, Victor annonça :

— Nous sommes boulevard de Strasbourg. Votre prochaine adresse pour les jours qui viennent. Et voici l'hôtel de police.

Il se présenta devant une austère porte de garage, qui s'ouvrit comme par magie. Un badge devait être intégré dans le pare-brise, un système identique à celui qui permet de franchir les télépéages sur les autoroutes sans s'arrêter, ou presque.

La voiture pénétra dans un parking souterrain dont le sol fit grincer les pneus. Après le soleil de l'extérieur, mes yeux mirent quelques secondes à s'habituer à la froide lueur blanche de néons qui faisaient leur possible pour éclairer l'espace.

— Voilà, madame. L'ascenseur est au fond. Je m'occuperai de vos valises dès que je saurai où les déposer. Le commandant Jumet vous attend au deuxième étage, dans le bureau du capitaine Delaunay. Il y a une plaque sur la porte.

Je le remerciai et avançai vers l'inconnu.

★

★ ★

— Laura ! Te voilà enfin !

Fred Jumet m'accueillit chaleureusement. Collègue, mais aussi ami, il me serra affectueusement contre lui.

— Je t'ai manqué à ce point ?

— Plus que tu ne l'imagines. Joël est là, également. On a une sale affaire sur les bras, surtout par les temps qui courent.

— Explique !

— Procédons par ordre, si tu veux bien. Viens avec moi. Je vais te présenter à l'équipe qui a été saisie du dossier. On va te faire un résumé de la situation. Quand nous disposerons d'un peu de temps, tu me raconteras ton stage. Je suis impatient, mais là...

La douche serait pour plus tard.

Il m'entraîna jusqu'à une vaste salle de réunion. Je franchis la porte sous l'œil curieux des personnes présentes, sauf Joël Bricart, qui me gratifia d'une chaleureuse accolade lui aussi.

— Content de te revoir, Laura. Cela fait longtemps.

— Je ne te le fais pas dire !

— Bien, commença Jumet. Maintenant que nous sommes réunis, laisse-moi te présenter le capitaine Delaunay et ses lieutenants, Max Durant et Marc Dubreuil.

Poignées de main fermes, et un zeste d'humour :

— On nous appelle les M&M's.

Je souris aux deux hommes, à l'allure franche et sympathique. Max Durant, plus porté sur la bonne bouffe que sur le sport, apparemment, et Marc Dubreuil, bodybuildé, un monsieur muscles qui faisait passer les autres pour des gringalets.

Le regard de Delaunay me dérangea quelque peu. Il me dévisageait comme une bête curieuse et malvenue. L'impression d'être un insecte qu'il aurait aimé écraser. Ça commençait bien !

— Alors, c'est vous la médium qui trouve tout ? La super profileuse ?

Je sentis mes nerfs se nouer. Celui-là, il allait falloir le remettre à sa place vite fait. Un misogyne ? Je n'avais pas croisé de femmes jusqu'ici.

Je n'eus pas le temps d'ouvrir la bouche que Jumet montrait déjà les crocs. Une onde de testostérone traversa la pièce.

— Capitaine, je vous rappelle que nous sommes ici à la demande de votre commissaire. Celui-ci a fait appel à notre groupe auprès du ministre de l'Intérieur, car vous faites face à trois homicides en un temps record et n'avez pas la moindre piste pour les résoudre. Il ne s'agit pas de mettre vos compétences en doute, mais d'unir nos forces pour mettre fin à cette série de crimes. Mon équipe et moi avons l'habitude de travailler dans l'ombre aux côtés des forces en place, et si cette enquête est résolue vous en aurez tout le mérite. Quant à Laura, elle n'est ni médium ni profileuse d'opérette, mais a d'excellentes facultés d'observation, une culture et des capacités de déduction qui font sa force. Vous saurez apprécier ses qualités au cours de l'enquête. Maintenant, mettez-nous au jus.

Je me rendis compte que mes collègues n'en savaient pas beaucoup plus que moi. J'appris plus tard qu'ils n'étaient arrivés qu'une petite heure auparavant. Joël Bricart venait de Caen, où il supervisait la réorganisation des effectifs de gendarmerie en périphérie, et Fred Jumet de Brest, où il terminait un rapport sur des prostituées jetées dans le port par leur proxénète mécontent du « travail » qu'elles fournissaient.

— Bien reçu, approuva Delaunay, radouci. Madame... dit-il un peu trop cérémonieusement en m'invitant à m'asseoir.

— Merci. Mais trêve de scepticisme et de salamalecs. Je m'appelle Laura. On va bosser ensemble. Alors je propose qu'on se tutoie. C'est beaucoup plus simple. Pour avancer, nos rapports doivent être cordiaux. Ton prénom, c'est ?

Haussement de sourcils. Ça passe ou ça casse. Hésitation, puis :

— Théophile. Mais on m'appelle Théo.

Regard à ses subordonnés, qui baissèrent les yeux. Sans doute que ce prénom lui avait valu quelques blagues. Trop ancien pour la génération actuelle.

— OK, Théo, approuva Fred. Allons-y pour un topo complet.

Delaunay se lança tandis que Max dévoilait un tableau blanc jusqu'alors couvert d'une toile bleue :

— Le 10 juin, on m'a appelé pour un homicide. Je suis parti sur place avec mes deux collègues ici présents.

Un peu ringard, mais efficace, un rétroprojecteur fit apparaître sur le tableau une photo à laquelle je ne m'attendais pas. Une énorme cheminée blanche.

— Un instant, ordonna Bricart. Il me faut un tableau Velleda, des marqueurs et de quoi fixer les photos, de façon à ce que nous ayons une vue d'ensemble continuelle sans avoir à faire appel à ce... cette machine. Vous n'avez pas d'ordinateur ?

— Bien sûr que si. Les photos, c'est juste pour la présentation, mais elles sont aussi sur ordinateur, évidemment.

— C'est quoi, ce monument ? demandai-je, ne sachant pas trop comment qualifier cette masse blanche étrange.

— Le Volcan.

— Le volcan ?

— Un théâtre circulaire de mille deux cents places, construit par un Brésilien, Niemeyer, après que le théâtre national eut disparu sous les bombardements de 1944. Le Volcan transperce la dalle et devait donner l'illusion d'une cheminée de paquebot. Référence au port. Il y a aussi un cinéma et une salle polyvalente.

— La forme est originale, constatai-je.

— Ce n'est pas tout. Il y en a un deuxième juste à côté, plus petit, qui abrite la médiathèque.

— Venons-en au fait, l'interrompit Jumet.

— Nous y sommes. Le premier corps a été découvert entre les deux volcans. Sur le parvis, sous une bâche en plastique bleue.

Deuxième photo : une masse inerte sous la bâche en partie ôtée, laissant voir un corps.

— Il arrive que des SDF dorment là. Personne ne s'y est intéressé jusqu'à 8 h 30 du matin, quand les éboueurs sont passés. Ils ont voulu jeter la bâche et, là, stupéfaction.

Nouvelle photo.

Cette fois, le corps avait été libéré de son carcan bleu. On le découvrait en entier. Les cheveux mi-longs portaient des traces de sang, les ongles des mains et des pieds nus étaient vernis. Une robe en coton imprimé à motifs de fleurs roses et jaunes sur fond bleu clair couvrait la personne jusqu'aux genoux.

— Une très jeune fille, supposa Jumet.

— Je ne crois pas, dis-je. Regarde, malgré des traits fins, la mâchoire est carrée. Il y a aussi les muscles, la pilosité sur le visage… Une barbe à peine visible. Un garçon, un éphèbe beau comme un dieu grec.

— Habillé en fille, continua Théo. D'après notre légiste, probablement un transgenre ou supposé tel.

— Tu veux dire, le genre de mec qui se déguise en fille ?

— Non, répondis-je. Un garçon qui se sent fille et qui fait tout pour en être une. Pourquoi ne serait-ce pas le tueur qui l'a habillé ainsi ?

— Justement, toujours d'après notre légiste, il y a des choses qui ne collent pas.

Nouvelle photo. Gros plan sur les poignets et les chevilles encore entravés. Des traces de ligatures étaient bien visibles. La peau bleutée présentait des hématomes importants. De toute évidence, ce garçon s'était débattu pour se libérer, enfonçant ses liens au plus profond de sa chair.

— Ce qui ne colle pas, poursuivit Delaunay, c'est qu'un transgenre avale des hormones pour faire évoluer son corps vers le genre qu'il veut. Les filles qui se veulent hommes prennent de la testostérone, les garçons qui se veulent filles des œstrogènes. Ici, rien n'apparaît dans la prise de sang. Pas de poitrine en devenir non plus et, malgré l'épilation, des repousses minuscules de poils prouvent une pilosité relativement importante, toujours d'après le légiste. La toxico montre des traces de cocaïne, mais pas d'alcool. De plus, ce garçon a été dénutri. Son estomac était vide depuis au moins trois jours. Autre fait, il n'a pas subi d'opération chirurgicale classique, mais...

Autre photo.

Cette fois, le corps nu sur la table d'autopsie. Plus de perruque, mais du sang séché plein le cuir chevelu.

Photo suivante.

Gros plan sur l'entrejambe. Il ne restait qu'un magma sanglant. Le pénis et les testicules avaient disparu.

— Nom de Dieu ! jura Jumet tandis que je retenais une exclamation.

— Il est mort d'exsanguination ? demandai-je, chamboulée par ce qu'avait subi ce garçon.

— Oui et non. Il y a aussi ceci.

Cliché suivant, encore pire, si c'était possible.

Gros plan sur la tête.

— Ce garçon a été trépané. On lui a ouvert le crâne en incisant la peau en forme de croix et on a retiré un morceau d'os, ainsi qu'une partie de la dure-mère, la membrane fibreuse et épaisse protégeant le cerveau et le système nerveux central, de même qu'un petit morceau de cerveau. S'il avait pu survivre à la castration avec des secours immédiats, la trépanation ne lui laissait aucune chance. Dans ce cas, les deux opérations ont eu lieu ante mortem.

On n'osait même pas imaginer.

— Y a-t-il eu viol ?

— Non, rien de ce genre.

— On sait qui c'est ?

— Il n'apparaît pas au fichier des disparus. Pour l'instant, on n'a pas de nom.

— Aucune piste ? Pas de téléphone, j'imagine. Avez-vous contacté des ambassades ou des consulats pour savoir si un de leurs ressortissants aurait été signalé disparu en France ?

— On a fait un gros plan du visage. On se renseigne.

— Les réseaux sociaux ? demanda Bricart.

— Ce n'est pas trop mon truc, avoua Théo, mais j'ai fourni la photo au service informatique. Ils s'en occupent.

— L'identification criminelle ?

— Rien ! Pas une empreinte, pas d'ADN. La seule chose concrète, ce sont les vêtements et la cordelette qui a servi de lien. C'est de la paracorde utilisée pour faire des bracelets marins. Ça se vend partout, Internet, magasin de fournitures pour bateaux... Ce n'est pas ce qui manque, ici. C'est un port de commerce, mais aussi un port de plaisance, autrement dit on en trouve n'importe où.

— Bref, vous n'avez rien.

— Non. Enfin pas tout à fait.

— C'était donc lundi 10. Ensuite ? Qu'entendez par « pas tout à fait » ?

— Le lundi 10, on m'avait imposé une stagiaire de juste quinze ans pour son stage de troisième. Il va sans dire que je ne l'ai pas emmenée sur la scène de crime, mais il fallait que je lui donne une occupation. Je l'ai donc mise à trier le courrier.

— Et ?

— Elle a trouvé une enveloppe blanche non cachetée dans la pile. Elle l'a ouverte, croyant à une pub. Voici ce qu'elle a découvert.

Nouveau cliché : un plan de la ville offert par l'office du tourisme. Le plan était succinct. Peu de noms de rues, juste les axes principaux et des numéros marquant les lieux emblématiques de la ville. Mais, au milieu de ces informations, une petite pastille rouge indiquait un lieu précis.

— Laissez-moi deviner, dis-je. Les volcans ?

— Exactement. La gamine connaît bien la ville et avait entendu le coup de fil d'alerte. Comme j'avais apparemment cité les volcans et parlé d'un homicide, elle a fait le rapprochement. Elle est allée prévenir ma collègue à l'accueil, qui a immédiatement mis le plan dans un sac à indice et m'a alerté. Après vérification, c'était bien ça. Le plan indiquait l'endroit où on a trouvé le corps. On n'a trouvé ni empreintes ni ADN sur l'enveloppe et le plan, sauf celles de la stagiaire, bien sûr, de même que son ADN.

— Un message du meurtrier, donc, estima Bricart. Savez-vous comment cette lettre est arrivée sur votre bureau ?

— Non. Pas par la poste, en tout cas.

— Vous avez des caméras de surveillance ?

— À l'extérieur, mais pas en interne, sauf en salle d'interrogatoire. On a tout visionné, malheureusement il y a beaucoup de passage sur le trottoir. Impossible d'isoler quelqu'un en particulier. Sans compter que le courrier a pu être déposé discrètement au comptoir d'accueil.

— C'est un fantôme, ce type ! râla Jumet.

— Ou cette femme, corrigeai-je.

— Un peu barbare, non, pour une femme ?

— Il y en a de pires que les hommes ! Rappelle-toi. La seule affaire de castration que nous ayons eu à résoudre était l'œuvre d'une femme[1]. C'est trop tôt pour tirer des conclusions.

1. Voir *Sex Killer*, de la même auteure, éditions Epona.

— Continue, Théo, enchaîna Fred.

— Premier corps, donc, le lundi 10. Le lundi suivant à l'aube, le 17, nouvel appel, à mon domicile. Deuxième corps. Tout identique, à part la robe unie verte et la perruque, brune cette fois. Le corps a été retrouvé sur le chantier du muséum d'Histoire naturelle. Il est en travaux depuis un bout de temps et encore pour au moins un an. Le chantier est entouré de barrières, mais le chien d'une mamie s'est faufilé dessous. Il ne revenait pas et aboyait non-stop. Elle est passée en force pour le récupérer et est tombée sur ça.

Nouvelle photo. Pas mieux que le premier corps.

— Idem, ni empreintes ni ADN du cinglé qui a fait ça. Après les constats, je suis revenu ici. Il y avait bien un plan marqué dans le courrier. Même mode opératoire.

Au fur et à mesure qu'il parlait, les photos défilaient.

— Un par semaine. Il est à l'aise dans la ville, dis-je. Il la connaît bien et il doit s'y sentir protégé.

— « Il » ? ironisa Jumet.

— Disons le tueur, c'est plus simple.

— Les rapports d'autopsies sont à votre disposition, mais en gros les conclusions sont les mêmes que pour celui que j'ai surnommé X. Pas de viol non plus. Par contre, on a une identité. Il s'agit d'Enguerrand Lefebvre. Dix-huit ans. Il est sorti samedi midi, donc le 15, pour rejoindre ses copains et fêter son anniversaire. Ce qu'il a fait jusqu'à 2 heures du matin, la nuit du samedi au dimanche. On a des témoins. Il devait rentrer à pied, alcool oblige. Pas de témoin sur le parcours qu'il aurait dû emprunter. Sa mère l'attendait le dimanche. Elle a commencé à s'inquiéter à la tombée de la nuit et nous a prévenus le lundi matin. On avait déjà le corps.

Il afficha un cliché du jeune homme, bien vivant et souriant à côté d'un cheval et d'un chien. Même type d'homme que le premier, traits fins et un air vaguement efféminé, mais sans plus.

— Famille aisée, issue de la grande bourgeoisie, domiciliée à Sainte-Adresse, les beaux quartiers de la ville.

— On peut donc raisonnablement dire qu'il a été tué entre le dimanche matin très tôt et le lundi matin. Qu'a dit le légiste pour l'heure de la mort ?

Coup d'œil au rapport d'autopsie :

— Entre minuit et 4 heures, la nuit du dimanche au lundi. Il a été retrouvé à 6 h 30.

— Donc, le tueur ne l'a pas gardé aussi longtemps que sa première victime. Maximum une journée et demie, contre trois jours au moins pour X, comme l'atteste son estomac. La question est : pourquoi ? Trop difficile à gérer ? Lieu de détention perturbé pour une raison quelconque ? Visiteurs impromptus, voisins ? Les blessures ? Toujours ante mortem ?

Nouvelle vérification.

— La trépanation oui, la castration post mortem. Notez que les organes génitaux ont disparu.

— Il a probablement hurlé et cela a déclenché quelque chose, dis-je. Quant aux organes, ce sont peut-être des trophées.

— Ça ne tient pas, objecta Jumet. Le premier a aussi forcément hurlé, puisque la toxico ne montre pas de traces d'anesthésique. On peut être certain qu'il n'était pas endormi. Alors, pourquoi le garder plus longtemps ?

— Le tueur a joué avec. Pour le deuxième, il n'a pas eu le temps.

— Le lundi a peut-être une importance, avança Max.

— À ce stade, tout est possible. Qu'en est-il du troisième ?

— Non, me contredit Théo. Pas le troisième. *LA* troisième…

2

— Une fille ? s'étonna Jumet.

— Oui, c'est ça. Disparue le mardi 18, donc le lendemain de la découverte du corps d'Enguerrand.

— C'est du travail à la chaîne, marmonna Bricart. Que sait-on d'elle ?

— Juliette Leroy. Dix-sept ans. Elle ne s'est pas présentée au lycée professionnel Antoine-Laurent-de-Lavoisier, au nord de la ville. Elle y étudie pour obtenir un bac pro en aéronautique, option structure. Bref, elle voulait inspecter et réparer des avions.

— Mécanicien en aéronautique ? demandai-je.

— C'est ça, mais plus poussé, je crois. Il faudrait voir avec le lycée.

— Pas très féminin, comme métier, fit observer Jumet, au risque de passer pour un macho.

— Toutes les femmes ne rêvent pas d'avoir un mari et de pouponner, remarquai-je.

— Elles ne sont quand même que deux filles dans la section, répondit Théo. Mais voilà sa photo. Vous allez comprendre.

Celle qui apparut sur l'écran n'avait rien de bien féminin, selon les critères habituels. Massive, avec un visage assez grossier, elle avait les cheveux très courts, rasés sur les côtés, avec une crête un peu plus haute sur le dessus de la tête. Elle portait une salopette grise et avait les mains tachées de graisse. Elle souriait à l'objectif, visiblement contente du travail qu'elle était en train d'accomplir.

— Quand le lycée a prévenu les parents de son absence, ils ont commencé par attendre, car elle n'en était pas à sa première fugue. Apparemment elle est mal dans sa peau et aurait voulu naître homme. Ses proches ne lui connaissent pas de relations homosexuelles, mais ça ne signifie rien. Elle peut très bien vivre sa vie de son côté tout en étant logée, blanchie et nourrie chez papa-maman. Elle attendait avec impatience ses dix-huit ans, âge imposé par ses parents pour transformer son prénom en Jules et envisager un traitement hormonal, ce qu'ils ont jusqu'alors refusé catégoriquement.

— Du genre : « Tu choisiras quand tu seras majeure, mais pas de ça chez nous », observai-je.

— C'est ça. Un copain de son père travaille à l'aéroport et la laissait venir musarder autour des avions. On a creusé de ce côté-là, rien. Le mec est clean et ne l'avait pas vue depuis un bout de temps.

— Dans ce cas, on a une transgenre assumée. Elle savait ce qu'elle voulait. Pour les deux gars, on l'ignore, mais c'est vrai qu'ils avaient une allure efféminée. Pour X, vous ne pouvez rien savoir, mais

Enguerrand ? Avait-il des activités portées vers ce qu'on considère comme des activités féminines ?

— Son cas se rapproche de celui de Juliette. D'après la mère, il aurait aimé devenir mannequin ou influenceur sur les réseaux pour produits de beauté. Inenvisageable pour le père, homme d'affaires réputé qui voulait que son fils lui succède, précisa Théo.

— On peut supposer qu'il était attiré par les femmes dans la mesure où il aurait aimé en être une, souffla Bricart tout en notant ces éléments sur son tableau, qui se remplissait à vue d'œil.

— Qu'est-il arrivé à Juliette ? demandai-je.

— Malheureusement, rien de bon. On l'a retrouvée à l'aube jeudi 20, donc hier, à 6 h 15. Déposée sur un banc du boulevard Clemenceau, face à la mer, au niveau de l'anse des régates et du port de plaisance.

Nouveau cliché.

— De loin, le corps pouvait évoquer un promeneur qui se repose au soleil. Le premier joggeur qui est passé a vu le sang dans ses cheveux. Il lui a parlé, pas de réponse, bien sûr. Il nous a appelés. Là aussi, dans le courrier, un plan identique, avec une pastille indiquant l'endroit précis.

— Il ne devrait pas être trop difficile de trouver qui vous dépose ces enveloppes, remarqua Jumet. Une surveillance de la boîte aux lettres, quitte à installer une caméra, et aussi du bureau d'accueil.

— On n'est pas des bleus, maugréa Théo. On y a pensé avant toi ! On a monté un système après le deuxième meurtre. Le tueur est plus malin que ça. Dans le cas de Juliette, c'est un gamin d'une douzaine d'années qui a mis une enveloppe blanche dans la boîte à 22 heures la veille de la découverte du corps. Impossible à identifier. On imagine que le tueur file un billet à un gosse qui traîne. Il accepte forcément. Il n'y a aucun risque. En plus, il l'envoie chez les flics et il reçoit un bakchich, il n'a aucune raison d'avoir peur.

— En effet. Il faudra poster un garde. Si prochaine victime il y a, ce dont je ne doute pas, vu la série, on pourrait choper le gamin au moment où il met l'enveloppe et lui faire décrire la personne qui la lui a confiée. Qu'en est-il du corps de Juliette ?

Théo fit la grimace et Max sortit de la pièce, prétextant une envie pressante.

— J'ai besoin d'un café. Vous en voulez ? proposa Théo.

Les hommes acceptèrent, quant à moi, j'aurais bien pris un thé.

Mine sceptique de Théo.

— Je crois que la machine en bas doit pouvoir faire ça.

Il envoya Marc en reconnaissance.

— On vous apporte ça. Revenons à Juliette. Pour la trépanation, schéma identique aux autres. Traces de liens, également. Sur la table d'autopsie, les choses se sont corsées. Une fois le corps déshabillé, le légiste a découvert ça...

La photo suivante avait de quoi justifier la fuite de Max.

Le sexe de Juliette était devenu celui d'un homme. Pas par une opération chirurgicale méticuleuse, réalisée par un chirurgien, mais par l'action du tueur qui, de toute évidence, n'avait pas le doigté d'un homme de l'art. Il lui avait cousu grossièrement un pénis aux lèvres.

— Et merde, fit Jumet.

Bricart était livide. Quant à moi, j'avais l'estomac dans la gorge.

Pour me donner une contenance, je toussotai.

— Donc, le tueur transforme les garçons en filles par ablation des organes génitaux et la fille en garçon en lui greffant un pénis. Pas de testicules ?

— Non. Trop difficile, sans doute. Le pénis est celui de X. L'ADN est formel, bien qu'ayant été légèrement modifié par un séjour dans l'alcool, probablement pour la conservation. En tout cas, rien à voir avec celui d'Enguerrand. Juliette aussi a été trépanée. L'interne de service s'est contenté des examens externes et des prélèvements de sang et d'urine. Il a également prélevé l'ADN du sexe, comme je vous l'ai dit. Pour le reste, il attend le retour du médecin-chef, actuellement en vacances. Il devrait arriver dans la soirée.

— On peut raisonnablement supposer que le tueur va s'en prendre à une nouvelle fille, puisqu'il a un pénis en « réserve ». D'autres disparitions signalées ?

— Pas pour le moment. On s'attend à un nouvel enlèvement, avec les conséquences que maintenant vous connaissez. C'est pour cela que le commissaire a fait appel à vous. On est vendredi, le week-end est à haut risque. Les jeunes sortent et sont souvent des proies faciles pour ce genre de prédateurs.

— Déjà, je suggère de renforcer vos patrouilles en ville. Il serait bien également de faire des contrôles inopinés à la sortie des boîtes de nuit et autres endroits branchés de l'agglomération. Cela peut retarder le tueur dans sa chasse, proposa Jumet.

— Insistez sur le centre-ville, dis-je après avoir consulté la carte urbaine punaisée au mur. C'est sa zone de confort. Il dépose les corps dans un périmètre relativement restreint. Or il ne se livre pas à ses petites affaires dans la rue. Il doit nécessairement transporter ses victimes du point A, où il les enlève, au point B, où il agit, puis jusqu'au point C, où il les met en scène. Cela demande un véhicule, probablement un fourgon ou une camionnette, dans lequel, de l'extérieur, les gens ne peuvent rien voir. Plus il a de chemin à faire, plus c'est dangereux pour lui. Il faut renforcer les contrôles routiers avec fouille des véhicules. On est à la recherche de personnes, bien sûr, mais également de traces de sang, de paracorde et aussi de vêtements abandonnés, et pourquoi pas de perruques. Rien ne prouve qu'il va s'arrêter à une éventuelle quatrième victime. Il peut commencer un nouveau cycle.

— On a déjà intensifié les patrouilles, mais on n'a pas le personnel pour établir des barrages avec fouille des véhicules…

— Je m'en occupe, fit Bricart. Si vous n'avez pas assez d'effectifs de police, on va confier cette mission à la gendarmerie. Je peux avoir des renforts des villes voisines, voire de Rouen s'il le faut. On peut aussi mettre des contrôles sur les grands axes menant au centre, ainsi que sur les ponts de Normandie et de Tancarville.

— OK, vas-y, acquiesça Jumet. Mets ça en place.

— Qu'en est-il des enquêtes de voisinage concernant les victimes identifiées ? demandai-je.

— Enguerrand Lefebvre est issu d'un milieu aisé. Les parents habitent une villa face à la mer. Les voisins se connaissent et se fréquentent. C'est la haute bourgeoisie. On fait des barbecues, des apéros, on joue au golf ou au tennis dans un microcosme où les turpitudes du monde n'ont pas leur place. La mort du jeune est un coup de tonnerre dans un ciel bleu. L'horreur et la nature du crime touchent à la tornade. À part ça, personne n'a rien vu, rien entendu. Parmi les jeunes du quartier, c'est un peu différent. Pour certains, Enguerrand Lefebvre, trop beau physiquement, était un objet de jalousie. Il plaisait aux filles. Mais, d'après eux, cela ne l'intéressait pas trop. Pour les gamines, c'était « gâcher la marchandise ». Je cite, précisa-t-il. D'autres le traitaient de « tafiole », je cite toujours, à cause de ses manières efféminées. Ses parents assurent que ce n'était pas le cas. Bon élève, mais pas intégré dans un groupe. Ses meilleurs amis : son cheval et son chien. Le cheval est en pension dans une ferme à Octeville-sur-Mer, où se trouve aussi le chien. Il allait s'en occuper plusieurs fois par semaine. Là non plus, rien de particulier. Bref, un garçon assez solitaire et à mon avis mal dans sa peau. Quant à Juliette Leroy, issue d'un milieu beaucoup plus modeste, elle assumait ses tendances, comme on l'a déjà dit. La mère est couturière, le père docker à Port 2000. Elle était plutôt solitaire, elle aussi. Là non plus, l'enquête de voisinage n'a rien donné de probant.

— À part leurs tendances transgenres, pas de point commun ? demanda Fred.

— En tout cas, pour le moment, on n'en a pas trouvé.

— Y a-t-il un endroit privilégié dans la ville où les transgenres peuvent se retrouver ?

— Il existe trois associations qui s'occupent de ces gens, mais c'est plus pour un soutien psychologique ou des foyers d'accueil pour ceux qui sont rejetés par leurs parents. Il y a aussi une discothèque et un bar de nuit orientés gay, mais cela ne s'adresse pas aux transgenres en particulier. On a quand même montré les photos des victimes. Sans succès. Personne dans le milieu de la nuit ne les connaît. À part Enguerrand, qui avait dix-huit ans, Juliette était trop jeune pour ce genre d'endroits, quant à X, on ignore son âge précis. D'après ses dents et ses os, entre dix-huit et vingt ans, selon le légiste.

Il n'était pas loin de midi. Le voyage, le décalage horaire, la route et toutes ces informations me tournaient la tête.

— Il est évident que les lieux de découverte des corps sont des scènes de crime secondaires. Le tueur agit ailleurs puis les met en scène. J'ai besoin d'aller sur place pour mieux me rendre compte de l'ambiance. Après, j'aimerais aussi voir les domiciles connus et parler avec les familles. Il doit bien y avoir un point commun entre ces victimes, même s'il n'apparaît pas à la première analyse. Le tueur a forcément un repère autre que leurs tendances sexuelles pour les choisir. Avant cela, tu comprendras, dis-je en m'adressant à Jumet, que j'ai besoin d'une douche et de manger un morceau. Sans cela, je vais m'écrouler !

Flic de choc ou pas, ma nature réclamait une pause bien méritée.

— Pardon, on t'a sauté dessus à peine débarquée ! Joël a trouvé un logement réservé d'habitude aux renforts de gendarmerie. Je vais t'y conduire. Je t'accorde une heure. Après, on se retrouve ici pour manger un morceau. On attaque dans la foulée.

*

* *

Les bureaux de la gendarmerie située juste à côté de l'hôtel de police étaient fermés pour cause de rénovation. En revanche, les logements réservés au personnel étaient occupés. Il s'agissait d'immeubles de quatre étages en béton gris situés à l'arrière de la gendarmerie, entourés d'un peu de verdure. On nous avait attribué un appartement au premier. Pas d'ascenseur. Mes jambes, aussi raides que deux bouts de bois après les efforts de la dernière épreuve du stage et les huit heures d'avion, eurent du mal à me hisser jusqu'à l'appartement. Je trouvai mes valises dans le couloir et, en pensée, remerciai Victor, qui s'était acquitté de la corvée de les monter. Cet effort supplémentaire m'aurait semblé insurmontable ! Je jetai un regard envieux aux chambres. Une sieste n'aurait pas été de refus, histoire de récupérer du jet-lag, cette fatigue due au décalage horaire. À l'aller, vers l'ouest, je l'avais bien supporté. Le retour vers l'est était plus dur. Mon horloge interne avait des ratés et mon rythme circadien était perturbé. D'ici un jour ou deux, cela irait mieux, mais dans ce cas précis je me devais de continuer, la vie d'une personne en dépendait peut-être.

Je me jetai sous la douche à peine tiède, afin de tenter de retrouver mes facultés physiques et d'évacuer la migraine qui pointait à l'horizon. L'eau me fit un bien fou, détendant mes muscles endoloris et me remettant le cerveau en ordre de marche.

Avant de quitter l'appartement, j'appelai mon mari, pour le rassurer et le prévenir que je ne rentrerais pas de sitôt, l'affaire qui nous préoccupait étant des plus glauques.

Une heure plus tard, je retournai à la PJ, prête pour une nouvelle réunion avant de me rendre sur le terrain.

Un plateau de sandwichs jambon-beurre trônait au milieu de la table de la salle. Moi qui en avais rêvé, j'étais servie ! Il y avait aussi du café, des sodas et même quelques bières.

Le rétroprojecteur était éteint et, à moins de regarder vers le tableau de Bricart, nous pouvions nous sustenter sans visions cauchemardesques.

Après quelques banalités, Jumet relança la discussion :

— Nous sommes vendredi. D'après le rythme suivi par le tueur, et sachant qu'il lui reste un… trophée qu'il voudra sans doute utiliser, une jeune fille risque fort d'être enlevée entre ce soir et dimanche. Si rien ne se passe d'ici là, il y a de grandes chances, si j'ose dire, pour que nous retrouvions un corps lundi matin.

— Pour une raison que nous ignorons, il a gardé X plus longtemps, mais il accélère son rythme. Il dépose un corps et, dans la foulée, un ou une jeune disparaît, avec les conséquences que nous connaissons. Je suggère un appel à témoins au JT de ce soir pour tenter d'identifier X. On pourrait profiter de l'occasion pour mettre les jeunes en garde avant les soirées du week-end, sans parler expressément de transgenre. La presse a-t-elle fait état des meurtres ? demanda Bricart.

— Pour le moment, ce ne sont que des faits divers. Mais il y a bien un journaliste qui va faire des rapprochements, même si les actes de barbarie ont été soigneusement tenus secrets. Avec trois victimes en quinze jours, on ne va pas tarder à évoquer un tueur en série... soupira Théo.

— C'est certain, reconnut Jumet. Il faut stopper cela avant qu'une psychose s'installe dans la population. Je m'occupe de l'appel à témoin sur les chaînes régionales. On passera au national si cela ne donne rien. Joël, as-tu pu organiser des contrôles routiers ?

— C'est fait. Dans un premier temps, il faudra se contenter des effectifs locaux, du moins pour ce soir. Les renforts arriveront demain matin. La ville sera quadrillée tout le week-end sous prétexte d'une grande opération antidrogue, comme cela se fait ces dernières semaines. Espérons que ça marche, car un dispositif aussi lourd ne peut pas être maintenu très longtemps.

— Bonne idée. Pourvu qu'on fasse mouche !

Jumet s'adressa à Théo :

— Si le tueur continue de suivre son schéma, un nouveau plan avec l'emplacement d'un prochain corps va être livré. Il nous faut un flic en civil devant le commissariat. Il doit avoir l'air d'un promeneur, aussi peu flic que possible. Si un commissionnaire vient apporter une enveloppe, il ne doit se méfier de rien. Envisage un changement de personne toutes les heures, au cas où le messager serait sur ses gardes. On ne sait jamais. Il y a des gamins malins !

— Ce sera fait. Mais, dans ce cas, cela voudrait dire que la prochaine victime serait déjà morte.

— Je sais. Mais cela peut en éviter une cinquième...

— À moins qu'il ne s'arrête là. Il n'aura plus de trophée en réserve...

— Tu es trop optimiste, dis-je. Ce type est dans une spirale infernale. Il ne s'arrêtera que si nous l'attrapons, s'il meurt ou s'il se retrouve en prison pour un autre délit. Auquel cas, il recommencera plus tard, même si c'est dans plusieurs années.

— Sinon ?

— Il continuera le cycle. C'est un psychopathe organisé. Il programme les enlèvements, garde au moins quelques heures ses victimes, les torture suivant un plan bien précis. Cela implique qu'il sait ce qu'il veut et où il veut en venir.

— Justement, où veut-il en venir ?

— C'est probablement un transgenre contrarié. Il offre à ses victimes ce qu'il n'a pas pu avoir pour une raison ou une autre.

— Comment sais-tu ça, toi ? demanda Marc, sceptique.

— Le choix des victimes, mais surtout sa façon de les « transformer » me font pencher pour cette hypothèse.

— Admettons pour le changement de sexe, approuva Max, mais la trépanation ?

— Je n'ai pas encore de réponse à cette question. Je vais creuser.

— C'est le cas de le dire, ironisa Théo.

Sa blague tomba à plat.

— Joël, tu connais bien la ville, je crois ? demanda Fred.

— En effet, j'y ai travaillé comme stagiaire. Mais ça fait un bout de temps.

— Assez pour emmener Laura sur les scènes secondaires, ou pas ?

— Ça devrait aller.

Théo intervint :

— Les scènes ne sont pas très éloignées d'ici, mais, à pied, cela fait quand même une trotte.

Pitié pour mes jambes, me dis-je *in petto*.

Il continua :

— Victor pourrait vous y amener. Vous gagneriez du temps. De plus, si vous avez des questions, il connaît la ville par cœur.

— Va pour Victor, approuvai-je un peu trop vite.

— OK, accepta Jumet. Marc et Max, vous étudiez les comptes en banque des deux familles, à la recherche de mouvements anormaux. Voyez aussi à quelles administrations ils ont affaire régulièrement, les médecins qu'ils voient, les magasins où ils font leurs courses, les clubs de sport, etc. Bref, trouvez-moi un lien, un endroit où ils ont pu être repérés.

— Je veux bien, fit Théo. Mais X ?

— Tant qu'on ne sait pas qui c'est, on s'appuie sur du concret, Enguerrand et Juliette. On élargira quand X sera identifié. Théo, tu préviens les patrons de bars, de cafés, de boîtes de nuit, qu'ils gardent l'œil ouvert. C'est parti ! Il nous faut du résultat avant ce soir.

3

Vendredi 21 juin, dans l'après-midi

Dans une Peugeot 5008 toute neuve, fait rare étant donné les budgets de l'État, aux couleurs de la police, nous quittâmes le commissariat, Victor au volant. Théo avait dit qu'il connaissait bien la ville, ce dont je pus me rendre compte lorsqu'il endossa sa casquette de guide en nous renseignant sur les endroits où nous passions.

Il emprunta le boulevard de Strasbourg jusqu'au palais de justice, un bâtiment de style néo-grec. Un escalier monumental entouré de deux statues menait à l'entrée, fermée par une immense porte.

— Avant la guerre, expliqua Victor, ces statues représentaient des lions, mais elles ont été remplacées par celles de gens célèbres : Bernardin de Saint-Pierre et Casimir Delavigne.

Je connaissais le premier grâce à son œuvre célèbre, *Paul et Virginie*, l'autre beaucoup moins.

— C'est qui, Delavigne ?

— Un poète français du dix-neuvième siècle, né au Havre, expliqua Victor.

Celui à qui nous avons affaire aujourd'hui n'a rien d'un poète, ne puis-je m'empêcher de penser tandis que la voiture tournait à gauche dans une rue bordée d'arbres. Un peu plus loin, un grand bâtiment tout de verre et d'aspect couleur brique ne pouvait qu'attirer l'attention.

Dans le rétro, Victor avait surpris mon regard.

— C'est le Centre havrais de commerce international. Il est réputé.

— Ah !

Il tourna à droite.

— Quai George-V, annonça-t-il. Nous longeons maintenant le bassin du Commerce. D'abord destiné au commerce maritime, il est devenu un lieu de loisirs et de festivités.

Sur l'eau, des enfants faisaient de l'Optimist, ces petits voiliers permettant aux plus jeunes d'apprendre à naviguer.

— On passe devant le Passino. Là, vous avez la passerelle piétonne qui relie deux quartiers de la ville.

— Le casino, vous voulez-dire ?

— Le Passino abrite le casino. Mais c'est aussi un très bel hôtel. Si un soir vous n'avez rien à faire...

Ce ne serait pas pour tout de suite !

— On arrive.

En effet, devant nous se dressait ce qui pour moi ressemblait à des cheminées. Ma vision rejoignait celle de l'architecte Niemeyer : des cheminées de paquebot. Les Havrais disaient « les Volcans » ou encore « les Pots de yaourt », cette dernière expression étant marrante mais pas très réaliste.

Ce qui était moins marrant, c'était le sort de X, dont le corps avait échoué ici.

L'avantage d'être dans une voiture de police, c'est qu'on peut se garer n'importe où. Des plots en ciment empêchaient l'accès direct au parvis, mais Victor se gara en face, le long d'une place arborée et ombragée entourée de restaurants, de cafés et de commerces. De là partaient des bus proposant un tour de la ville aux touristes, mais aussi des lignes régulières desservant la ville, le centre et les différents quartiers.

— Si je dois bouger à cause des bus, je ne serai pas loin, nous dit Victor. Ici, c'est la place Auguste-Perret.

Je connaissais ce nom. Cela faisait partie des souvenirs enfouis dans les méandres de ma culture générale.

— Celui qui a reconstruit la ville après qu'elle eut été rasée à 80 % dans les bombardements de 1944, dis-je à haute voix pour m'assurer de la véracité de mes souvenirs.

— C'est ça, sourit Victor.

Bricart et moi traversâmes la rue.

À ma droite, le plus gros des deux Volcans, d'un blanc immaculé, fait de plaques parfaitement ajustées, sans la moindre ouverture, à part la porte enfoncée dans la structure qui permettait l'accès au centre culturel et à la salle de spectacle. Une fontaine originale, en forme de main géante, celle de l'architecte, appris-je plus tard, sortait du mur, un peu incongrue.

L'après-midi, la salle était fermée. Mais même en admettant qu'il y ait eu quelqu'un à l'intérieur lors de la dépose du cadavre, la personne n'aurait rien pu voir.

L'autre Volcan était beaucoup plus modeste et abritait la médiathèque. Il possédait une belle porte d'entrée vitrée et d'étroites fenêtres disposées tout autour de la construction circulaire. Une rampe hélicoïdale permettait l'accès aux personnes à mobilité réduite, voire aux vélos et maintenant aux trottinettes. J'avais d'ailleurs remarqué des points de location de ces engins dans la ville. Leur couleur rose saumon était très reconnaissable.

De nuit, c'était forcément fermé. Je ne connaissais pas les heures d'ouverture, mais était-il possible qu'une employée soit arrivée avant les éboueurs et ait vu quelque chose ?

Je regardai autour de moi. La place des Volcans était le centre de quatre axes roulants. Celui par lequel nous étions arrivés, en sens unique vers l'ouest et la mer, le long du bassin du Commerce. Son parallèle dans l'autre sens, vers l'est de la ville, bordé d'habitations. Le long du grand Volcan, une rue en partie piétonne offrait des bancs, avec vue sur l'eau. Au milieu du trottoir était posée une statue massive de très belle dimension, un monument dédié aux soldats morts pour la France pendant la Première Guerre mondiale.

De l'autre côté, des immeubles. Donc beaucoup de fenêtres. Les habitants avaient-ils été interrogés ? Sinon, cela valait la peine de le faire. Sur le lot, il y avait peut-être des insomniaques qui scrutaient la nuit.

Malgré la circulation alentour, la place me donnait un sentiment de vide. Les piétons passaient sur les côtés, sauf ceux qui se rendaient à la médiathèque. Il ne devait y avoir foule que lors de l'entrée et de la sortie des spectacles. Une fois la nuit profonde, les restaurants et cafés de la place Auguste-Perret fermés, à part quelques voitures de noctambules, ce devait être désert.

Le tueur avait dû se garer en stationnement interdit, ouvrir son véhicule et en sortir la victime, sans doute déjà emballée dans la bâche, la charger à bras-le-corps et traverser une partie de l'esplanade pour la déposer contre le mur du Volcan. Osé, mais réalisable. Je ne connaissais pas encore le poids de X, n'ayant pas étudié à fond les rapports d'autopsie, mais un homme jeune et en pleine santé devait bien peser dans les soixante-dix kilos. Ce n'était pas une mince affaire, de déplacer un mort de ce poids. Cela nécessitait beaucoup de force et excluait, d'après moi, la possibilité que le tueur soit une femme.

— Ils pourraient être deux, suggéra Bricart, à qui je livrais mes pensées.

— C'est toujours possible, mais si l'on considère la nature du fantasme, je ne crois pas. Difficile de trouver un acolyte ayant les mêmes délires. De plus, en étant deux, il y a toujours le risque que l'un trahisse l'autre. Ici, la cruauté des actes est particulièrement élaborée. Je crois plutôt à l'acte d'un seul homme très fort.

— Y a-t-il des caméras de surveillance ?

— J'en ai aperçu à l'entrée du Volcan, mais pas du côté où a été déposé le corps. C'est dans un angle mort.

— Il faudrait interroger les commerçants du quartier. Peut-être que l'un d'eux est équipé et qu'une caméra a enregistré le passage du véhicule. Il ne doit pas y en avoir des masses qui s'arrêtent brièvement pour décharger dans la nuit. Je vais dire à Théo de mettre ses hommes là-dessus, si ce n'est déjà fait.

— OK, approuvai-je en me dirigeant vers l'endroit où avait été trouvé le corps.

Des traces sombres imprégnées dans les pavés, du sang sans aucun doute, souillaient encore le trottoir. Je regardai autour de moi. Pourquoi cet endroit-là et pas un autre ? Qu'est-ce qui avait motivé le tueur à placer sa victime dans ce lieu précis ? Rien ne m'inspirait vraiment de réponse. À part la fréquentation touristique et le passage des Havrais qui assuraient ainsi une découverte rapide du cadavre, je ne voyais pas. J'eus une inspiration :

— Tu sais ce qu'on jouait comme spectacle ce soir-là ? demandai-je à Bricart.

— Eh ! Je ne suis pas devin ! Mais on va se renseigner, si tu crois que ça peut avoir un rapport.

— J'aimerais bien, oui.

Nous nous dirigeâmes vers l'entrée, mais, malgré notre insistance, la porte resta hermétiquement close. Il faut dire que nous étions en dehors des heures d'ouverture.

— On trouvera bien un programme quelque part. On regardera sur Internet et, au pire, on reviendra ce soir, déclara mon collègue.

J'acquiesçai et nous retournâmes à la voiture, qui n'avait pas bougé. Victor discutait avec deux policiers municipaux. Il nous présenta sans plus de détail, des collègues, dit-il, et je remarquai que les agents étaient équipés de caméras-piéton. Cela pouvait être très utile dans leurs fonctions, aussi bien pour leur sécurité que pour celle des individus auxquels ils avaient affaire. Par ce moyen, plus de dénonciations abusives de brutalité policière, quant aux policiers, ils pouvaient si nécessaire prouver que leurs interventions se déroulaient strictement dans le cadre de la loi.

— En route ! Au muséum d'Histoire naturelle.

Nous traversâmes la place des Volcans, passâmes devant le monument aux morts. Au loin, dans la lignée de l'avenue qui s'ouvrait devant nous, j'aperçus un montage qui me fit penser à un jeu de construction ultra-coloré et immense.

— C'est quoi, là-bas ? demandai-je à celui qui aurait fait un parfait guide officiel de la ville.

— Oh ça, fit-il avec une grimace, ce n'est pas ce que je préfère. C'est, paraît-il, une sculpture, mais je ne vois pas là le travail d'un sculpteur. En réalité, ce sont des conteneurs maritimes colorés disposés en deux arches qui marquent l'entrée du port. Cela a été fait pour le cinq centième anniversaire du port, si je ne m'abuse. Vous aurez bien l'occasion de passer devant, dit-il en tournant à gauche le long du bassin du Commerce.

Ensuite, il obliqua à droite, puis, en raison de sens interdits, navigua dans différentes ruelles. Tout n'était donc pas permis à la police.

— Le muséum d'Histoire naturelle est juste là. Je ne m'engage pas dans la ruelle où a été trouvé le corps à cause des travaux.

Bricart et moi approuvâmes.

Nous y étions. Le musée était effectivement en travaux. Pas de simples travaux. La façade, typique du dix-huitième siècle, était complètement emballée. Des échafaudages couraient tout le long du bâtiment. D'énormes filets verts laissaient entrevoir les murs tout en protégeant les passants d'éventuelles chutes de pierres. Pour encore plus de sécurité, des barrières de chantiers du plus beau bleu repoussaient les piétons hors du trottoir. Des panneaux invitaient à traverser. Le bâtiment, mais aussi tout ce qui l'entourait, cours et jardins, était complètement sens dessus dessous. Des engins travaillaient dans un boucan d'enfer, des ouvriers s'interpellaient. Autant l'activité diurne était mouvementée, autant la nuit et au petit matin, ce devait être désert avant l'arrivée des premiers ouvriers.

— D'après ce qu'a dit Théo, le corps a été retrouvé dans la ruelle qui longe le côté droit du bâtiment.

Nous nous y engageâmes. Il y avait en effet assez d'espace entre les barrières bleues et le trottoir pour qu'un petit chien puisse s'y faufiler. La mamie, en revanche, avait dû les écarter au prix de gros efforts, sans doute pour récupérer son yorkie désobéissant. Il fallait qu'elle soit relativement forte. Mais parfois la panique à l'idée de perdre son chien pouvait décupler les forces. Certains s'étaient jetés dans des lacs ou des canaux, au risque de se noyer, pour sauver leur animal, alors pourquoi pas ?

— J'aimerais interroger la propriétaire du chien, dis-je. Histoire d'estimer si elle peut avoir réalisé cette gymnastique seule. Dans le cas contraire, peut-être sait-elle quelque chose…

— En tout cas, pour déposer un cadavre ici au milieu de la nuit, pas de soucis, constata Bricart. Pas de caméras de surveillance, certainement aucun passage, pas de vis-à-vis, c'est beaucoup moins risqué qu'au Volcan. Sans compter que, même si la mamie ne l'avait pas trouvé, les ouvriers, à la reprise du boulot, ne pouvaient pas le manquer. Les barrières ne sont pas très hautes. Il a probablement jeté le cadavre par-dessus, sauté dans le chantier, puis l'a installé comme il le voulait.

— Je voudrais jeter un coup d'œil à l'emplacement exact.

— Pourquoi ? Tu n'es pas convaincue ?

— Je cherche une symbolique : pourquoi ici et pas ailleurs ?

J'écartai une barrière avec l'aide de Joël et, presque aussitôt, un ouvrier nous héla :

— Qu'est-ce que vous faites ici ? C'est interdit !

Nous sortîmes nos cartes de police, ce qui à mon avis lui déplut. Il était maître à bord et n'aimait pas qu'on lui résiste.

Bricart, devinant la tête brûlée, décréta :

— On veut voir votre chef de chantier.

— C'est bon. Passez au bureau. C'est dans l'Algeco à droite.

Nous nous y rendîmes à travers les gravats. Un homme jeune et musclé, à l'allure distinguée sous son gilet jaune de chantier, nous reçut avec surprise.

— Madame, monsieur ? Qui êtes-vous ?

Nous ressortîmes nos cartes.

— Nous venons voir le lieu où a été trouvé un corps lundi dernier.

— Ah. Quelle malheureuse histoire ! Bien sûr. Mais, vous savez, on a déjà tout dit à la police. Ils ont interrogé chaque ouvrier, et j'en ai une cinquantaine à travailler ici. Il n'y avait personne pendant la nuit, de fait, personne n'a rien vu, rien entendu.

— Je sais, dis-je, je voudrais juste voir l'endroit précis où il a été trouvé. Après, on vous libère.

— Bien. Mais pour circuler sur le chantier, vous devez mettre des casques. C'est le règlement, et je ne voudrais pas qu'une pierre vous tombe sur la tête !

— Nous non plus, rassurez-vous.

Une fois équipés, nous suivîmes notre guide et nous nous retrouvâmes du côté de la ruelle.

— Voilà, il paraît que le corps était là. Moi, je ne l'ai pas vu. Vos collègues étaient déjà au travail. D'après ce que j'en sais, il était assis contre le mur.

Cela correspondait aux photos de la scène du crime. D'ailleurs, des rubalises déchirées flottaient encore au vent.

De là où avait été disposé le cadavre, la vue se limitait à la rue et au bâtiment d'en face, tout proche. À l'entrée de celui-ci on pouvait lire une pancarte annonçant sa fonction.

— Vous avez transféré les collections en face ? demandai-je.

— Non, c'est impossible. Il y a bien trop de pièces. Elles ont été soigneusement emballées pour les préserver de la poussière, mais laissées dans le bâtiment principal. En face, ce sont les bureaux.

Nous le remerciâmes et il s'éloigna.

— Je vous attends au bureau pour rendre les casques.

— On arrive dans quelques minutes.

Comme au Volcan, des traces sombres maculaient le sol.

— Donc, le corps d'Enguerrand était orienté vers les bureaux. Difficile de trouver une symbolique là-dedans. On pourrait dire que la victime, proche de la nature et aimant les animaux, a été déposée au muséum d'Histoire naturelle pour cette raison.

— Tu ne pousses pas le raisonnement un peu loin ? s'inquiéta Bricart.

— Je cherche juste ce qui a pu passer par la tête du tueur. Pourquoi là et pas ailleurs. Tout comme pour X, d'ailleurs. Allons voir la scène secondaire de Juliette.

Après avoir déposé les casques et remercié le chef de chantier, nous regagnâmes la voiture.

— Vous êtes satisfaits de ce que vous avez vu ? demanda Victor.

— Autant que l'on puisse l'être, assura Bricart. Allons à l'anse des Régates.

Victor rejoignit un axe principal, passa devant un large parvis où trônait une église, du moins c'est le mot qui me vint à l'esprit, lorsque notre chauffeur annonça :

— C'est la cathédrale Notre-Dame. On peut encore voir des traces de tirs sur la façade. Elle a souffert au cours des siècles, mais a toujours été réparée et rénovée.

Il fila tout droit et nous arrivâmes face à la sculpture faite de conteneurs. Je la trouvai amusante et colorée, mais aussi un peu incongrue. On aurait dit que l'enfant d'un géant avait oublié ses jouets sur la digue.

Pas question de jouer, pour nous. La voiture continua sur le boulevard Clemenceau. Nous dépassâmes le musée d'art moderne André-Malraux.

— Ici, on dit le MuMa. Il possède une riche collection de peintures impressionnistes, jugea bon de préciser Victor. Il a été construit après la guerre sur les ruines de l'hôtel Frascati, un palace de la Belle Époque.

Loin, très très loin dans mon cerveau, une petite lumière s'alluma. Pourtant, aucune idée précise ne me vint dans l'instant.

Victor poursuivait :

— La tour que vous voyez à droite, c'est l'église Saint-Joseph, et l'autre, plus loin, c'est celle de l'hôtel de ville. Ce sont deux points de repère importants dans la ville. Nous sommes arrivés. C'est là.

Il se gara devant un hôtel de luxe.

Nous descendîmes et traversâmes la chaussée. Devant nous, une digue d'où partaient des bateaux touristiques pour visiter le port. Le long de l'eau, une promenade pour les piétons, aménagée avec des bancs à intervalles réguliers. Il devait être agréable de s'asseoir face à la mer en regardant les voiliers, ancrés dans l'anse, danser au rythme du clapot tout en écoutant chanter les drisses sur les mats. Sauf pour Juliette. Là aussi, les rubalises entouraient encore le banc. Un policier municipal montait la garde. La découverte du corps ne datait que de la veille, et la scène de crime devait être préservée encore quelques heures, au cas où la PTS ou les TIC[1] auraient voulu faire des relevés supplémentaires. Nous dûmes nous identifier auprès du policier pour qu'il nous laisse approcher. C'était son boulot, et il le faisait bien. Si le lieu avait été laissé sans surveillance, il y aurait bien eu quelques malins à l'esprit morbide pour voler la rubalise ou même s'asseoir sur le banc, à la recherche de sensations fortes.

— La PTS va venir le démonter en fin d'après-midi. On va le remplacer, de toute façon, avec ce qui s'est passé...

— C'est mieux ainsi, approuvai-je. Vous n'avez rien remarqué de spécial ?

Il haussa les épaules.

Bricart enchaîna :

— Un type plutôt costaud qui serait passé plusieurs fois, par exemple.

— Difficile à dire. Ici, il y a de nombreux sportifs qui passent. Des joggeurs, des cyclistes, des marcheurs. Certains sont costauds, on sent qu'ils fréquentent des

1. Techniciens en identification criminelle.

salles de sport, mais aucun ne m'a semblé plus louche qu'un autre...

— Ne vous inquiétez pas, dis-je. C'était juste au cas où.

Même si le tueur était revenu sur les lieux, il se serait arrangé pour se fondre dans la masse.

— Nous voudrions visionner les images de votre caméra. On ne sait jamais, un détail pourrait attirer notre attention.

— Faudra voir avec mon chef. Mais il ne va pas y avoir grand-chose. Je ne l'enclenche que lorsque je parle à quelqu'un. Depuis que je suis là, j'ai juste renseigné un touriste ou deux. Voyez avec mes collègues qui sont passés avant moi.

— D'accord et merci !

J'examinai le banc. Le bois avait absorbé le sang. Il y avait effectivement intérêt à le changer en entier. Les taches ne partiraient pas. Je scrutai la vue qui s'offrait à moi. Je n'étais pas très à l'aise sur les bateaux, mais depuis la terre ferme je trouvais ça beau, voire poétique. Je comprenais que cela puisse alimenter les rêveries de milliers de gens. Franchir les océans, découvrir le monde en toute liberté, n'était-ce pas le rêve de beaucoup d'entre nous ?

Était-ce celui de Juliette ? S'il s'avérait qu'elle avait un penchant pour la mer et les voiliers, cela prouverait que le tueur n'abandonnait pas les corps au hasard. Qu'il leur faisait comme un dernier cadeau en les déposant dans un milieu qui leur était cher. Une façon peut-être de leur demander pardon, une forme de remords ?

Mais qu'en était-il de X ? À ce stade, j'étais persuadée qu'il avait quelque chose à voir avec ce qui se passait à l'intérieur du Volcan.

— Regarde !

Bricart attirait mon attention.

— Un porte-conteneurs entre au port. C'est impressionnant ! Belle bête !

Nous nous dévisageâmes. La même idée venait de nous traverser l'esprit. Et elle ne nous plaisait pas.

4

— Tu penses comme moi ? demanda Bricart.

— J'imagine que oui. Si le tueur est un homme de passage, un marin par exemple, on n'est pas près de lui mettre la main dessus !

Après réflexion, je continuai :

— Ces cargos ne restent pas longtemps. Ils arrivent, déchargent, rechargent et s'en vont. Cela prend combien de temps ?

— Aucune idée. Je vais contacter la gendarmerie maritime. Ils doivent pouvoir me dire cela.

Il s'éloigna un peu, s'isola sur la petite digue menant aux bateaux touristiques. Pour l'instant, il n'y avait personne. J'en profitai pour appeler Jumet.

— Oui ? Du neuf ?

— Pas vraiment, mais j'ai une question, même deux.

— Je t'écoute.

— Sais-tu si Juliette avait une passion pour la mer ou les bateaux ? Avait-elle des rêves de voyages ?

— Je n'en sais rien. Ne quitte pas, je vais demander à Théo.

Je patientai un instant.

— Il l'ignore. On joint les parents et on te rappelle.

— Attends ! Ma deuxième question…

— Vas-y !

— Que jouait-on au Volcan lors de la découverte de X ? Ou encore, quelle exposition avait lieu au centre culturel ?

— Tu te fiches de moi ? Tu veux parfaire tes connaissances ?

— Non. Je t'assure, c'est important.

— Si tu le dis… Je te donne les infos dès que possible.

Il raccrocha. Même si mes questions lui paraissaient incongrues, je savais que Fred avait confiance en mon instinct et qu'il ferait tout pour y répondre au plus vite.

Bricart revenait vers moi.

— Bon, pour décharger un porte-conteneurs il faut maximum quatre jours pour les plus gros, de un à trois jours pour les petits et les moyens. Dans l'idéal, un cargo ne reste que vingt-quatre heures en escale, peu importe l'heure, le jour, ou même les conditions météo. Il faut savoir qu'il y a entre cinq et vingt-cinq mille conteneurs sur un navire de commerce, en fonction de la taille de celui-ci. On débarque d'un côté, on recharge de l'autre, et il repart. Pour finir, ça va assez vite.

— Par conséquent, les marins ne restent pas longtemps au port. En tout cas, ceux-là. Mais n'oublions pas tous les autres, les ferries, les bateaux de pêche et aussi les plaisanciers. Ça fait du monde et un brassage de population énorme.

— En effet. Mais dans notre cas, on a plus de dix jours entre le premier meurtre et celui de Juliette. On peut raisonnablement estimer que notre homme ne peut pas être arrivé et reparti sur un cargo. Aucun ne reste dix jours sur place. C'est beaucoup trop long.

— C'est toujours ça, dis-je. D'autant plus qu'on pressent que la série n'est pas finie. Si c'est un marin, il doit être encore là ou, deuxième hypothèse, qui me plaît mieux, vu ses connaissances de la ville, il est du cru.

Mon téléphone vibra.

— C'est Fred, dis-je à mon collègue. Alors ?

— La petite Juliette aimait la mer et les bateaux. Elle rêvait même de faire un tour du monde en cargo. Tu savais qu'un particulier peut louer une cabine sur un de ces bateaux ?

— Oui, mais, tu sais, moi et le mal de mer… Donc, elle aimait ça ! Et pour le Volcan ?

— Théo se renseigne. C'est quoi, l'idée ?

— Je pense que le tueur cherche une symbiose entre sa victime et l'endroit où il dépose les corps.

— Une espèce d'accord parfait ?

— C'est ça. Enguerrand, si proche de son cheval et de son chien, placé au muséum. Juliette, qui aimait la mer, vue sur le port de plaisance et l'arrivée des cargos au large.

— En quelque sorte, il leur offre un dernier plaisir. Trop gentil ! Mais, dans ce cas, Enguerrand aurait été mieux en pleine nature, non ?

— Oui, mais la nature est en dehors de la ville, donc, d'après moi, loin de la zone de confort du tueur. Le muséum est un pis-aller. Il y a quand même plein de bestioles à l'intérieur. C'est pour ça qu'il est important de savoir ce qui se passait au Volcan le soir de la mort de X ou les jours précédents. Cela pourrait nous donner des renseignements sur son identité.

— Je te rappelle.

— Si tu veux, mais on rentre.

Cette fois, Victor fila tout droit et, deux ronds-points plus loin, après être passés devant l'hôtel de ville et sa haute tour, nous rejoignîmes le commissariat.

— Ah, vous voilà ! Alors, tes impressions ? me demanda Jumet à peine avions-nous franchi la porte du bureau.

— Malgré quelques autres suppositions, je reste persuadée que le tueur est quelqu'un qui connaît parfaitement la ville. C'est surtout le muséum qui me conforte dans cette impression. Ce n'est pas le genre d'endroit que l'on visite quand on est seulement de passage, de plus, même s'il est dans le centre, il faut savoir où il se trouve. Je ne pense pas que ce soit un lieu très fréquenté, à part par les amateurs de sciences naturelles et de paléontologie. Par ailleurs, il y a la symbolique des scènes secondaires, comme je te l'ai dit au téléphone tout à l'heure. Est-ce qu'on connaît les programmes du Volcan ?

Théo prit la parole :

— C'est varié. Cela va de l'opéra au concert. Cependant, un spectacle inspiré des LGBT brésiliens a attiré mon attention, d'autant plus qu'il a eu lieu le samedi avant la découverte du corps. Vu que la victime présentait des signes de transgenrisme... je ne sais pas si on peut dire ça...

— On peut, approuvai-je, ou encore transsexualisme ou transidentité, ou dysphorie du genre. Bref, celui qui ne peut supporter le genre assigné à sa naissance. Peu importe le mot, la réalité est la même pour toutes ces personnes. Elles se sentent de l'autre sexe et veulent changer. Décision ultime que le tueur a prise pour ses victimes. Tu disais, des Brésiliens ?

— C'est ça.

— Y a-t-il eu un Brésilien porté disparu ?

— Pas à ma connaissance. Mais j'ai mis les M&M's sur le coup. Il y a un consulat et même une antenne de l'ambassade du Brésil au Havre. Ils vont se renseigner là-bas pour savoir si la disparition d'un jeune voyageant en France a été signalée. La famille doit se faire du souci si elle est sans nouvelles.

— Cela fait plus de dix jours, constata Bricart. Si la théorie se confirme, ils ne s'inquiètent pas vite !

— Tu sais, je doute qu'un jeune en balade sur un autre continent que le sien donne des nouvelles tous les jours ! Probablement parce qu'il n'y pense pas, qu'il a autre chose à faire ou qu'il n'a plus d'argent pour son forfait... Avant que l'on s'inquiète à l'autre bout du monde, il peut se passer du temps, sauf si parents et enfants ont des rendez-vous Skype de temps en temps. Avec les cybercafés, maintenant, c'est possible.

— On va présenter sa photo dans les cybercafés, il faut absolument savoir qui est cet homme, décida Théo. Je donne des ordres de suite.

— Bon, résumons, décréta Jumet. Parlons d'abord de ce dont on est certain. Juliette avait des tendances transgenres marquées. Enguerrand, on peut le supposer d'après ses attitudes, ses choix d'avenir, les réflexions de ses copains, mais les parents nient farouchement, surtout le père. On en déduit que le tueur s'en prend aux transgenres.

— Peut-être pas pour X, objectai-je.

— Comment ça ?

— On sait que c'est le tueur qui travestit ses victimes grâce à Enguerrand, qui a disparu habillé en garçon et a été retrouvé en fille, et Juliette qui, même si elle portait un pantalon lors de sa disparition, a été masculinisée.

— Eh bien ? X était habillé en fille, aussi, et de façon grotesque.

— Cela signifie juste que le tueur l'a grimé. Mais rien ne prouve que, dans sa vraie vie, il était transgenre, ni même homo, affirmai-je. Je connais des hommes dont on ne peut absolument pas dire qu'ils sont homos. Il peut en être de même dans ce cas-ci.

Théo haussa les épaules.

— Mais son air efféminé et les épilations ?

Il allait falloir être patiente...

— Son air, il ne le choisit pas. Il y a de beaux garçons qui ont les traits fins, surtout à son âge estimé. Il y a aussi de nombreux hommes qui se rasent les jambes, pour des questions d'hygiène ou de sport. Tous ne sont pas des transgenres ou des homosexuels. Il paraît que les cyclistes le font, je me trompe ?

— Non, tu as raison, répondit Bricart. Les poils retiennent la chaleur et, en cas de fortes températures, les cyclistes peuvent faire de l'hyperthermie. Souci supprimé par l'épilation. Cela sert aussi en cas de chute. C'est plus facile pour les soins.

— De plus, s'il vient du Brésil, si l'on en croit le choix de l'emplacement du corps à un moment où ce pays est évoqué dans un spectacle, cela n'aurait rien d'étonnant. Là-bas, les opérations esthétiques sont nombreuses et l'apparence a une grande importance.

— En clair, tu dis que c'est un beau Brésilien épilé qui ne serait pas LGBT, ironisa Théo.

— C'est une possibilité non négligeable. Il faut attendre l'identification pour en savoir plus, et que sa famille nous renseigne sur ses tendances.

— Pourquoi le tueur s'en serait-il pris à lui, dans ce cas-là ?

— On est dans les suppositions pures. Ce n'est pas très concret. Votre légiste lui-même a dit que X ne prenait aucun traitement à base d'œstrogènes, qu'il n'avait rien de chimique dans le sang. Or, s'il avait effectivement plus de dix-huit ans, il aurait pu prendre des hormones. Si la personne est sûre de ses choix et qu'elle a été contrariée par sa famille, au moment de sa majorité elle fonce chez un toubib pour réaliser son rêve. Évidemment, cela ne se fait pas en un jour, mais il y aurait des traces d'hormones féminines dans son sang. Le meurtrier a pu vouloir coucher avec lui et X l'aurait repoussé, par exemple. D'où l'assassinat.

— Dans ce cas, fit Théo, le tueur serait homosexuel.

— C'est possible. Ou transgenre habillé en femme qui séduit le beau X. Mais, au moment de passer à l'acte, X prend conscience de son erreur, refuse et le paie de sa vie.

Jumet empoigna son téléphone.

— Ne le prends pas mal, mais je vais faire venir mon légiste et les gars de la PTS. Ils sont experts et vont recommencer les autopsies sur les trois victimes. On trouvera peut-être quelque chose de plus. Deux avis valent mieux qu'un, n'est-ce pas ?

Le légiste en place allait faire la gueule, c'était certain. Mais Jean Lambert, notre légiste préféré et attitré, expert auprès des tribunaux, n'avait plus à prouver ses compétences. Ses travaux étaient reconnus au niveau national, et même international. Certains de ses articles avaient été publiés dans de grandes revues scientifiques, où ils faisaient référence. C'était mon mentor, celui qui m'avait soutenue à mes débuts alors qu'à l'époque Fred Jumet était plus que sceptique à l'idée de m'intégrer dans l'équipe. Depuis, les choses avaient changé et nous formions une Task soudée. Le groupe de la PTS de Caen, qui travaillait majoritairement dans la Manche, l'Orne et le Calvados, composé du commandant Ludovic Ménard, de son adjoint Luc Pasquier et d'Ambre Bricart, épouse de notre collègue Joël, n'avait rien à envier au réputé labo de Lyon, souvent mentionné dans la presse.

Théo haussa les épaules.

— C'est toi le chef. Tu n'as qu'à décider.

C'était tout décidé ! Jumet avait déjà son téléphone en main et appelait nos collaborateurs habituels. Quand il raccrocha, il annonça :

— Ils seront là demain à la première heure.

Les M&M'S firent leur entrée à ce moment-là.

— Vous avez quelque chose ? demanda Théo, impatient.

Rien qu'à leur air satisfait, j'étais certaine que oui.

— C'est tout neuf, ça date d'hier. Une famille de Brasilia a contacté la police brésilienne car ils sont inquiets d'être sans nouvelles de leur fils parti pour un road trip en Europe. Première destination, la France, qu'il rejoignait en cargo depuis Santos, le plus grand port du Brésil, et même d'Amérique latine, en tonnage et en valeur de marchandises. Il devait arriver au Havre après douze jours de traversée, soit le vendredi 7. C'était un choix, car l'avion est moins cher, mais moins routard ! Leur fils voulait vivre avec les membres d'équipage et partager leur vie quotidienne. Ensuite, il devait faire du stop pour aller dans le Sud, puis en Espagne et au Portugal.

— Un nom ?

— La police brésilienne a prévenu le consul ce matin. Il s'agirait, si c'est bien lui, d'un certain Renato Alves, dix-neuf ans.

— On a une photo ?

— Pas encore. Mais il envoyait des films sur Twitter, enfin X, maintenant. Le dernier montre l'arrivée du bateau au Havre, toujours d'après les proches, car, après, ils n'ont plus rien reçu. Ils ont essayé de l'appeler des dizaines de fois, sans résultat.

— On peut voir ces films ?

— Le consul a demandé une réquisition, car X empêche les utilisateurs non enregistrés d'accéder à la plate-forme sans compte. Mais les parents envoient les films à la police brésilienne, qui transmettra au consul, qui nous les adressera en urgence.

— On ne peut pas être en relation directe avec la police brésilienne ? On gagnerait du temps.

— Le consul tient à faire partie de l'enquête, s'il s'avère que c'est bien Alves. On lui a fait suivre la photo du corps à la morgue.

— Espérons qu'il soit délicat et qu'il ne la montre pas aux parents, dis-je.

— C'est un homme bien. Je ne crois pas qu'il ferait ça, dit Max.

— Est-ce qu'on en sait plus sur ce garçon ?

— Oui, et c'est un peu la merde.

Je haussai les sourcils.

— Comment ça ?

— Renato Alves est le fils d'un des plus gros armateurs de Santos. Une fortune colossale et des amis haut placés. Cette affaire va faire du bruit, au moins là-bas, continua Max sur sa lancée.

— Avec un père armateur, cela explique qu'il soit parti sur un cargo, parce que pour nous, pauvres prolétaires, c'est raté, il faut savoir que le billet est très cher, dit Marc. Mais, d'après le père, son fils voulait faire cette expérience, peut-être pour commencer à la base avant de prendre la suite de papa.

— Avec un père armateur, rassure-toi, ça n'a pas dû lui coûter grand-chose, affirma Théo.

Ces considérations mercantiles nous éloignaient du sujet.

— Connaît-on ses orientations sexuelles ?

Max me regarda comme si j'étais un ovni.

— Tu crois que je pouvais interroger tout de go le consul pour savoir si le fils de l'armateur le plus puissant du Brésil était homo ou trans ? D'ailleurs, il l'ignore sans doute.

— Donc, vous ne lui avez pas appris dans quelles circonstances il a été découvert, comment il était habillé et qu'il avait eu le sexe tranché ?

— Ben non. On a juste dit qu'on avait trouvé un corps non identifié, et on a montré la photo de son visage nettoyé à la morgue.

— Vous avez eu raison, fit Théo. Il faut que l'on soit sûr de l'identification avant d'entrer dans les détails.

Ce n'était pas faux. Il était quand même urgent de voir les films qu'avait tournés ce garçon. Ils pouvaient peut-être nous renseigner sur ses rencontres et, qui sait, montrer le tueur.

— S'il s'avère que c'est réellement Renato Alves, alors Laura a vu juste avec la symbolique des meurtres, déclara Bricart.

— En effet, admit Théo. À quoi ça rime ?

— Peut-être le tueur veut-il nous donner des indications sur les victimes ou encore faire un dernier cadeau à celles-ci. C'est difficile de savoir ce qui se passe exactement dans la tête d'une personne capable de telles atrocités.

Un lieutenant que nous ne connaissions pas encore fit son apparition, un fax à la main.

— Le consul a envoyé ça, dit-il.

Le fax montrait une photo floue, un peu baveuse, même, à cause d'une impression de mauvaise qualité.

— C'est la photo du disparu.

On voyait un beau jeune homme, les cheveux mi-longs attachés en queue-de-cheval en haut du crâne. Les traits fins et la mâchoire carrée ne laissaient que peu de doutes quant à l'identité de celui qui posait devant un cargo, un sac à dos sur les épaules.

— C'est X, fis-je.

— Donc, Renato Alves, conclut Jumet. Au moins, notre victime est identifiée. Maintenant, il va falloir en savoir plus sur ce jeune homme. Préviens le consul, dit-il à Théo, que l'on respecte la voie hiérarchique. Explique-lui aussi les circonstances de la mort. Elles ne peuvent plus rester secrètes. Dis-lui également que nous voulons parler aux parents de toute urgence. Je suis certain qu'ils voudront nous aider dans la mesure du possible. Ils souhaiteront sans doute récupérer le corps au plus vite. Il faut que le consul leur précise que tant que l'enquête n'est pas terminée, et sans l'accord du proc, ce ne sera pas envisageable. Il doit rester à notre disposition s'il y a besoin d'analyses complémentaires.

— J'ai reçu les films, annonça le lieutenant, qui revenait avec un ordinateur. Ce sont des vidéos d'une durée de cent quarante secondes, temps maximal autorisé par la plate-forme. Il y en a cinq.

Il brancha quelques fils et l'image apparut sur l'écran mural.

D'abord, Renato à l'embarquement, tout joyeux de partir en voyage, tourné sous forme de selfie. Il faisait de grands signes, sans doute à ses parents venus lui dire au revoir sans savoir qu'ils ne le reverraient jamais. La seconde vidéo montrait la cabine, plus confortable que je ne l'aurais imaginé sur un cargo, et le réfectoire, où l'équipage mangeait de bon appétit en rigolant devant la caméra. Les deux suivantes racontaient la vie à bord, le nettoyage du pont, mais aussi des sanitaires.

— Si voyager sur un cargo implique le nettoyage des chiottes, très peu pour moi, fit Jumet, la mine dégoûtée.

Enfin le dernier film faisait voir l'arrivée au port, avec le bateau-pilote et, dans le poste de commandement, l'expert de la navigation locale à la manœuvre pour mener le cargo jusqu'au quai, où il serait amarré pour le déchargement et le rechargement. Pour finir, un panoramique sur les installations portuaires. C'était donc bien au Havre que Renato avait débarqué.

— On n'a pas envisagé que le coupable pouvait être un pilote ou un docker, réalisa Bricart. Cela fait du monde.

— On ne peut rien cibler en particulier tant qu'on n'aura pas plus d'indices, estima Fred. Le panel est trop large. Laura, tu vois quelque chose de particulier ?

— On peut interroger le pilote, faute d'équipage reparti depuis longtemps. Peut-être que le personnel du bateau-pilote...

— Ici, on les appelle les Abeilles, la coupa Théo. Coque noire et pavois blanc.

C'était charmant. Il en était de même en Bretagne.

— Je disais donc que le personnel de l'Abeille l'a peut-être vu débarquer ou parler à quelqu'un. Ou encore partir dans une direction précise.

— Cela vaut le coup d'essayer, acquiesça Théo. Il est 20 heures passées. On arrête pour ce soir. De toute façon, on ne pourra questionner personne avant demain matin.

— Le personnel des Abeilles ne travaille pas de nuit ? demandai-je.

— Si, bien sûr. Mais il faut que l'on sache qui travaillait le jour de l'arrivée du cargo brésilien. Pour ça, on doit interroger la capitainerie. Je doute qu'on ait des réponses ce soir. Je vous propose d'aller manger un morceau et de revenir frais demain matin. Tu as l'air épuisée, me dit-il.

C'était vrai. Le voyage, les premières investigations, mais surtout le jet lag me laissaient sur les rotules.

— OK, approuva Jumet. Rendez-vous ici demain à 7 h 30. On n'a pas une minute à perdre.

5

Samedi 22 juin

Refusant le restaurant proposé par Jumet, je rejoignis notre logement avec un des sandwichs restants de midi. Moins d'une heure après avoir quitté mes collègues, je m'effondrai dans le lit de la grande chambre, que je m'attribuai par habitude. De toute façon, les hommes ne dormiraient pas ensemble et disposaient chacun d'une chambre individuelle avec un lit d'une personne.

Couchée à 20 heures, je me réveillai à 6 h 30 grâce à mon téléphone. Sans lui, j'aurais sans doute fait le tour du cadran.

Je passai sous la douche alors que ça commençait à bouger chez mes collègues.

Une fois dans la cuisine, je préparai un café pour eux et, miracle, trouvai deux sachets de thé qui se battaient en duel au fond du placard. Nous nous en contentâmes. Il faudrait que nous fassions quelques courses si notre séjour devait se prolonger.

À 7 h 30 tapantes, nous nous présentions au bureau de Delaunay. Celui-ci faisait triste mine.

— Un problème ? demandai-je.

— Oui. Un gros. Ce que nous pouvions imaginer.

Nous échangeâmes un regard, avec Jumet et Bricart. Nous savions avant qu'il ne parle. Je craignis le pire.

— Un corps ?

— Non, mais, à moins d'un miracle, cela ne saurait tarder. Une jeune femme a disparu de son domicile.

— Une femme ? Donc plus âgée que les autres victimes ?

— À peine. Vingt ans. Elle vit en couple avec, tenez-vous bien, une copine.

— Qui a signalé la disparition ? demanda Bricart.

— La copine, forcément. Un joli brin de fille de dix-neuf ans, d'après les collègues. La disparue, Chloé Arnaud, endossait, si j'ai bien compris, le rôle de l'homme dans le duo. D'ailleurs voici sa photo, elle ne laisse pas de place au doute.

Le cliché montrait une femme habillée en motarde, au crâne quasiment rasé et au corps bodybuildé.

— Elle avait commencé les démarches pour changer d'identité auprès d'un juge. Elle suivait, d'après sa copine, un traitement hormonal poussé. Elle avait également subi une mastectomie non pour cause médicale, mais pour supprimer une poitrine qu'elle ne supportait plus. Cela date d'il y a un an.

— Ça ne sent pas bon, dis-je. Elle a le profil type des victimes du tueur.

— Et on sait qu'il lui reste un sexe à « greffer », râla Jumet.

— Que peux-tu dire de cette jeune femme ? demanda Bricart. Et quand a-t-elle disparu ?

— Elle travaille comme commerciale pour une brasserie. Elle passe son temps de café en café pour vendre sa marchandise. Elle est souvent en déplacement, car elle bosse sur toute la Normandie, Seine-Maritime, bien sûr, mais aussi Eure, Calvados, Orne et Manche. Jeudi, donc le jour où on a découvert Juliette, elle était partie dans l'Orne de bonne heure, pour la journée. Elle devait rentrer le soir à son appartement, ici, au Havre, boulevard François-Ier, proche du musée Malraux, pour vous le situer.

Pour Jumet cela ne voulait rien dire, mais pour Bricart et moi, qui avions eu droit à une visite commentée la veille, c'était plus parlant.

— Ce n'est pas loin de l'endroit où a été retrouvée Juliette, remarquai-je. Il faudrait savoir à quelle heure elle a quitté son domicile. Le tueur l'a peut-être repérée après avoir déposé Juliette sur le banc du boulevard Clemenceau.

Théo jeta un coup d'œil à ses notes.

— Elle est partie à sept heures. C'est-à-dire juste après que le joggeur a trouvé Juliette, à 6 h 15. Le tueur serait tombé dessus en s'éloignant du boulevard Clemenceau ? Cela paraît peu probable.

— Cela voudrait dire qu'il agit au hasard des rencontres et qu'il n'y aurait pas de lien entre les victimes ? C'est bizarre, dit Jumet.

— C'est vrai, tu as raison, mais tant qu'on n'a pas le lien… Et puis, parfois, l'occasion fait le larron.

Pas convaincu, Jumet continua :

— Cela signifierait qu'il ne l'a pas observée et n'a pas planifié son enlèvement… Risqué, d'agir sur une pulsion en pleine ville. Même tôt, il y a du monde qui part travailler ou des gens qui regardent aux fenêtres. Cela me semble peu vraisemblable.

Je dus admettre qu'il avait raison.

— Je peux continuer ? demanda Théo, qui suivait nos échanges comme le spectateur d'un match de tennis.

— Je t'en prie.

— Bref, elle n'est pas rentrée jeudi soir, cela a fortement déplu à sa copine, une certaine Louise Moreau, qui, de son propre aveu, est jalouse. Elle a essayé de l'appeler, bien sûr, sans succès. Dans la soirée, elle a fini par recevoir un SMS disant qu'elle ne reviendrait que le lendemain, sans autre explication.

— J'imagine que le tueur a vu les nombreux appels et a trouvé cette méthode pour se débarrasser de la copine, du moins temporairement.

— C'est bon, ça, fit Bricart. On doit pouvoir localiser le lieu d'où a été envoyé le SMS. Donne-moi le numéro. Je joins l'opérateur. On saura ainsi où se trouvait le téléphone jeudi soir.

— Peut-être la planque ! s'excita Jumet.

Cela me semblait trop beau pour être vrai. Avec les séries policières, chacun sait maintenant qu'il peut être localisé par un téléphone.

— Croisons les doigts... Achève de nous mettre au courant, Théo.

— Elle n'est pas rentrée le vendredi non plus, sans avoir donné plus d'explication. Louise a fini par s'endormir. Elle s'est réveillée à 5 heures, a contacté les hôpitaux avant de nous appeler. Vu les circonstances actuelles, une patrouille s'est rendue sur place et cautionne l'histoire. La fille est attendue pour une main courante à 10 heures. J'ai déjà prévenu le proc. On ouvre officiellement une enquête pour disparition inquiétante, mais ça, elle ne le sait pas encore. Et puis, il y a ça, ajouta-t-il en jetant les journaux sur la table.

Paris Normandie, *Le progrès de Fécamp* et *Ouest-France*, tous avaient un titre plus ou moins commun : « *Un tueur en série au Havre ?* », « *Une série de meurtres non élucidés en ville* », ou encore « *Le centre-ville de tous les dangers* ».

Je jetai un coup d'œil aux articles. Ils semblaient coulés dans le même moule. Un journaliste avait eu l'info et en avait fait profiter ses collègues. Heureusement, il n'y avait pas de description morbide. Respect des victimes et de l'enquête ou tout simplement manque d'informations ?

— Pour la discrétion, c'est réussi ! On sait d'où ça a fuité ?

— Oh, tu sais, les journalistes ont leur nez partout. Pour peu qu'un éboueur, un ouvrier du muséum ou le joggeur ait parlé autour de lui, c'est vite fait. On va faire ce qu'il faut pour que ça n'aille pas plus loin. Qu'au moins on n'évoque pas l'état dans lequel on a trouvé les corps.

Une jeune femme en uniforme fit son entrée.

— Bonjour, je suis de permanence pour répondre aux coups de fil suite à l'appel à témoin diffusé hier soir.

— Vous avez quelque chose ?

— On a reçu beaucoup d'appels plus ou moins crédibles, mais mon chef m'a dit de vous transmettre ça.

Elle tendit un papier avec une transcription. On pouvait y lire ceci :

— J'ai pas vu l'appel à témoin hier, mais ce matin aux infos. Votre gars, il est venu manger chez moi.

— Vous êtes qui, monsieur ?

— Takehiko Asuka, je tiens un restaurant japonais quai Michel-Féré, au bassin du Roy. Votre gars, dont j'ai vu le portrait-robot à la télé, il est venu manger chez moi. J'en suis sûr. Il était seul et il a pris des sushis.

— Vous vous souvenez quand ?

— C'était un vendredi. Pas la semaine dernière. Celle d'avant.

— Je vous remercie. Un collègue va venir prendre votre déposition.

Suivaient deux ou trois banalités.

— Intéressant, dis-je. Renato a débarqué le 7, et le soir il est allé manger des sushis. Il était donc vivant le vendredi soir. Il a probablement été enlevé dans la nuit, puisque votre légiste affirme qu'il avait l'estomac vide le lundi matin.

— Déjà, il y a erreur sur le nombre de jours de jeûne, constata Jumet. Le légiste a dit trois jours. S'il a mangé le vendredi soir, il n'a pu être privé de nourriture que deux jours, samedi et dimanche, puisque lundi matin, il était mort.

— Deux ou trois jours, c'est peut-être difficile de faire la différence, opposa Théo, défendant son collègue médecin.

— Au moins, on a quelques informations de plus. Sait-on à quelle heure le cargo est arrivé ? demandai-je.

— Pas précisément, mais je vais me renseigner à la capitainerie. De toute façon, je dois y aller pour avoir les noms des marins qui étaient sur l'Abeille à l'arrivée du cargo et convoquer le pilote et les hommes de bord.

— Fais donc ça, accepta Jumet.

Son téléphone sonna.

— Lambert est arrivé à la morgue. Laura, tu y vas ?

C'était plus une affirmation qu'une question.

Je soupirai. La loi exige la présence d'un OPJ[1] lors d'une autopsie. Dans notre équipe, c'était toujours moi qui m'y collais, sous prétexte qu'à force de travailler avec Lambert j'étais plus habituée à l'exercice. La vérité était que mes collègues, sous leurs airs de durs, ne supportaient pas bien les dissections obligatoires sur les victimes. Pourtant, j'aurais bien aimé quelquefois qu'ils me remplacent, même si, entre Jean et moi, il y avait une forte connexion, comme entre un père et sa fille.

Cette fois, cela risquait d'être particulièrement pénible. Renato Alves était mort depuis plus de dix jours et, malgré la conservation au frais, la putréfaction serait bien entamée. Pour Enguerrand et Juliette, c'était un peu plus récent, mais pas de quoi éviter la

1. Officier de police judiciaire.

transformation du corps sous l'effet des bactéries ni les odeurs qui allaient avec.

— Pour les trois ? demandai-je avec un peu d'espoir. On pourrait en faire une chacun, pour une fois.

Peine perdue :

— Lambert t'attend. Tu sais qu'il apprécie de travailler avec toi.

Il n'y avait rien à répondre à cela.

*

* *

Le fidèle Victor me prit en charge une fois de plus.

— Il y a plusieurs hôpitaux au Havre, mais nous allons à l'hôpital Jacques-Monod. C'est le plus pointu, et c'est aussi là que se passent les examens liés à la médecine légale et, ce qui vous intéresse, les autopsies requises par l'autorité judiciaire, me précisa-t-il.

Je lui demandai de s'arrêter dans un endroit où je pourrais acheter un sandwich. Cela lui parut paradoxal.

— Vous voulez manger maintenant ? Avant une autopsie ?

— Le docteur Lambert, notre légiste, y tient beaucoup. Histoire de ne pas tourner de l'œil. Et si on vomit, cela fait moins mal qu'avec le ventre vide.

— Ma pauvre ! s'autorisa-t-il à dire.

— Je suis entraînée ! Ce n'est pas que cela m'amuse, mais c'est à faire. Les morts nous parlent. À travers leurs souffrances, nous pouvons savoir ce qui leur est réellement arrivé. Parfois, nous trouvons un indice, si infime soit-il, qui peut nous mettre sur la piste du tueur.

Il s'arrêta en double file devant une boulangerie qui faisait aussi du snacking. Je m'autorisai un pain au chocolat et pris un sandwich américain pour midi. Trois autopsies à suivre, cela représentait au moins six heures de travail. Il serait nécessaire de faire une pause.

Ensuite, la voiture s'inséra dans la circulation. L'hôpital se trouvait assez loin de l'hôtel de police. Après avoir quitté le centre, nous nous engageâmes sur des boulevards plus larges et plus roulants.

Je ne connaissais pas assez la ville pour m'y diriger, mais il fallait reconnaître que, sur ce coup, j'aurais pu m'y retrouver. À chaque carrefour important, la direction de l'hôpital était clairement indiquée. Je reconnus au passage le stade Océane et son beau bleu, puis il y eut un nœud routier important, où Victor n'hésita pas une seconde sur la direction à prendre. Au fond de moi, j'eus une pensée ironique pour les héros de films qui, débarqués dans une ville inconnue, trouvent leur chemin à tous les coups. Ils devaient avoir un GPS greffé dans le cerveau, ce qui n'était pas mon cas ! Sans Victor, ou un Waze, j'aurais sans doute galéré malgré les poteaux indicateurs.

— En réalité, l'hôpital n'est pas au Havre même, mais à Montivilliers. Ça se touche.

Il nous fallut quand même vingt minutes pour arriver à destination.

L'hôpital était un mastodonte. Une ville miniature, mais une ville avec ses routes, ses sens interdits et une ligne de bus.

Dans les embarras de la circulation, j'avais fait appel à mon ami Google pour en savoir un peu plus sur cet endroit. Le groupe hospitalier devait son nom, Jacques Monod, à un biologiste et biochimiste français qui avait obtenu le prix Nobel de médecine en 1965. Ce n'était pas si vieux ! Avec une capacité d'environ six cents lits et tous les services de médecine et de chirurgie possibles et imaginables, cela en faisait le plus gros pôle santé de la région.

Un dernier rond-point, et la masse des bâtiments se dressa à notre droite. L'architecte avait voulu mettre un peu de gaîté dans ce lieu de maladie, de souffrance et de mort, abstraction faite de la maternité qui, la première, saluait les visiteurs en utilisant l'orange à profusion pour égayer les façades grises.

Nous dépassâmes les urgences, si nettement indiquées qu'on ne pouvait pas les manquer.

— Au cas où vous devriez aller à l'accueil, entrez par ici et vous trouverez un ascenseur. En réalité, nous sommes à la hauteur du premier sous-sol, aux urgences, et l'accueil est au rez-de-chaussée, soit un étage au-dessus. Il y a aussi un deuxième sous-sol avec des parkings.

— Tout dépend où est la morgue, dis-je.

— Ne vous en faites pas. Je vous y conduis. C'est une unité à part. Elle est accessible par l'extérieur de l'établissement, par le parking sud.

Quelques minutes plus tard, il se garait sur une place réservée au personnel, devant un pavillon un peu isolé du reste de l'institution.

J'appréciai. Pour une fois, nous ne serions pas enterrés dans un sous-sol éclairé seulement par des néons.

— Merci, Victor. Je vous ferai appeler quand j'aurai fini. J'ignore complètement combien de temps cela va prendre. Vraisemblablement la journée.

— Très bien. N'hésitez pas.

Restée seule devant la porte, je respirai un grand coup. Sur la droite, un accueil réservé aux familles et les chambres funéraires. Sur la gauche, un couloir avec un simple panneau : *Morgue*. Pour y accéder, il fallait un digicode que je n'avais pas. J'appelai Lambert :

— Je n'ai pas le code pour entrer.

— Attends... 0405, vas-y, ça devrait marcher.

Pas très compliqué, le code, mais efficace. En même temps, qui aurait envie d'aller fouiller dans l'antre de la mort ?

Je pénétrai dans un couloir au dallage blanc immaculé. À ma gauche, quatre portes automatiques donnant accès aux salles d'autopsie s'ouvraient sans qu'on ait à les toucher. À ma droite, les frigos, identifiables à leur bourdonnement régulier. Dire qu'on finirait probablement un jour là-dedans !

Le couloir formait ensuite un angle à gauche et menait vers les bureaux.

La voix de Lambert sortait de l'un d'eux, et il n'avait pas l'air content :

— Je ne comprends pas ! Comment, sur un cas aussi grave, ou plutôt *des* cas, avez-vous pu laisser un interne se débrouiller seul !

— J'étais en vacances au Maroc. Je suis revenu après le deuxième assassinat, dès que j'ai pu. Les avions sont toujours pleins ! Cela n'a pas été si simple, quoique vous en pensiez. Les deux premières autopsies avaient déjà été réalisées. Le docteur Robert est un bon interne. Si quelque chose lui a échappé, j'en prendrai la responsabilité.

Je frappai à la porte.

— Entre ! aboya Lambert, visiblement énervé. Salut, Laura. Ça va ?

— Moi, oui, ça va.

Je saluai le légiste en titre, qui me serra la main d'une poignée franche.

C'était un homme dans la quarantaine, aux traits quelconques mais au regard rieur, ce qui contrastait avec son métier. Ses cheveux frisés en bataille, ainsi que sa peau burinée, lui donnaient l'air d'un baroudeur.

— Je te présente le docteur Florent Bertin, chef du service. Et voici Laura Claes, l'OPJ qui assistera aux autopsies. On va s'y mettre de suite. Va t'équiper. Les vestiaires sont contigus aux salles d'autopsie.

Et la question à laquelle je m'attendais :

— Tu as mangé, au moins ?

— Oui, oui. J'ai même prévu du ravitaillement !

— Bien. On se prépare de notre côté. On se rejoint à la salle numéro un. Les techniciens sont en train d'y transférer le premier corps.

— Julie n'est pas là ?

Julie était l'assistante de Lambert, elle prendrait sa succession quand il se déciderait à partir en retraite, ce qui, à mon avis, n'était pas pour tout de suite.

— Je l'ai laissée de garde à Avranches.

Je me dirigeai vers les vestiaires réservés aux OPJ. J'y trouvai, emballés dans des sachets en plastique individuels, charlotte, surchaussures, gants et, bien sûr, masque et blouse longue stériles. Je m'équipai et, ainsi affublée, oubliant toute féminité, je pénétrai dans la salle numéro un.

Renato Alves était là, sous un drap, mais les légistes se faisaient attendre. Malgré les extracteurs d'air branchés à plein régime, l'odeur de la mort, fade et écœurante, me saisit à la gorge. Ce serait pire quand le drap serait ôté.

Je m'appliquai à respirer lentement par le nez et surtout pas par la bouche, comme j'aurais pu être tentée de le faire. Le truc, c'était de saturer les cellules olfactives, jusqu'à moins sentir l'odeur, dixit un légiste belge[1]. Un peu comme quand on met du parfum, au début on en profite, ensuite on ne le sent plus. Je n'étais pas certaine du résultat. Mon odorat sensible était mis à rude épreuve malgré tout.

Je remarquai une boîte de Vicks sur une paillasse et m'en badigeonnai copieusement le dessous des narines. C'était quand même plus supportable.

Les médecins arrivèrent au bout de quelques minutes. Le docteur Bertin était méconnaissable

1. *Les morts ont la parole*, Philippe Boxho, Kennes Éditions, 2022.

dans son équipement complet, recommandé par la faculté : combinaison intégrale, casque avec micro incorporé, bottes et deux paires de gants, dont une en maille, le tout destiné à le protéger des bactéries contenues dans le corps et des maladies qu'elles pouvaient véhiculer.

Lambert, à côté, faisait touriste. Il avait coutume de dire qu'il avait résisté pendant quarante ans et que ce n'était plus, pour lui, le moment de changer ses habitudes. Il portait donc un masque, une charlotte, des sabots en plastique, une blouse longue, un tablier bleu et, seule concession à la modernité, les doubles gants pour éviter les coupures.

Le technicien de salle se positionna à leurs côtés avec une planche sur laquelle se trouvaient des documents, dont le schéma d'un corps sur lequel il reporterait les observations des légistes.

Tout le monde était prêt.

— On peut commencer, dit Lambert en retirant le drap.

Le spectacle était pire que je ne l'avais imaginé.

6

Si Renato avait été beau de son vivant, ce n'était plus qu'un lointain souvenir. La rigidité cadavérique avait disparu depuis longtemps, mais la putréfaction, elle, était bien là. Les chambres froides de la morgue n'interrompent pas les processus biologiques imposés par la nature. Au mieux, elles les ralentissent. Le corps exposé sur la table d'autopsie en était la preuve tangible. Déjà bien marqué par les artefacts de la première autopsie, il émettait des odeurs fétides. Je savais que tous les organes avaient été retirés afin d'en prélever des lamelles, parties pour différentes analyses. Parmi elles, toxicologie, histologie, physiologie.

À la fin de ces opérations, réalisées par l'anatomopathologiste, et après l'examen des viscères par le légiste, pour trouver les causes de la mort, les organes sont enfermés dans un grand sac plastique orangé qui est inséré dans la cavité abdominale. Celle-ci est recousue avec soin pour la présentation aux familles. Ce qui n'empêche pas la putréfaction et les relents qui l'accompagnent.

Lambert cumulait les fonctions d'anatomo-pathologiste et de légiste, et sa première réaction en découvrant le corps fut un « Hum, hum » significatif. De toute évidence, quelque chose ne lui plaisait pas.

J'avais toujours travaillé avec Lambert et ne connaissais que sa façon de procéder. En premier lieu l'examen externe, puis, si possible, un scanner ou, au pire, des radiographies, à la recherche de lésions internes, puis les prélèvements d'urine et de sang. Viennent ensuite les « crevées » dans les muscles, à la recherche d'hématomes internes, et enfin l'ouverture du corps par une incision en *Y* partant des clavicules jusqu'au sternum pour finir par l'abdomen. Finalement, décalottage du crâne pour l'examen du cerveau.

— On le retourne, ordonna-t-il.

Ce qui fut fait. Le corps émit des borborygmes inquiétants. J'espérais que les sutures du premier examen tiendraient le coup, sinon...

La partie dorsale présentait des entailles de la nuque jusqu'aux fesses, puis sur les membres inférieurs.

— La peau a été écartée, à la recherche de traumatismes, puis recousue. Une autre façon de faire des crevées, plus invasive à mon avis, mais à chacun sa méthode. Rien n'a été trouvé ? demanda Jean à Bertin.

— Non. À part les traces de liens aux chevilles et aux poignets, et les hématomes qui en découlent, rien d'interne.

— On ne va pas rouvrir la face dorsale. La peau va lâcher.

Après le début de putréfaction naturelle, et bien que les organes aient été isolés de la peau, des gaz s'étaient développés. Les frigos ne sèchent pas les corps, l'épiderme présentait donc des phlyctènes, sorte de bulles ou vésicules sous-cutanées remplies de sérosité transparente contenant des liquides organiques peu ragoûtants. Si elles crevaient, l'odeur serait encore plus forte.

— Remettons-le sur le dos.

Cette fois, les incisions avaient été faites en forme de croix. Une horizontale, d'une épaule à l'autre, et une verticale, du menton au pubis.

— On remarque les traces de liens profondément enfoncés dans les chairs. Vu les lésions, ceux-ci devaient lui couper la circulation sanguine, provoquant des fourmillements, puis des douleurs intenses.

Il s'intéressa ensuite au tronc.

Après avoir défait les points de suture qui tenait la masse de la peau et des muscles ensemble, Lambert écarta le tout, retira le sac d'organes, qu'il posa, dégoulinant, dans un seau. Il examina la cage thoracique et l'abdomen sans rien relever de particulier. Les os étaient intacts. Pas de traces de lésions internes comme pourraient en provoquer une balle ou un coup de couteau touchant un os.

— Votre interne n'a pas trouvé de stigmates de viol dans la partie basse du rectum ?

— Rien de tel n'apparaît dans le rapport.

Muni d'une lampe frontale, Lambert se pencha sur le vide laissé par l'ablation des organes génitaux. Il ouvrit l'anus à l'aide d'un écarteur. Au bout de longues minutes d'observation méticuleuse, il soupira :

— Comme n'apparaissent pas ces atteintes à l'anus... Tiens, regarde, dit-il à Bertin en passant spontanément au tutoiement commun aux hommes de l'art. Laura...

— Je te crois sur parole ! Tu en déduis quoi ?

— Cet homme a été violé. Les traumatismes sur les tissus de l'anus l'attestent. Il y a peu de lésions cicatricielles anciennes, qui témoignent de relations sodomites occasionnelles. Les plus récentes prouvent qu'il a été violé juste avant de mourir.

Il continua son examen par le trou béant laissé par l'ablation du sexe et des testicules.

— L'abscision des organes sexuels a été faite avec un couteau à double tranchant, pas au scalpel. Les bords des plaies sont grossiers, leur état montre que l'ablation a été faite *ante mortem*. Il a dû beaucoup saigner. Sûrement assez pour lui faire perdre connaissance, voire entraîner la mort par hypovolémie. Une trop grande hémorragie se traduit par une baisse de la pression artérielle qui peut mener au collapsus cardiovasculaire. On va ressortir le cœur du sac pour vérifier cela. Pouvez-vous vous en charger ? demanda-t-il au technicien de salle, qui ne put retenir une grimace.

Je compatis. Fouiller dans un sac d'organes en décomposition n'avait rien de tentant. Cependant, il acquiesça de la tête.

— Ce garçon a dû hurler, même s'il ne pouvait pas se défendre puisqu'il était entravé, dis-je en évitant de regarder vers le sac. Cela implique, étant donné la toxico négative aux anesthésiques, que le tueur dispose d'un endroit suffisamment isolé pour ne pas attirer l'attention des voisins.

— C'était aussi la conclusion du docteur Robert, avança Bertin, soucieux de disculper son interne et de tenter de faire oublier l'erreur de l'anus non examiné.

Lambert s'intéressa ensuite au cou et à la trachée, à la recherche de traces d'étranglement ou d'asphyxie. L'os hyoïde n'était pas fracturé. Puis il s'attaqua à la bouche.

— Hum. Il semblerait qu'autre chose ait échappé à ton légiste, dit-il à Bertin, qui se pencha illico sur la cavité buccale de Renato. Tu vois, là et là... Ce sont des pétéchies, signes d'asphyxie. Il y en a dans le nez, aussi. Dommage, les yeux sont trop abîmés par le temps passé, on n'en voit plus, mais je parierais qu'il y en avait.

— Ce qui implique ? demandai-je.

— Je pense qu'on lui a mis un bâillon dans la bouche pour l'empêcher de crier. Cela l'a étouffé. D'ailleurs, regarde. La peau est abîmée, mais on devine encore des traces sur les joues. Du ruban adhésif, sans doute, pour fixer le bâillon. Ça non plus, ce n'est pas mentionné dans le rapport ! Passe-moi une pince, réclama-t-il à Bertin, qui avait renoncé à défendre son interne.

Muni de la pince et de la lampe frontale, il explora la bouche jusqu'à pousser un « Ah ! » de satisfaction.

— Qu'est-ce que je disais ! dit-il en brandissant comme un trophée la pince entre les mâchoires de laquelle je distinguai un fil de quelques millimètres de couleur jaune. Je confirme ma première impression, il a été bâillonné, ce qui limite les cris, bien entendu.

— Mais pas la souffrance, soupirai-je. Pauvre gosse !

Entre-temps, le technicien avait récupéré et lavé le cœur, qu'il avait déposé sur une paillasse voisine.

— Jetons un coup d'œil à ce cœur.

L'organe n'était plus en très bon état, c'était le moins que l'on puisse dire. Le temps passé, la stagnation avec les autres organes et la décomposition avaient fait leur œuvre, même si, en cas de mort naturelle, le cœur fait partie de ceux qui se putréfient en dernier. De rosé à l'origine, le muscle cardiaque tirait maintenant vers le vert. Une fois ouvert, on voyait encore bien les quatre cavités qui le composaient, oreillettes et ventricules.

— Tenez, là... Il y a une zone cicatricielle. Il a fait une crise cardiaque. En tout cas, un collapsus. Vu les circonstances, je dirais qu'il était mort avant la trépanation.

C'était, malgré tout, un soulagement pour lui. Être conscient et voir arriver une scie vers son crâne relevait du film d'horreur.

— Venons-en à cette trépanation, proposa Lambert.

Il se pencha sur le crâne. Pour la première autopsie, les cheveux avaient été rasés, puis la calotte crânienne détachée afin d'atteindre le cerveau. Là aussi, la méthode était différente de celle de mon mentor. Lui avait l'habitude d'ouvrir la tête en sciant le crâne sur son pourtour, puis en le décalottant comme, disait-il, avec cet humour particulier des légistes, un œuf à la coque.

Ici, la scie avait œuvré d'une oreille à l'autre. Le cerveau avait été retiré et tenait également compagnie aux autres organes dans le sac orangé.

— Rappelle-moi ce qu'il a noté à propos du cerveau, demanda-t-il à Bertin.

— Le tueur s'est attaqué au lobe frontal de l'hémisphère gauche.

Bertin se tourna vers moi.

— Pour rappel, l'hémisphère gauche et le lobe frontal gauche gèrent les mouvements du côté droit.

— La victime était-elle droitière ? fut ma première question.

— Jusqu'à présent, en fonction des développements musculaires, on peut penser que oui. Maintenant qu'il est identifié, vous allez pouvoir avoir une confirmation. Je continue : le lobe frontal gère parole et langage, raisonnement, mémoire, prise de décision, personnalité, jugements et mouvements. Le tueur voulait s'en prendre à une ou plusieurs de ces fonctionnalités.

Je le remerciai pour ces informations, qui, bien que connues, étaient enfouies dans ma mémoire.

Il poursuivit, s'adressant à Lambert, cette fois :

— Pour répondre à ta question : incision de la peau du crâne en forme de croix. Elle a été écartée pour atteindre l'os crânien. Un morceau d'os de deux centimètres sur deux a été enlevé, probablement à l'aide d'une scie-sabre, comme le démontrent les bords de la trépanation. La même opération a été effectuée sur la dure-mère, qui protège le cerveau. Une fois le cerveau atteint, et dans de telles conditions de trépanation, l'individu était inconscient, si ce n'est déjà mort. Ensuite, le tueur a retiré, vraisemblablement au couteau, l'équivalent d'un centimètre cube de matière cervicale. Là, évidemment, mort assurée.

— Sauf qu'il l'était déjà, précisa Lambert, faisant référence au collapsus. Pouvez-vous me sortir le cerveau du sac ? demanda-t-il au technicien.

Celui-ci s'exécuta, non sans réprimer une grimace de dégoût profond. À son tour, le cerveau se retrouva sur une paillasse. Lambert et Bertin entreprirent un examen approfondi.

La conclusion tomba :

— Le cerveau ne montre pas de signe hémorragique. La circulation du sang était donc arrêtée. Voilà, on a fait le tour de la situation.

— Pourquoi cette trépanation ? demandai-je. Qu'est-ce que cela signifie ?

— J'ai ma petite idée, reconnut Lambert, mais on va vérifier les autres avant que je t'expose ma théorie. J'avoue qu'elle est un peu farfelue.

— Ce ne serait pas le premier taré qui tente de maîtriser le cerveau d'un individu, prétendant, par la trépanation, modifier la personnalité de la victime et faire d'elle sa marionnette, expliqua Bertin. C'est du vécu, aux États-Unis.

— Nous avons déjà connu ça il y a quelques années. Plus discret, si j'ose dire. Un des tueurs que nous avons poursuivis tentait de transformer ses victimes en esclaves sexuelles en faisant un petit trou à la base du cerveau pour les rendre dociles[1]. C'est à ça que tu penses ? insistai-je auprès de Lambert.

Il hocha la tête.

— Une pause-café et on continue. Merci, dit-il au technicien en se déséquipant.

— La victime numéro deux est dans la salle deux. Un autre technicien vous y attend.

Dans la salle de repos, la machine à café proposait aussi du thé, pour mon grand bonheur. Une bonne âme avait déposé un paquet de biscuits au chocolat sur la table.

— Il faut bien reconnaître que ton interne a des progrès à faire, commença Lambert en s'adressant à son collègue. C'est sûrement un bon apprenti, mais il n'est pas au point. Pour l'instant, il lui faut un superviseur. Il a loupé les traumas de l'anus, le collapsus, l'asphyxie… Cela fait beaucoup. On pourrait presque croire qu'il l'a fait exprès ! Où est-il, d'ailleurs ? J'aimerais bien le rencontrer et lui expliquer quelques menus détails.

— Je vais l'appeler et lui dire de venir.

Le « exprès » de Lambert me titilla l'oreille. Et si c'était le cas ? Si le légiste remplaçant avait, sinon maquillé le corps, du moins omis volontairement des informations ? Pouvait-il connaître le tueur et le protéger dans la mesure de ses moyens ? Nous avions déjà eu un légiste tueur en série lors d'une précédente enquête, alors pourquoi pas un complice ? Il faudrait en parler à Jumet et mettre le toubib sous surveillance. On ne sait jamais.

1. *Momies*, de la même auteure, Pocket, 2025.

— On y retourne, déclara Lambert au bout d'un quart d'heure.

Nous nous rééquipâmes de tenues propres et stériles.

— Madame, docteurs, nous salua le technicien, qui était une technicienne. Voici Enguerrand Lefebvre, dit-elle en retirant le drap qui protégeait le corps. Dix-huit ans tout juste. Un mètre quatre-vingt-cinq pour soixante-dix kilos.

Enguerrand était joli garçon, du genre délicat, aux traits fins. Moins de temps s'était écoulé depuis sa mort, la peau était donc moins abîmée. Lui aussi avait été autopsié et en présentait les artefacts.

— Attends, dis-je à Lambert. Dans ce cas-ci, le rapport que nous avons eu stipule que la trépanation est antérieure à la castration. Tu crois que c'est envisageable ?

— Tout est possible, avec ce genre de taré. Il a sans doute appris avec le numéro un, comment s'appelle-t-il déjà ?

— Renato Alves.

— C'est ça. Si Renato est mort à la suite de la castration, le tueur avait perdu son « jouet » pour la trépanation. Si c'est cet acte qui a de l'importance à ses yeux, rien d'étonnant à ce qu'il ait inversé le processus.

Bertin et Lambert commencèrent l'autopsie. Trois choses apparaissaient, elles aussi non mentionnées dans le rapport : les lésions anales, des pétéchies dans la bouche, dues au bâillon, et les traces d'adhésif. Lambert fit la moue.

— Il a commencé à s'étouffer avant la trépanatio..., sinon il n'y aurait pas de pétéchies.

— Peut-être en se débattant, suggérai-je.

— C'est fort possible.

Puis il s'intéressa aux plaies autour de l'aine et du pubis.

— Pour une fois, il semble que ton interne ait raison, les plaies n'ont pas saigné de manière significative et ne montrent aucun début de cicatrisation. Il était donc mort lors de l'acte. Voyons la trépanation...

Cette fois, j'imaginai Enguerrand face à son tortionnaire. J'espérai qu'il se soit évanoui avant que la scie ne touche son crâne. Parfois les gens meurent de peur. L'émotion est si forte que le cœur lâche. Dans ce cas-ci, cela aurait été une bonne chose.

Les mesures des plaies étaient quasiment identiques, à quelques millimètres près.

Suivant les ordres de Lambert, la technicienne avait récupéré le cerveau dans le sac des organes, sans montrer la moindre émotion.

— Ne le lavez pas, avait ordonné Lambert. On doit pouvoir distinguer les salissures d'un éventuel saignement.

Une fois disposé sur la paillasse et l'examen réalisé, il s'avéra que le cerveau présentait une hémorragie, preuve que la victime était vivante au moment de la trépanation.

La porte automatique s'ouvrit, laissant passer un troisième homme, équipé de pied en cap. Le fameux docteur Robert. Je ne pouvais rien juger de lui, emballé comme il l'était. J'aurais pourtant bien aimé me rendre compte de son état d'esprit devant Lambert et les manquements mis en évidence. Son langage corporel était celui du fautif. Épaules voûtées, tête basse, mains dont il ne savait que faire.

— Voici Enzo Robert, mon interne.

— Il va falloir retourner à la fac, jeune homme. Du moins si vous voulez devenir légiste ! le tacla Lambert d'entrée.

S'ensuivit un cours de médecine légale reprenant l'autopsie d'Enguerrand avec des commentaires bien sentis sur celle de Renato.

L'autopsie en elle-même étant terminée, je demandai l'autorisation de me retirer. Je n'avais pas à me mêler de cette mise au point. Mais, au vu des circonstances, il était heureux que Jumet ait exigé l'intervention de Lambert, sans quoi nous passions à côté d'éléments majeurs. Je n'étais pas certaine que Bertin aurait tout repris comme venait de le faire Lambert, car il avait confiance en son interne. Il y a de très bons ouvriers qui ne seront jamais de bons patrons. L'adage se confirmait.

Je regardai l'heure. 14 heures. J'estimai qu'il était l'heure de manger avant de s'occuper de Juliette.

J'avais à peine récupéré mon sandwich au vestiaire que les hommes arrivaient. Une fois l'interne déséquipé, je pus enfin l'examiner de plus près. Il ne me plut pas. Ses yeux fuyants, son nez fin et sa mâchoire de fouine ne m'inspirèrent aucune confiance. M'obligeant à penser que l'habit ne fait pas le moine, je ne pouvais pourtant pas m'empêcher d'éprouver une certaine défiance à son encontre, ce qui renforça ma décision quant à une surveillance rapprochée.

Enzo Robert s'excusa, affirmant qu'il allait attendre ailleurs car il avait déjà mangé. Bertin passa un coup de fil et, dix minutes plus tard, trois plateaux-repas arrivaient, en provenance directe des cuisines de l'hôpital. Un regard vers les haricots et la purée, aussi blanche que les cadavres qui occupaient la morgue, fit que je préférai mon sandwich.

— Parlons un peu de ces trépanations, lança Lambert. Comme tu le disais, Florent, tout à l'heure, quand de telles actions ont lieu, c'est souvent, dans la tête du tueur, un espoir d'avoir de l'emprise sur la victime et de lui faire faire ce qu'il veut. L'expérience montre que cela ne marche pas. Mais j'ai pensé à autre chose, en relation avec l'extraction d'un morceau du lobe frontal…

— Quoi ? dis-je, impatiente.

— Faire médecine, c'est aussi étudier l'histoire de la médecine. Et dans l'histoire de la médecine, il y a aussi de l'art. J'ai pensé à Bosch.

— Bosch ? Tu veux dire Jérôme Bosch ?

— C'est ça. Il a représenté la lithotomie…

— La quoi ?

Je n'avais jamais entendu ce mot.

— La lithotomie, c'est l'extraction de la pierre de folie.

— Une pierre de folie ? Tu es sérieux ?

— Totalement sérieux.

— Explique-toi.

Il ménageait le suspense.

— Cela m'étonne que tu ne connaisses pas ça.

— On ne peut pas tout savoir, dis-je, un peu agacée.

— Bref, au Moyen Âge, on enfermait les fous dans des « tours à fous ». Bien des médecins ont tenté des expériences sur ces malheureux pour « faire partir » leur folie. On croyait qu'elle était due à une pierre située dans la tête et qui en perturbait le fonctionnement normal. On ne parlait même pas du cerveau et de son rôle. À l'époque, on en ignorait tout. L'extraction de la pierre de folie était considérée comme un moyen de guérir les aliénés. Évidemment, ils mouraient tous, mais ils n'étaient plus fous ! Cette extraction de la pierre de folie est représentée dans un tableau de Jérôme Bosch qui est, si je ne m'abuse, au musée du Prado à Madrid. Je l'y ai vu.

Sans perdre une seconde, j'appelai Google. Un instant plus tard, la peinture s'affichait sur l'écran de mon téléphone. *La Lithotomie*, *La Cure de folie* ou encore *L'Extraction de la pierre de folie*, de Jérôme Bosch, peintre néerlandais faisant partie du mouvement des primitifs flamands, datait de 1494. On y voit au milieu de la campagne un homme, sans doute un chirurgien-barbier, comme c'était de coutume à l'époque, en train d'inciser le crâne d'un « fou ». Il porte un entonnoir retourné sur la tête, à se demander qui est le fou. Puis je me rappelai qu'au Moyen Âge cet élément incongru était symbole de savoir... Comme quoi les temps changent. Du crâne, il sortait non une pierre mais une tulipe. Surprenant ! Les deux sont entourés d'un moine qui tient une aiguière et d'une religieuse qui porte un livre sur la tête.

— Ce n'est pas une pierre mais une fleur, dis-je.

— C'est vrai, mais l'entonnoir à l'envers symbolise le médecin des fous. Longtemps, la lithotomie a fait partie des remèdes psychiatriques. La nécessité d'extraire de la tête du malade un corps minéral, cette fameuse pierre de folie, est restée ancrée dans la croyance populaire de la fin de l'Antiquité jusqu'à la fin du Moyen Âge. De nombreux peintres en ont fait la représentation, dont Brueghel l'Ancien, Pieter Huys ou Rembrandt.

— Tu penses que le tueur se prend pour un médecin des fous et pratique la lithotomie en croyant à ce qu'il fait ? C'est pour le coup que c'est de la folie ! Cela signifierait qu'il considère que ses victimes sont des fous, ce qui n'est de toute évidence pas le cas.

— C'est juste une idée comme ça. Après, c'est toi qui vois. L'extraction d'un morceau de cerveau m'a donné cette idée. On s'occupe de Juliette, maintenant ?

7

L'arrivée tardive de Florent Bertin la veille au soir ainsi que la prise de conscience de son interne – ayant enfin réalisé que l'affaire était trop grosse pour lui – faisaient que Juliette n'avait pas encore subi les affres de l'autopsie, à la satisfaction de Lambert.

— Résumez-nous les conclusions de votre examen externe, demanda-t-il à Enzo Robert, revenu après la pause repas.

La main de celui-ci tremblait un peu quand il se saisit de son rapport. Nervosité justifiée par ses bourdes précédentes ou simplement trouille du grand chef ? J'estimai, pour ma part, qu'un légiste, tout comme un chirurgien, doit rester maître de ses émotions et ne pas trembloter pour un oui ou pour un non.

— Juliette Leroy. Dix-sept ans. Un mètre soixante-quatorze pour quatre-vingt-cinq kilos.

— Surpoids, jaugea Bertin. Probablement une fille mal dans sa peau qui compensait par la malbouffe.

— Possible, admit Lambert. Attendons cependant les analyses pour savoir s'il n'y avait pas de dérèglement hormonal. Les conclusions, je laisse ça aux enquêteurs, dit-il en me jetant un coup d'œil. Ce qui nous intéresse, c'est la vérité scientifique, et seulement elle. Reprenez, jeune homme.

— L'examen externe montre qu'elle a été attachée aux poignets et aux chevilles par des liens en paracorde, comme les deux autres. On constate aussi un hématome important sur la tempe droite, vraisemblablement un coup de poing.

— Elle se serait défendue au moment de l'enlèvement et il l'aurait assommée pour pouvoir la kidnapper, suggérai-je.

— C'est une possibilité, admit Lambert.

Enzo Robert poursuivit :

— Pas d'autres hématomes externes. Ce qui saute aux yeux, c'est la trépanation. J'ai mesuré la plaie, elle correspond à celles des deux garçons. La peau a été découpée et un morceau d'os de deux centimètres sur deux retiré, de même qu'une petite portion de matière cervicale.

— D'après vous, post ou ante mortem ?

— Euh... ante mortem. J'ai constaté un saignement au niveau du lobe frontal gauche.

Lambert examinait la plaie tandis que l'externe parlait.

— Je suis d'accord.

— Quand nous l'avons déshabillée pour la laver, nous avons découvert ceci...

D'un signe de tête, il demanda à la technicienne de retirer le drap qui protégeait le corps.

La nudité révélait l'horreur totale. C'était encore plus impressionnant que l'ablation des organes génitaux de Renato et d'Enguerrand. Un pénis avait été grossièrement cousu sur les parties intimes de la jeune lycéenne. J'avais vu les photos, mais la réalité était bien plus choquante.

— C'est en voyant ceci que j'ai demandé au docteur Bertin de rentrer. Je n'aurais jamais pu imaginer un truc pareil.

— Je comprends, admit Lambert. Vous avez bien fait.

Enzo semblait vraiment chamboulé.

— J'ai fait un prélèvement ADN sur le pénis et j'ai réclamé les résultats en extrême urgence. Le labo a coincé, au départ. Certaines analyses attendent depuis deux mois. J'ai fait le forcing en expliquant la situation, et ils ont accepté. Je leur ai fourni des échantillons de muscles des victimes 1 et 2 pour comparaison. J'avais les bilans dans la soirée. L'ADN est perturbé, car le pénis a été conservé dans du formol, mais, heureusement, ils ont pu déterminer à 80 % qu'il s'agit bien du pénis de la première victime, donc Renato Alves, comme on le sait maintenant.

— Bien, bien, fit Lambert, qui semblait hypnotisé par cette greffe peu commune. Moi non plus, je n'avais jamais vu ça. Il s'est servi de fil nylon classique et d'une aiguille courbe, comme celles qu'on utilise pour travailler le cuir. Les trous laissés par l'aiguille et le fil très peu souillé de sang prouvent que la victime n'a quasiment pas saigné lors de cette « opération ». On peut en déduire qu'elle était déjà morte, ce qui n'a rien d'étonnant après la trépanation. Nous allons commencer par lui retirer cette horreur.

Il s'empara de ciseaux courbes et entreprit de découdre le pénis, qui ne tenait que par sa base, sur tout son pourtour. Si Juliette avait pu se lever, il aurait pendu comme un sexe masculin au repos. Il termina sa courte vie dans une petite bassine en inox en forme de haricot. J'imaginai qu'à terme il rejoindrait les organes de Renato.

Le fil fut soigneusement emballé dans un sac à indice stérile en vue d'analyses, avec l'espoir ténu que l'on puisse en déterminer la provenance et, qui sait, y trouver l'ADN du tueur.

Juliette ayant retrouvé sa féminité, Lambert commença l'autopsie proprement dite. Les crevées ne montrèrent pas d'autres hématomes sur le corps.

Il en vint au cou et à la bouche. Tout comme chez Renato et Enguerrand, il y avait des pétéchies, ici encore visibles dans les yeux, et des fibres jaunes entre les dents. La peau étant moins abîmée que sur les deux autres corps, les traces de Scotch étaient plus nettes.

— Pareil, elle a commencé à s'étouffer avec le bâillon avant la trépanation. On va faire un prélèvement de la colle de l'adhésif. On arrivera peut-être à en déterminer la provenance.

Une journée et demie s'était passée depuis le décès, et la rigidité cadavérique avait presque totalement disparu. En revanche, la putréfaction s'installait malgré la fraîcheur des frigos. Dans le bas de l'abdomen, à droite, là où le gros intestin touche la peau, était apparu un premier signe : une tache verte. Les bactéries allaient s'en donner à cœur joie dans les heures et les jours à venir. Sans soins de conservation, le corps virerait au vert foncé. Ces mêmes bactéries produisaient du gaz, et le ventre de Juliette commençait déjà à gonfler. Il était temps d'intervenir.

Lambert entama son incision en *Y* et les gaz s'échappèrent, saturant la pièce d'une odeur fétide. Qui a déjà oublié une tranche de jambon ou un morceau de pâté au fond de son frigo peut imaginer l'odeur, au centuple au moins.

Une fois ces émanations aspirées par l'extracteur et le purificateur d'air, l'atmosphère redevint plus respirable.

Après avoir écarté la peau et les muscles, Lambert se saisit d'une pince pour détacher les côtes et faire apparaître le bloc cœur-poumons. Ceux-ci furent extraits et confiés à Bertin afin qu'il en prélève des lamelles pour la biopsie. Lambert ôta ensuite le foie, l'estomac et le pancréas, qui subirent le même traitement. Suivirent les organes reproducteurs et les intestins.

Il examina ensuite, à la façon d'un gynécologue, le vagin et constata :

— Elle n'a pas subi de viol, du moins pas de ce côté-ci.

L'examen du rectum fut moins favorable :

— Par contre… viol par l'anus.

— Tout comme chez les garçons, dis-je. On a donc un tueur qui sodomise ses victimes, qu'elles soient filles ou garçons. Il n'est pas impuissant, puisqu'il y arrive. A-t-on, par miracle, des traces de sperme ?

Lambert, penché sur un microscope avec lequel il examinait les prélèvements qu'il venait de faire, soupira :

— Eh non. Ce serait trop beau. Un spermatozoïde peut vivre jusqu'à cent vingt heures après éjaculation. Ici, il n'y en a ni vivants ni morts. Non, déclara-t-il, définitivement pas de sperme, mais des traces de latex. Il s'est protégé.

Dommage !

Il s'adressa à Enzo :

— Vous avez situé la mort à quelle heure ?

— Entre 2 et 4 heures du matin, le jeudi 20. Elle a été retrouvée à 6 h 15. Elle n'était même pas froide quand elle est arrivée ici. Température 33,3 degrés.

Sachant qu'un corps perd à peu près un degré par heure après la mort, cela correspondait, si on incluait le temps de la découverte et du transport à la morgue.

— Enzo, vous pouvez la recoudre, ordonna Lambert. Viens, Laura, on va appeler l'équipe pour donner les grandes lignes du mode opératoire.

Nous retournâmes au bureau, laissant Enzo Robert effectuer le travail. Bertin choisit de rester avec lui pour faire une mise au point, du moins c'est ce que j'imaginai.

À bientôt 18 heures, nous prîmes une pause bien méritée pendant laquelle j'appelai Jumet.

— Je suis avec Lambert. J'ai enclenché le haut-parleur.

— Ça a été ?

— Toujours un peu pénible, ce genre d'exercice. Avec Jean, on a pu retracer les grandes lignes du mode opératoire de la mise à mort.

— Je t'écoute.

— D'après moi, le premier, Renato, était un coup d'essai.

— Pourquoi ?

— Écoute et tu sauras !

— Vas-y, nous t'écoutons, Joël, Théo et moi.

— Renato a été enlevé, ligoté et bâillonné pour l'empêcher de crier. Mais je doute que cela ait suffi à étouffer les hurlements de douleur. Il a été sodomisé. Il n'a pas de traces de blessures défensives, ce qui implique qu'il a certainement suivi son assassin volontairement. Celui-ci dispose d'un lieu isolé où il peut amener ses victimes sans se faire remarquer et les laisser hurler sans que cela alerte quiconque.

— Il l'emmène pour un cinq à sept tranquille et ça dégénère, estima Fred.

— Cela supposerait que Renato était homosexuel. On en sait plus ?

— On doit être en vidéoconférence avec les parents dans la soirée. La police brésilienne nous mettra en relation à 16 heures, heure locale, soit 21 heures ici, puisqu'il y a cinq heures de décalage horaire. Tu pourras poser toutes les questions que tu veux. Continue…

— Renato a été castré avant la trépanation.

— Saloperie !

— Lambert juge qu'il a fait une crise cardiaque due à la douleur et à la perte massive de sang.

— Tu m'étonnes ! Et cette trépanation ? Notre homme joue à Frankenstein ?

— Je n'ai pas encore de réponse formelle à ça. Jean propose la thèse suivante : il ôterait un morceau de matière cervicale à ses victimes, comme on le faisait au Moyen Âge aux fous. Si c'est le cas, Renato serait une sorte d'entraînement ou d'exercice, car, comme il était déjà mort, fou ou pas, ça n'aurait rien changé.

— Ça rime à quoi, cette histoire ? Il penserait que ses victimes sont folles ?

— C'est une possibilité. Il faut que je vérifie plusieurs choses avant d'être affirmative sur ce point. Mais c'est factuel : il leur retire un morceau de cervelle. J'en reviens au mode opératoire pour Enguerrand et Juliette, car il varie un peu.

— On t'écoute.

— Enguerrand n'a pas de lésions de défense, mais des traces de liens serrés et des fibres dans la bouche, preuve qu'il a été bâillonné lui aussi. Il a également été sodomisé. Mais, cette fois, le tueur a commencé par la trépanation.

— À vif ?

— Il semblerait. Inutile de préciser qu'il était mort avant la castration.

— Mais pourquoi fait-il ça ? Aujourd'hui tout un chacun, même le plus ignare, sait que la folie est une maladie mentale. Il doit bien y avoir une autre raison ! s'exclama Jumet, dubitatif.

— Les trépanations, si l'on en croit l'histoire des grands criminels, impliquent une volonté de garder les victimes en vie et de les transformer en individus soumis au bon vouloir total de leur tortionnaire. Inutile de dire que ça ne marche pas.

— Donc trépané et castré. Cause de la mort, la trépanation, j'imagine ?

— Forcément.

— Pourquoi ce changement ?

— À mon avis, il espérait que la victime resterait vivante après la trépanation et qu'il pourrait lui faire subir la suite en toute conscience. Comme une punition.

— Une punition ?

— Il ne doit pas supporter le côté transgenre ou alors, au contraire, il les transforme en ce qu'ils auraient voulu être. Je vote plutôt pour la deuxième option.

— Et la gamine ?

— Même mode opératoire que pour Enguerrand. Pas violée, mais sodomisée. D'abord trépanation, mort, puis greffe du sexe de la première victime.

— On touche le fond ! Laura, tu reviens à l'hôtel de police, on a quelques éléments à débriefer. Jean, merci d'être venu. Rejoins-nous quand tu peux. Transmets tout ce qui est à analyser à Ménard, à Caen. Je t'envoie une estafette pour le transport. Mais tu restes avec nous, parce que je crois qu'ici, c'est mal barré.

— La dernière… Comment, déjà ? Chloé, c'est ça ?

— C'est ça. On n'a pas retrouvé son corps, mais elle n'a pas réapparu non plus, donc, ça craint.

*

* *

Le temps de prendre une douche au vestiaire des médecins, avec l'espoir de me débarrasser des miasmes des autopsies, et Victor arrivait. Il me ramena à l'hôtel de police. Sur la route, je constatai que les barrages mis en place par Joël étaient actifs. Nous en vîmes trois sur notre parcours, et sans la 5008 estampillée police, le gyro et la sirène, nous aurions mis un temps fou pour rentrer.

La tête des gens derrière leur volant exprimait leur agacement. Malgré les renforts, contrôler chaque voiture prenait beaucoup de temps. Les seuls à passer sans contrôle étaient les véhicules de secours et les ambulances, ce qui d'après moi était une erreur. Les tueurs ont de l'imagination, et quoi de plus pratique pour éviter les barrages qu'une ambulance ? Il faudrait que j'en parle au débriefing.

— Les gens sont nerveux, estima Victor. Vos collègues ont fait paraître dans la presse et annoncé à la radio que Le Havre était le centre d'une grande campagne antidrogue. Les personnes qui ont affaire aux dealers en bas de chez elles et ont leur quotidien perturbé applaudissent des deux mains. Les autres stressent à l'idée de perdre du temps. D'ailleurs, même si ce n'est qu'un prétexte, c'est payant. Depuis ce matin, les gendarmes ont procédé à plusieurs arrestations pour transport de produits illicites. Ils ont saisi près d'un kilo de cocaïne, sans parler du cannabis.

— C'est toujours ça ! Je sais que Le Havre est un grand port...

— Il fait partie des dix plus grands ports marchands européens, affirma Victor avec une certaine fierté dans la voix. Le deuxième de France après Marseille. Mais vu le trafic des porte-conteneurs et la quantité astronomique de conteneurs déchargés ou chargés, soit près de trois millions par an, on ne peut évidemment pas les contrôler tous physiquement.

— Il y a quand même les douanes. C'est leur boulot, non ?

— Vous savez, madame Claes, mon beau-frère est douanier à Port 2000. Il y a vingt ans, ils étaient cinq cents, ils ne sont plus que trois cent cinquante, alors que le trafic a largement augmenté. Maintenant, ils travaillent par informatique. S'il y a un doute sur un chargement, ils contrôlent. Mais vous imaginez : ouvrir un conteneur, le vider de sa marchandise et vérifier chaque carton ou caisse, c'est énorme, ça prend du temps, et les armateurs n'en ont pas. Donc, on fait confiance à l'informatique en cas d'anomalie dans le *bill of lading*...

— Le quoi ?

— Pour faire simple, c'est le connaissement maritime, soit un titre de transport maritime. Il décrit la cargaison et désigne les responsables aussi bien au chargement qu'au déchargement. On y trouve, entre autres, le nom du navire, les ports de départ et d'arrivée, le code douanier, le type et la quantité de marchandise transportée, et j'en passe.

— Je m'intéresse à beaucoup de choses, mais « connaissement », je n'avais jamais entendu !

— Comme quoi, on en apprend tous les jours ! s'amusa-t-il. Bref, tout ça pour dire qu'en moyenne seuls six conteneurs sur cinq mille sont contrôlés physiquement.

Je ne dis rien, mais pensai que les trafiquants avaient encore de beaux jours devant eux !

Nous arrivâmes devant l'hôtel de police.

— J'ai fini ma journée, annonça Victor, mais si vous avez besoin de moi, dit-il en me tendant une carte de visite, voici mon numéro de portable. Pour vous, je viendrai.

— C'est très gentil, Victor, mais je vais pouvoir me débrouiller. Passez une bonne soirée.

— Vous également, madame.

Ça, ce n'était pas gagné.

Je rejoignis les bureaux quasiment déserts. Dans la salle de réunion, je trouvai mes collègues et Théo devant une quantité non négligeable de papiers et de gobelets de café usagés. Ça carburait à la caféine, ici !

— Ah, te voilà ! m'accueillit Jumet. Tu as l'air crevée !

Sympa, l'accueil. J'aurais voulu voir sa tête après trois autopsies.

— Bonsoir à vous trois aussi, fis-je, mi-figue, mi-raisin.

Je détestais ce genre de remarque. Elle me faisait me sentir plus fatiguée que je ne l'étais réellement. Je pris sur moi pour ne pas trahir mon humeur. Après tout, il avait sans doute raison. Une petite pique suffit à me rendre mon optimisme naturel :

— Autant que vous ! Vous avez une sale tête !

— La journée a été longue.

— À qui le dis-tu !

— Pardon. Oui, je sais, tu en as bavé. Ce devait être très dur de voir toutes ces horreurs. Tu nous fais une synthèse ?

Je m'appliquai à restituer les observations de Lambert tout en donnant mes impressions.

— Je pense qu'il fournira les rapports d'autopsie complets d'ici demain matin. J'espère qu'on aura aussi les résultats d'analyses.

Je continuai en évoquant mes doutes à propos de l'interne, Enzo Robert.

— Tu crois ?

— Ce ne serait pas la première fois, dis-je. Je propose de le mettre sous surveillance. Cela ne coûte rien.

— Façon de parler, objecta Théo. Des hommes et du temps. Et on en a peu.

— C'est vrai. Mais s'il y a un doute, il faut creuser, estima Jumet. On va faire le nécessaire.

— Et vous, vous avez progressé ? demandai-je.

— Oui et non.

— Sois plus clair.

— On a avancé sur les meurtres, mais pas sur la disparition de Chloé. C'est le plus grave. Si on a une chance de la sauver, on n'a pas un instant à perdre, mais on n'a rien, ou si peu que cela ne vaut pas la peine d'en parler.

— Commence par là. Les autres sont déjà morts, ils ne sont pas pressés, fit Théo, ironique.

Je fis la grimace.

— C'est vrai, mais c'est peut-être en comprenant mieux ce qui s'est passé qu'on arrivera à sauver Chloé.

Bricart se positionna devant son tableau, qui devenait fort encombré.

— Première chose : on a localisé l'endroit d'où est parti le SMS du téléphone de Chloé. C'était notre meilleure chance : que le tueur ait fait une erreur. Malheureusement pour nous, il n'est pas idiot. Le SMS a été envoyé du square Siegfried, situé au croisement du boulevard François-Ier et de la chaussée Kennedy, qui longe la mer près de la capitainerie, c'est-à-dire tout près du domicile de la disparue. C'est un square où il y a une plaine de jeu pour enfants très fréquentée par les familles des immeubles voisins. Nous tentons de retrouver des témoins qui auraient vu un homme seul téléphoner ou, en l'occurrence, taper un SMS. En réalité, le téléphone de Chloé a été éteint dès 7 h 20, probablement au moment où elle a été enlevée, et rallumé vers 18 heures pour expédier le SMS, puis il a été éteint aussitôt après.

Je l'interrompis :

— Cela signifie qu'elle lui avait donné le code PIN.

— Sans doute sous la menace...

Bricart reprit :

— On ne l'a pas retrouvé pour le moment. La voiture de Chloé, elle, a été localisée, garée sur un parking longeant le bassin du Roy. Vide, bien entendu. On ne sait pas comment elle est arrivée là. Idem, on interroge les gens du quartier, sans résultat pour l'instant. Il y a beaucoup de restaurants dans le coin qui, évidemment, étaient fermés à l'heure où on pense qu'elle a été enlevée. Mais ce parking se trouve près du marché aux poissons. Les poissonniers se mettent en place de bonne heure. On espère qu'ils auront remarqué quelque chose d'anormal. Dès demain matin, des patrouilles iront les interroger. Par ailleurs, Ménard a envoyé un camion pour transporter la voiture au garage de la police, où elle sera examinée.

— On peut imaginer le scénario suivant, proposai-je. Chloé sort de chez elle à 7 heures. Elle rejoint sa voiture garée un peu plus loin. Le tueur la surveille. Soit il l'avait déjà dans sa ligne de mire et connaissait ses habitudes, comme l'heure à laquelle elle quittait son appartement, soit c'est le hasard qui l'a servi. Une fois le corps de Juliette déposé, il quitte le boulevard Clemenceau et tombe sur Chloé, qui correspond parfaitement au profil de ses victimes.

Je me tus un instant, en proie à une réflexion intense.

Jumet intervint :

— La logique, c'est qu'après avoir déposé le corps de Juliette, il se soit tiré en vitesse. Les horaires ne collent pas.

Je me dirigeai vers le plan de la ville épinglé au mur, repérai les différents endroits en cause.

— Non, dis-je. Tu as raison. La deuxième option ne colle pas. Le hasard n'y est pour rien. Le joggeur a retrouvé Juliette à 6 h 15 boulevard Clemenceau, ce qui implique qu'elle a été déposée beaucoup plus tôt. D'après les légistes, elle est morte entre 2 heures et 4 heures du matin. Il y a un hôtel en face, donc du mouvement de bonne heure. Il a dû la déposer dès qu'il en a eu terminé avec elle.

Je suivais les rues du doigt.

— Il y a quoi ? Cinq minutes en voiture depuis le coin de la digue Charles-Olsen, où était le corps de Juliette, et le domicile de Chloé. Non, impossible qu'il ait traîné au hasard. Il cible certaines personnes précisément. Il repère ses proies, les surveille, étudie leurs habitudes, et quand il est prêt, il agit. C'est un chasseur. Cela ne présage rien de bon. Il ne s'arrêtera jamais…

8

— Tout ça n'est pas très encourageant, soupira Théo.

— Qu'en est-il des enquêtes de voisinage ? demandai-je.

— On a des équipes sur le terrain. Notamment au Volcan et autour du domicile d'Enguerrand. Pour l'instant, on n'a rien. Les parents de celui-ci ont fourni les noms des amis avec qui il avait passé la nuit de son anniversaire. Ceux-ci sont convoqués pour demain matin.

— Et la mamie au yorkie ?

— Elle a fait sa déposition le jour où on a retrouvé le corps d'Enguerrand. On l'a laissée tranquille. Elle est assez chamboulée comme ça !

Je fis la grimace. Quelque chose dans son témoignage me chiffonnait.

— J'aimerais lui parler, dis-je.

— Pourquoi ? s'inquiéta Jumet.

— Quand Joël et moi sommes allés au muséum pour voir la scène secondaire, nous sommes entrés dans le chantier, comme elle a prétendu l'avoir fait pour récupérer son chien. Les barrières bleues ne sont pas très hautes, c'est vrai, mais elles sont tenues dans des encadrements en tubes d'acier grillagés et solidifiées, pour la plupart d'entre elles, par des attaches ressemblant à des clips. Il y avait effectivement un endroit où se trouvait un espace, mais pour déplacer cette portion de clôture j'ai eu besoin de l'aide de Joël.

Celui-ci approuva.

— Quel âge a-t-elle, mamie ?

Théo plongea dans ses notes.

— Quatre-vingt-deux ans.

— Laura a raison, fit Bricart. J'étais sur place et je confirme que c'est très lourd. Réflexion faite, trop lourd pour une femme âgée et seule. Par où êtes-vous entrés sur le chantier lorsque vous avez été prévenus de la présence d'un corps ? demanda-t-il à Théo.

Ce dernier haussa les épaules.

— Nous étions attendus. Nous sommes passés par-devant, par l'entrée des ouvriers.

— Vous êtes quand même allés voir par où la dame est entrée ?

— Bien sûr. Mais son histoire était cohérente. Elle a dit qu'elle s'était faufilée avec difficulté. Il y avait effectivement un espace suffisant pour la laisser passer.

— Est-ce que les TIC ont fait des relevés sur les barrières ?

— Je suppose que oui. Tu sais comment ça se passe. Ça prend des heures. On a constaté le décès, avec le légiste, et dès que le corps a été enlevé et que nous avons eu la déposition de Mme Buquet, nous sommes partis. On n'a encore aucun résultat. Ils sont débordés, comme d'habitude.

Jumet fit la grimace.

— Tu présumes qu'elle nous raconte des bobards ? Tu penses qu'elle a quelque chose à voir là-dedans ?

— Non, je ne crois pas, répondis-je. Par contre... Théo, as-tu son adresse ?

Pendant qu'il cherchait, je me retournai vers le plan et posai mon doigt sur le muséum.

— Ah ! Voilà. Elle habite rue Jean-Macé.

— C'est là ! dis-je, triomphante. Juste en face du chantier, mais surtout juste en face des fameuses barrières et de l'endroit où on a trouvé le corps.

— Donc, c'est normal qu'elle promène son chien à cet endroit, estima Jumet, parfois un peu obtus quand il ne voulait pas comprendre.

— Voici ce que j'imagine. Peut-être a-t-elle eu des insomnies et a regardé par la fenêtre, ce que font souvent les vieux quand ils n'arrivent pas à dormir. Je pense qu'elle a vu quelque chose. Il est quelle heure ?

— 19 h 45.

— Un peu tard, mais je vais aller l'interroger. J'ai encore le temps avant la liaison avec le Brésil.

— Je t'accompagne, déclara Bricart. Victor a fini son service, mais je vais trouver.

— Très bien, approuva Jumet, mais débrouillez-vous pour être ici à 21 heures tapantes.

*

* *

La 5008 fila sur le boulevard de Strasbourg jusqu'à la mairie, emprunta la rue de Paris vers le quai Guillaume-Le-Testu, avant de s'engouffrer, peu avant le bassin du Roy, dans la rue Jean-Macé. Le muséum était visible, empêtré dans ses filets de protection, quand nous nous cassâmes le nez sur un sens interdit.

— C'est la bonne rue, mais on n'est pas encore au bon numéro, constata Bricart. Il va falloir faire un grand détour.

— De toute façon, on y est, allons-y à pied, proposai-je.

Au bout de quelques dizaines de mètres, nous arrivions à l'adresse indiquée. Mme Jeanne Buquet habitait un bel immeuble en pierres blanches et briques rouges, aux balcons garnis de garde-fous en fer forgé. C'était certainement une de ces bâtisses qui avaient pu échapper aux bombardements lors de la guerre ou avaient été rénovées avec goût, car les constructions alentour étaient bien plus modernes.

Le bâtiment était composé de plusieurs appartements. Les sonnettes indiquaient que le témoin résidait au premier étage et, d'après ce que je pouvais en juger, avait une vue imprenable sur le muséum et ses travaux.

Je dus sonner à plusieurs reprises avant qu'elle ne réponde, d'une voix éraillée par l'âge :

— C'est qui ?

— C'est la police, madame Buquet. J'ai quelques questions à vous poser, dis-je le plus doucement possible pour ne pas l'effrayer.

— À cette heure-ci ? Revenez demain !

— Je suis désolée, c'est très important et urgent. Vraiment.

— J'ai déjà mis mon peignoir. Et puis, qui me dit que vous êtes bien de la police ? Avec tout ce qu'on entend ! Il y a des escrocs partout qui s'en prennent aux personnes de mon âge !

Cela n'allait pas être simple ! Sur le fond, elle avait raison. Mais si elle avait vu quelque chose, comme je le pensais, cela pouvait nous mettre sur la voie pour sauver Chloé, s'il en était encore temps.

— Nous pouvons vous montrer nos cartes officielles, si vous voulez.

— Je vais à la fenêtre. Reculez, que je vous voie avec vos cartes.

Nous nous exécutâmes. S'ensuivit une scène qui aurait pu être comique en d'autres circonstances. La croisée s'ouvrit, la mamie apparut dans l'encadrement, une paire de jumelles de théâtre à la main. Tandis que Bricart et moi restions plantés sur le trottoir, carte bien en vue, elle nous observa longuement.

— Très bien. Je téléphone à ma fille pour l'informer de votre visite. Montez, c'est au premier à droite.

Un grésillement confirma l'ouverture de la porte de rue. Nous nous retrouvâmes dans un hall au sol garni de marbre, devant un escalier en chêne. Il n'y avait pas d'ascenseur. La porte de l'appartement avait un œilleton et je me sentis observée. Enfin elle s'ouvrit et une boule de poils se jeta sur nous en aboyant à tue-tête.

— Kiki ! Ça suffit !

La vue du chien me rappela le mien récemment disparu et, spontanément, je m'agenouillai pour lui parler et le caresser. Le yorkie se calma immédiatement et, quelques secondes plus tard, il me faisait une fête d'enfer tout en restant méfiant vis-à-vis de Bricart.

— Vous avez le truc avec les chiens, constata Mme Buquet. C'est rare qu'un étranger puisse le toucher !

— Ils sentent bien quand on les aime.

— C'est vrai.

La réaction du yorkie avait plu à Jeanne Buquet et elle nous fit entrer, non sans avoir auparavant demandé à voir nos cartes de près. Enfin, elle nous installa dans le salon. La pièce était à l'image de sa propriétaire. Désuète, sentant bon la lavande. Malgré son âge, Jeanne Buquet semblait en excellente santé. Petite et mince, on la devinait agile en dépit des années. La suite de la conversation nous prouva qu'elle avait encore toute sa tête. Elle me rappela ma grand-mère, ce qui m'émut. Je savais aussi que c'était par la douceur que j'obtiendrais quelque chose, s'il y avait quelque chose à obtenir.

Je fis signe à Bricart, qui comprit et se tint en retrait de la discussion.

— Jeanne, vous permettez que je vous appelle Jeanne ? C'est juste une conversation informelle. La déposition que vous avez faite à propos des événements de lundi dernier me semble un peu... comment dire, simple. Mais je vous rassure, c'est celle qui restera dans les rapports d'enquête. Si aujourd'hui vous

vous souvenez d'autre chose, je vous promets que cela n'aura rien d'officiel et demeurera entre nous. Mais comprenez bien. La vie d'une jeune femme est en jeu, et tout ce qui peut nous aider sera d'un grand secours.

Elle s'était un peu enfoncée dans son fauteuil, le yorkie lové sur ses genoux.

Un bruit de clé, et une femme dans la quarantaine entra sans que le chien réagisse.

— C'est ma fille, Sophie, précisa Jeanne. Elle habite à côté et veille sur moi. Il faut dire que c'est une drôle d'heure pour une visite de la police !

Nous saluâmes la nouvelle arrivée, qui se retira dans la cuisine contiguë.

— Je vais préparer une tisane, annonça-t-elle.

— Vous disiez, reprit Jeanne, qu'une vie en dépend…

— C'est vrai. Le jeune homme que vous avez trouvé, ou que Kiki a trouvé, plus exactement, n'est pas la seule victime dans l'enquête qui nous préoccupe. Une jeune femme de vingt ans a disparu et nous redoutons le pire pour sa vie. C'est pourquoi, maintenant, il faut tout me dire. Sans omettre le moindre détail. Vous n'avez rien à craindre. On ne vous reprochera rien s'il manque des éléments à votre première déposition.

Sophie sortit de la cuisine, un plateau dans les mains avec quatre tasses et une théière fumante.

— Je te l'avais dit, maman. Tu as dissimulé des choses… Il faut que tu expliques tout à la dame.

— Je n'ai pas menti, se défendit Jeanne, l'air gênée. Mais j'avoue que je n'ai pas tout dit.

— On vous écoute, dis-je, compatissante.

— Eh bien voilà. Je dors bien, mais pas beaucoup. Je me réveille tous les matins vers 5 heures. Vers 5 h 30, après avoir fait ma toilette et bu mon café, j'ai regardé par la fenêtre pour voir le temps qu'il faisait, comme tous les jours, d'ailleurs. À cette saison, le jour se lève, on y voit assez. C'est pour savoir comment je dois m'habiller pour sortir Kiki.

Je mordis sur ma chique pour ne pas la bousculer.

— Qu'avez-vous vu ce lundi-là ? demandai-je.

— Ici la rue est tranquille, en dehors des grands axes. À cette heure-là, personne ou presque ne passe et encore moins ne s'arrête.

— Vous avez donc vu un véhicule se garer ?

Je n'utilisai pas les mots « voiture » ou « fourgon » pour ne pas l'influencer, mais mon cœur battait fort. Avec un peu de chance, nous allions savoir quel type de véhicule utilisait le tueur.

— Oui. Un petit camion.

— Un camion ?

— Oui. Le genre de ceux qu'on voit sur les marchés. Je pense à un camion frigo.

— La couleur ?

— Blanche. Il y avait une publicité sur le côté, mais quand j'ai voulu prendre mes jumelles pour lire le nom, le conducteur en est sorti.

— Vous pouvez le décrire ?

— Un homme, ça j'en suis sûre. Plutôt grand, pas gros, mais certainement baraqué, vu ce qu'il a fait ensuite.

— Comment était-il habillé ?

— Tout en noir avec une capuche très avancée sur son visage. Je n'ai pas pu le voir. Je n'ai pas pu voir sa tête. J'ai un peu reculé de la fenêtre, car j'ai eu peur qu'il me repère. D'ailleurs, il a regardé autour de lui, puis vers les étages. J'ai encore reculé. Ensuite, il est allé devant les grilles du chantier et il en a écarté une. Cela a paru facile pour lui. Comme s'il tirait une porte. Il est revenu au camion, a ouvert la porte arrière et a déchargé un paquet. Ça semblait un peu lourd. Il l'a porté à l'intérieur du chantier. Ça n'a pris que quelques instants, puis il est reparti dans son camion. Je me suis dit que c'était encore un type qui se servait du chantier pour se débarrasser de gravats personnels. Vous savez, comme dans une décharge sauvage, cela évite de payer la déchetterie, ce ne serait pas le premier à faire ça ! Comme d'habitude, à 6 h 30, j'ai sorti Kiki. Le reste, que j'ai expliqué à vos collègues, est tout à fait vrai. Kiki a filé, a beaucoup aboyé. J'ai pu aller le chercher parce que la barrière était restée entrouverte. Puis...

Sa voix s'enroua sous le coup de l'émotion. Sa fille lui posa une main sur l'épaule.

— Je l'ai trouvé, adossé au mur. La bâche avait glissé et il avait la tête qui penchait sur le côté. J'ai bien vu qu'il avait une vilaine blessure. C'était évident qu'il était mort. J'ai récupéré Kiki, je suis rentrée en vitesse et j'ai appelé la police.

— Comprenez ma mère, s'excusa Sophie. D'abord, elle n'était pas certaine de ce qu'avait déchargé l'individu, et puis je crois qu'elle a peur. Si on parlait d'elle dans la presse, il pourrait revenir.

— N'ayez crainte, madame. Vous n'êtes pas en danger, néanmoins je vais quand même demander à ce que l'on renforce les patrouilles dans le quartier. Une dernière question : vous n'avez pas vu la plaque du véhicule ?

— Ma pauvre dame, je n'ai pas su lire ce qui était écrit sur le camion, alors la plaque... Vous prendrez bien une tisane avant de partir ?

Je me forçai à avaler une camomille brûlante pour lui faire plaisir. Bricart déclina. Il était temps de filer. 20 h 50, le Brésil nous attendait.

*

* *

La salle de réunion était pleine. Théo, les M&M's, d'innombrables agents en uniforme et aussi le commissaire de la PJ, un certain Patrick Resbeu, proche de la soixantaine, bedonnant et l'air ronchon. C'est lui qui avait fait appel à notre équipe, du fait des particularités de l'enquête. Il n'avait pas l'air bien, le teint gris et les yeux rouges.

— Il était temps qu'il se montre, me murmura Bricart.

L'homme se présenta et s'excusa :

— Désolé d'avoir été absent. Chimio, prostate.

— On comprend, dis-je. Théo se débrouille très bien.

Je n'évoquai pas le fait que nous l'avions senti un peu dépassé.

La salle avait été préparée pour une vidéoconférence par Skype. L'image qui s'affichait sur l'écran de l'ordinateur était diffusée sur l'écran mural en grand format. On y voyait une salle de réunion, pour l'instant vide. Les fenêtres donnaient sur d'immenses buildings. Le Brésil moderne. Deux personnes firent leur entrée. Un homme en uniforme, la quarantaine épanouie, se planta devant la caméra. Après quelques essais de cadrage et de son, il annonça :

— *Comandante Luis de Oliveira*.

J'eus un doute. Et s'il ne parlait que portugais ? Je ne savais pas pour mes collègues, mais moi, je n'y connaissais rien.

— Mon français, très mauvais. Pour ça, le consul de France est ici.

Ouf !

— Pierre-Louis de la Rosemonde, se présenta le deuxième homme.

En costume gris et cravate rose, il semblait avoir très chaud, si l'on en croyait la sueur qui perlait à son front.

— Je vais vous servir d'interprète dans l'affaire qui nous préoccupe. M. et Mme Alves, les parents de Renato Alves, vont nous rejoindre. Leur fils a quitté le Brésil au départ du port de Santos le vendredi 26 mai, à bord de l'*Alves Brigit*, un porte-conteneurs voyageant sous pavillon panaméen de trois cent quatre-vingt-dix-neuf mètres de long et de trois cent soixante-six TJB, tonneaux de jauge brute, la capacité du navire en volume, eut-il la bonne idée de préciser.

— Pardon de vous interrompre, m'excusai-je. Alves, comme le nom de famille du disparu ?

— Le nom d'un cargo commence par celui de l'armateur, après, c'est ce qu'il veut. Ici, le prénom de sa mère. Vous devriez savoir ça, au Havre !

— Pardon, je ne suis pas havraise, et encore moins spécialisée en affaires maritimes.

— Ici, au Brésil, Alves est le deuxième plus gros armateur du pays. Si c'est bien son fils que vous avez retrouvé, cela va faire du bruit. Comment avez-vous pensé à lui ?

Faisant court, Bricart expliqua :

— Nous n'avions pas de corrélation dans le fichier des personnes disparues en France. Nous avons lancé une recherche auprès des différentes ambassades, mais l'endroit où nous avons trouvé le corps avait un lien avec un spectacle brésilien. Nous avons donc contacté le consul afin de savoir si un jeune Brésilien était porté disparu en France. L'alerte avait été donnée le jour même, on a eu une photo, elle correspond au corps, et les vidéos sur X-Twitter prouvent que Renato a bien débarqué au Havre le vendredi 7 juin. Il a été retrouvé le 10. Cette semaine, ses parents se sont inquiétés auprès de la police brésilienne, qui a contacté leur consul. S'il y a peu de doutes, il va quand même falloir confirmer avec l'ADN pour être absolument certains qu'il n'y a pas méprise.

— On peut peut-être démarrer par ça, proposa le consul. Inutile de les plonger dans la souffrance, si ce n'est pas lui.

— Les éléments sont fortement concordants, opposa le commissaire Resbeu. Et il ne s'agit pas que de lui...

— Commençons par le début, le coupa Jumet. Les parents ?

— Ils arrivent. Mme Alves ne se sent pas très bien. Elle ne veut pas y croire.

— C'est normal. Surtout à cette distance. Pour elle, il n'y a rien de concret, donc, elle refuse la réalité, estimai-je.

— Dites-m'en un peu plus, demanda le consul.

Nous lui résumâmes les faits, cette fois sans rien omettre, ni la trépanation ni la castration.

Je crus que le consul allait se sentir mal à l'évocation des supplices subis. Il traduisait au fur et à mesure pour le *comandante* Luis de Oliveira, qui, lui, eut besoin subitement d'un verre d'eau.

— Ce n'est pas tout, reprit Jumet. Deux autres personnes ont enduré les mêmes supplices. Il semblerait qu'on ait affaire à un tueur en série qui ne paraît pas près de vouloir s'arrêter.

— Vous comprendrez, ajoutai-je, que dans un cas comme celui-ci la victimologie a toute son importance. Nous avons besoin d'en savoir un maximum sur les habitudes de Renato. Son style de vie a pu avoir un impact sur le choix du tueur. Mais d'après la photo fournie par le consul, le récit du voyage plus un témoin, un restaurateur qui affirme que ce jeune homme a mangé chez lui le vendredi 7 au soir, puis l'absence de nouvelles auprès de la famille, nous ne sommes guère optimistes. Quand nous aurons eu l'ADN, il sera toujours temps d'en dire plus aux parents à propos de la façon dont leur fils a trouvé la mort et ce qu'il a subi. Ils auront besoin d'un soutien psychologique.

C'est le moment que choisirent les parents pour faire leur entrée.

— Voici M. et Mme Alves.

Il les installa face à la caméra. Lui en jean et polo bleu ciel, elle dans une robe noire très simple, comme si elle portait déjà le deuil. La bonne cinquantaine, une famille plus qu'aisée, comme en témoignaient la Rolex de monsieur et l'énorme solitaire de madame.

Elle tenait une pile de photos papier dans une main et un téléphone portable dans l'autre.

Le consul leur résuma la situation en portugais.

Elle se mit à pleurer doucement, lui se renfrogna et tapa du poing sur la table. Le choc absorbé, il ne restait plus qu'à les interroger. Je commençai sur un signe de Jumet.

Pierre-Louis de la Rosemonde assurait la traduction en simultané.

Je me présentai ainsi que les membres de l'équipe, puis :

— Monsieur et madame Alves, pouvez-vous nous parler de votre fils, sa vie à Brasilia, ses amis, son travail, tout ce qui pourrait nous être utile ?

Ce fut la mère qui répondit. Un flot de paroles inarrêtable :

— Renato est notre fils unique. C'est un garçon gentil, délicat avec ses parents.

S'ensuivirent cinq bonnes minutes sur son enfance dorée, son adolescence de gamin riche dans un pays où tout le monde ne l'est pas. Cela avait provoqué des jalousies à l'école et même du chantage à l'enlèvement. À Brasilia, Renato avait un garde du corps armé qui le suivait dans tous ses déplacements après une première tentative de rapt à laquelle il avait échappé de justesse.

Sympa, le pays ! pensai-je. En clair, il avait eu une jeunesse dorée, mais enfermée dans une cage tout aussi dorée. Entre appartement de luxe à Brasilia, villa haut-standing en bord de mer et piscine à débordements à Rio de Janeiro, et la même chose ou presque à Santos. Rien d'étonnant à ce qu'il ait eu envie de fuir.

Mme Alves appuyait ses dires avec les photos qu'elle avait apportées.

— Il ne lui manque rien, insista le père. Pourquoi ce besoin de partir ? Il était prévu qu'il prenne ma suite. Je le formais en ce sens.

Je ne pus m'empêcher de penser qu'étouffé par ses parents et son mode de vie, le jeune homme avait eu le désir de vivre pour lui et en toute liberté.

— Avant de partir, il disait qu'en Europe personne ne le connaissait et qu'il ne risquerait rien, se mit à sangloter la mère.

J'allais aborder les questions délicates :

— Est-ce que Renato se sent bien dans sa peau ?

— Évidemment, répondit le père en haussant les épaules. Il a tout ce qu'il veut.

Parfois, ça ne suffit pas et peut même engendrer des sentiments contraires.

— A-t-il une copine ?

— Une par soirée, vous voulez dire ? Toutes celles qu'il désire. Elles veulent toutes l'épouser ! Lui ou sa fortune, allez savoir.

— Donc, il aime les filles. Et les garçons ?

Le père bondit :

— Mon fils n'est pas un pédé !

Je ne l'aurais pas dit comme ça, mais de la part de ce personnage imbu de lui-même et macho à fond, cela ne m'étonna pas.

— Donc, jamais de relations homosexuelles ?

— C'est indigne ! s'exclama le père.

La mère posa une main sur son bras.

— Ils veulent nous aider. On doit tout dire.

Elle se tourna vers la caméra.

— Mon fils a eu aussi des copains. Il le cachait à mon mari, mais il s'est confié à moi. Dans les fêtes branchées, tout se mélange, vous savez.

— Il est donc bisexuel.

— Si on dit ça comme ça, oui.

Le père devint cramoisi, se leva et quitta la pièce.

— Une dernière question : Renato est-il droitier ?

— Oui.

Cela expliquait peut-être pourquoi on s'en était pris à son lobe frontal gauche.

— Madame Alves, je crains que nous ayons trouvé votre fils. Je vais vous montrer une photo d'un jeune homme que nous avons retrouvé en ville. Il est impératif d'avoir une identification par vos soins. Êtes-vous d'accord ? Ça va aller ?

— Oui, oui. Je… J'ai besoin de savoir.

La photo du visage de Renato s'afficha à l'écran. Bien que nettoyé et arrangé par les thanatopracteurs, on ne pouvait ignorer que la mort l'avait frappé.

Mme Alves porta la main à son cœur. Elle s'évanouit.

9

Le dernier débriefing de la soirée fut accompagné de pizzas commandées par Théo. À près de 22 h 30, il était temps de manger quelque chose. Mon sandwich avalé à la morgue était loin. La fatigue aussi se faisait sentir. Entre les symptômes du jet-lag et la journée debout devant les tables d'autopsie, je n'aspirai qu'à une chose : dormir quelques heures.

— On résume, annonça Jumet, conscient que mes paupières devenaient lourdes. As-tu appris quelque chose chez Jeanne Buquet ?

Bricart répondit pour moi, qui avais la bouche pleine :

— Laura avait raison. Elle cachait quelque chose. En réalité, sa déposition ne couvre que la deuxième partie de ce qu'elle a vu.

Il récapitula ensuite le récit de la vieille dame, tout en notant les éléments nouveaux de la première partie sur le tableau Velleda. J'y remarquai une photo ajoutée récemment, celle de Chloé. Une jeune femme à l'allure martiale, plus masculine que féminine, il fallait bien l'admettre. Chacun ses choix. Mais dans le cas présent, ce choix risquait de lui coûter cher.

Bricart continuait :

— On a la certitude que c'est un homme, grand et fort. Ça, on s'en doutait déjà. Ce témoignage nous apprend qu'il agit seul et qu'il roule dans un petit camion blanc, du type de ceux qu'on voit sur les marchés, comme un camion frigo de petite taille.

— Pas de plaque ni de marque ? demanda Théo.

Je répondis :

— Vu l'âge de Jeanne et la distance, non, et c'est compréhensible.

— On va prévenir les collègues des contrôles routiers afin qu'ils fouillent chaque véhicule de ce type, décida Théo en empoignant son téléphone.

— Ah ! Et aussi les ambulances, dis-je.

Il me regarda, étonné :

— Pourquoi ? Elle a vu une ambulance ?

— Non, mais j'ai remarqué, lorsque Victor m'a ramenée de l'hôpital, que celles-ci n'étaient pas vérifiées, contrairement aux voitures. C'est une bonne façon d'échapper aux contrôles.

— Le SAMU va hurler, observa Jumet.

— C'est vraisemblable, mais cela vaut quand même le coup de les contrôler. Surtout dans la nuit à venir. Chloé a été enlevée jeudi matin, on est samedi soir. Si le tueur garde ses victimes deux à trois jours, il y a de fortes probabilités qu'elle soit déjà morte et qu'il cherche à déposer son corps en ville. Vous avez reçu sa compagne ce matin ?

— Oui. Elle ne nous en a pas appris beaucoup plus que ce que nous savions déjà.

— Si on veut cibler le lieu où il va la déposer et tenter de mettre une surveillance en place dans cet ou ces endroits, il faudrait savoir de quoi rêvait Chloé, en tout cas si mon idée de symbolique est juste.

— Elle aime la mer et les bateaux, déclara Marc. J'ai posé la question. Elle naviguait dès qu'elle le pouvait. Mais ici la mer est partout. C'est impossible de contrôler chaque mètre de côte.

— On peut renforcer les patrouilles pour la nuit autour du port de plaisance. Un voilier ou un bateau à moteur pourrait convenir. Les autres, ferries, cargos, sont inaccessibles sans accréditation. Je préviens la gendarmerie maritime, décida Bricart.

— Vous n'avez pas reçu de plan ? demandai-je.

— Non, mais si c'était le cas, le corps aurait déjà été déposé. On les a reçus après coup, les autres fois.

— C'est vrai, admis-je. Rien de nouveau dans les enquêtes de voisinage ?

— Pour Chloé, on sait comment sa voiture est arrivée sur le parking du bassin du Roy. C'est elle qui l'y a garée. C'était son habitude. Il y a un bar-tabac. Chaque matin, elle s'arrêtait pour boire un expresso et acheter ses clopes.

— Et sa copine ignorait ça ? On aurait gagné du temps, râlai-je.

— Eh bien, non. Car Chloé était censée ne plus fumer. Elle ne le faisait jamais à l'appartement.

— Elle a été vue au tabac à quelle heure ? demandai-je en faisant un gros effort pour rester concentrée.

— 7 h 15. Elle en est ressortie vers 7 h 27. Le buraliste est formel. C'est l'heure de la météo sur BFM, qui est branchée en permanence.

— Il ne l'a pas vue repartir ? Suivre quelqu'un ? Monter dans une voiture ou un camion ?

— Non. Il regardait la météo, puis les titres. Il n'a rien vu. Et il n'y a pas de caméra dans ce coin-là. Chose intéressante, c'est aussi dans ce quartier, quai Michel-Féré, que se trouve le restaurant japonais où Renato Alves a mangé des sushis.

Je soupirai. Au moins, on savait qu'elle était allée au bassin du Roy de son plein gré, mais cela s'arrêtait là. Aucune piste supplétive pour nous aider.

— Le tueur serait-il un habitué du quartier ? demandai-je avec un temps de retard.

— C'est une possibilité, reconnut Jumet. J'ai réclamé des patrouilles supplémentaires. Mais sans une description de l'individu, difficile de contrôler une personne plutôt qu'une autre. Il y a des dizaines de logements dans le coin. On ne peut pas tous les perquisitionner sans avoir plus d'infos. Le proc s'y opposerait, et il aurait raison. Mais on continue d'interroger les habitants, au cas où ils auraient remarqué quelque chose de particulier.

— De toute façon, dis-je, il ne peut pas garder ses victimes dans un immeuble d'habitations, et encore moins les y torturer. Même bâillonnées, elles doivent émettre des cris de souffrance. Cela ne passerait pas inaperçu. Il dispose forcément d'un coin isolé. Sait-on si Enguerrand est aussi allé dans ce quartier ?

— Pas pour le moment. On interroge les jeunes demain matin, comme prévu.

— D'accord, soupirai-je, voyant les chances de survie de Chloé s'envoler à tire-d'aile. Après la vidéo-conférence avec le Brésil, on sait que Renato était bisexuel. Il a pu suivre un homme à son goût et tomber ainsi dans un piège, même si lui n'était pas un transgenre affirmé. Son attirance pour les hommes peut avoir suffi à convaincre le tueur de ses tendances sexuelles. Du coup, cela me ferait dire qu'en plus d'être grand et baraqué, comme le dit Jeanne, il est probablement aussi beau gosse. Un garçon tel que Renato Alves n'aurait pas suivi un gars au physique de rustre. Trop délicat pour ça. De même qu'Enguerrand. Tous les deux ont été élevés dans la soie. Je crois qu'il a fallu une certaine classe, voire une certaine richesse affichée, pour les convaincre de suivre leur kidnappeur.

— Tu veux dire une belle voiture, par exemple ? demanda Théo.

— Par exemple.

— Oui, mais ce raisonnement ne marche pas pour l'enlèvement des filles, objecta-t-il.

— Si on ne parle que du physique, non, cela ne devrait pas suffire. Par contre, s'il connaît, comme ça semble être le cas, leurs sujets de prédilection, il y a d'autres moyens.

— Ah bon. Lesquels ?

— Je ne sais pas. Disons… Par exemple, promettre un vol en avion à Juliette ou une promenade en bateau à Chloé.

— Pour Juliette, admettons, c'était une gamine qui pouvait gober un gros bobard, mais Chloé... Tu crois qu'elle ne serait pas allée au boulot pour faire une balade en bateau ?

— Pour l'instant, je n'ai pas de réponse à ta question. Il y a pourtant une chose dont je suis sûre.

— Quoi donc ? interrogea Jumet.

— Les filles ont certainement une autre motivation que la séduction. Elles sont masculines et l'assument. Que craindre d'un type qui leur propose une... comment dire... une expérience qu'elles adoreraient faire ? Lui, il les connaît, il les a étudiées. Il ne reste plus qu'à appuyer sur le bon bouton, et l'affaire est dans le sac.

— Encore et toujours des suppositions, soupira Théo. On n'avance pas beaucoup.

— Plus que tu ne le crois, estima Jumet. Bon, dodo. Il est presque minuit. Rendez-vous ici demain matin à 7 h 30.

*

* *

Dimanche 23 juin, au matin

Je m'endormis comme une masse. La nuit fut courte, mais profitable. Comme on le sait, le cerveau continue à travailler pendant notre sommeil, même si le corps rend les armes. Les paroles de Lambert avaient hanté le mien. Cette histoire de pierre de folie me turlupinait. Les trépanations représentées par les plus grands noms de la peinture : Bosch, un primitif flamand qui avait influencé Brueghel l'Ancien, Rembrandt, une période un peu plus tardive. Des peintres des quinzième, seizième et dix-septième siècles.

Dès le réveil, je fus prise d'une envie irrépressible d'aller au MuMa. Puis je me raisonnai. La réputation du musée se fondait sur les impressionnistes, rien à voir avec les primitifs flamands et les représentations de l'extraction de la pierre de folie. Lambert avait bien précisé que cette méthode pour soigner la folie avait disparu avec la fin du Moyen Âge. Le tueur aurait-il voyagé et vu l'une ou l'autre de ces œuvres, au Prado ou ailleurs ? S'en était-il inspiré ?

Les garçons eurent encore plus de mal à se lever que moi. En attendant, je rejoignis les bureaux. Je me retrouvai seule avec Théo en salle de réunion. Il avait eu la bonne idée d'apporter des croissants, ce que j'appréciai.

— Bonjour, Laura.

— Salut, Théo. Du neuf pendant la nuit ?

— Pas de corps, en tout cas. C'est déjà ça. J'ai les rapports des patrouilles et aussi les bandes des caméras des commerces de la place Auguste-Perret et celles des caméras-piétons des collègues qui ont surveillé le banc où a été retrouvée Juliette. Du visionnage en perspective.

— On va s'y mettre de suite, dis-je en mordant dans un croissant dégoulinant de beurre. Hmm, c'est rare, des viennoiseries comme ça !

— Ce sont les meilleurs croissants du Havre. Ils viennent de chez Mazzoni. Et je ne te parle même pas de leurs pâtisseries. Café ? Non, thé, pardon, j'avais oublié.

Il me fixa.

— Alors, que penses-tu de cette affaire ? Depuis deux jours que tu es là, avec ton super pouvoir de déduction, tu devrais pouvoir m'en dire plus.

— J'observe, j'analyse et je déduis. Je n'ai pas de super pouvoirs. Ça se saurait !

On allait repartir dans une discussion stérile.

— C'est vrai que nous n'avons pas encore coincé le tueur, mais nous avons progressé dans l'étude de sa personnalité et de sa façon de fonctionner. C'est ce qui va nous mettre sur la piste. Ça et la victimologie, sujet déjà bien défriché, tu ne crois pas ? Ton instinct de flic a mieux à me proposer ? questionnai-je, un peu ironique.

La tension serait montée d'un cran si Jumet et Bricart ne s'étaient pas pointés à cet instant.

— Salut ! Tout va bien, Laura ? me demanda Fred, sentant un léger courant électrique traverser la pièce.

— Pas de problème.

Je n'avais pas envie d'une nouvelle polémique ! Il serait bien temps de mettre les choses au point une fois un résultat probant obtenu.

— On a du visionnage à faire. Après, j'irai au musée, dis-je.

Tous parurent étonnés, y compris les M&M's, qui venaient d'arriver.

— Tu n'as pas mieux à faire ? demanda Théo. Tu veux parfaire ta culture ?

Fred monta au créneau :

— Si Laura estime que c'est nécessaire, elle y va.

— C'est ça, dis-je. Ça ne me prendra pas longtemps. Ensuite, j'irai chez Enguerrand, j'ai besoin de voir où il vivait, puis chez Juliette.

— En attendant une heure correcte pour débarquer chez les gens, on s'occupe des visionnages. Quand tu seras partie, nous interrogerons les copains de virée d'Enguerrand. Et toi, Théo, as-tu convoqué les marins de l'Abeille ?

— J'ai eu la capitainerie. Ils se présenteront vers midi. Avant ça, ils sont de garde.

La journée promettait d'être bien remplie et, pendant ce temps-là, Chloé était prisonnière quelque part, endurant le pire sans que nous ne puissions rien pour elle.

Il ne restait qu'à prier pour que les investigations du jour mènent à quelque chose. Chaque heure qui passait éloignait l'espoir de retrouver Chloé vivante.

★

★ ★

Les visionnages se firent sur grand écran. C'était un peu flou, mais suffisant pour distinguer les véhicules qui passaient dans l'axe des caméras de surveillance des commerces de la place Auguste-Perret. Il s'agissait ici de tenter de trouver qui avait bien pu déposer Renato au Volcan. Nous avions réquisitionné les bandes couvrant la nuit du dimanche 9 au lundi 10. Le début de soirée était agité. Les restaurants faisaient le plein, de même que les cafés.

— Avance, ordonna Jumet à Max, qui tenait les manettes. S'il y a quelque chose à voir, ce sera beaucoup plus tard ou, mieux encore, lundi matin très tôt.

Même en accéléré, on voyait la circulation diminuer à partir de 23 heures, jusqu'à devenir quasi nulle après 2 heures du matin, heure officielle de fermeture des bars.

Un taxi déposa un couple au coin de la rue vers 2 h 30.

— De toute façon, estima Théo, il a dû agir avant 5 h 12. C'est l'heure du premier bus. Qui dit transports en commun dit passagers et chauffeur, donc témoins potentiels.

— Tenez ! Là, regardez !

Le time code marquait 4 h 05. La place était vide. À cette heure-là, à part quelques commerces qui embauchaient tôt, les gens dormaient.

Un frémissement traversa notre petite assemblée. Des phares éclairaient la nuit. Une fourgonnette blanche approchait. Elle fit un premier passage.

— Il vient de la rue de Paris, affirma Théo. Il va peut-être aux halles. C'est un peu plus loin. Ce n'est peut-être qu'un marchand.

Puis l'excitation fit monter sa voix :

— Attendez, il fait demi-tour !

La fourgonnette entreprit de faire le tour de la place Auguste-Perret. Enfin, elle stoppa devant un arrêt de bus.

— C'est au coin de la rue de Paris et la rue Louis-Brideau, juste en face du Volcan, annonça Théo.

— Zoome ! Qu'on y voie mieux.

Malheureusement, plus on zoomait, plus l'image était floue.

— Vous pouvez lire quelque chose ? demanda Jumet en plissant les yeux. Fais un arrêt sur image, ordonna-t-il à Max.

— Il y a une plaque magnétique sur le côté. Attends… « Pascal Perrin – électricien »… Il y a même un numéro de téléphone !

Je fis la moue. Trop beau pour être vrai. Le tueur était trop malin pour faire ce genre de bourde. On vérifierait, bien sûr, mais, à mon avis, cela ne mènerait à rien.

— La plaque ?

— Elle brille trop ! C'est un petit futé. Il a dû la vernir ou mettre de la laque dessus, comme le font les chauffards. Cela devient illisible à l'objectif.

— Vas-y, avance au ralenti. En tout cas, ce n'est pas un camion frigo, déclara Jumet. C'est un utilitaire. Jeanne Buquet s'est plantée.

Cela n'avait rien d'étonnant. Que savait-elle des types de camions ou de fourgons ? Rien, sans doute. Elle avait dit ce qu'elle avait imaginé comme fonction pour le véhicule qui s'était arrêté devant chez elle. Nous autres enquêteurs savons à quel point les témoignages sont sujets à caution. Deux témoins de la même scène peuvent affirmer des choses totalement opposées en toute bonne foi.

— En tout cas, c'est un petit camion blanc, dis-je. Là-dessus au moins elle a raison. Elle nous a mis sur la bonne piste.

— C'est plutôt une de ces camionnettes d'artisans, constata Théo. Genre véhicule utilitaire. Je dirais... Remontre-le-moi en gros plan, demanda-t-il à Max, qui s'exécuta. Oui, je voterais pour un Peugeot Boxer. On va requérir les experts, mais je crois bien que c'est ça.

La suite défila, image par image. Le chauffeur sortit, absolument anonyme, tout de noir vêtu, avec capuche. Pas moyen de voir son visage. Il devait se douter ou même savoir qu'il y avait des caméras. Il gardait la tête baissée. Il ouvrit une des portes du hayon arrière, en sortit, apparemment sans gros effort, ce qui devait être le corps de Renato, une forme oblongue emballée dans une bâche. Le film était en noir et blanc, mais il y avait peu de doute quant à la couleur. Il commença à traverser la rue et disparut du champ de la caméra. Nous étions tous tendus, à l'affût du moindre mouvement. Moins d'une minute trente plus tard, il revenait, les mains vides, remontait dans son camion et disparaissait dans la nuit.

— Cela correspond au mode opératoire décrit par Jeanne Buquet pour Enguerrand, dis-je. C'est bien notre tueur.

— On sait comment il a fait pour emmener le corps et on connaît son mode de transport, mais nous n'avons pas beaucoup plus d'éléments pour l'identifier, soupira Théo.

Bricart se voulut plus positif :

— Au moins, on a un type de véhicule précis que les patrouilles doivent cibler en priorité. Cette nuit en particulier. Car pour Chloé...

Un silence lourd s'installa quelques instants. Quelles étaient les chances de survie de la jeune femme ?

Nous visionnâmes ensuite les bandes des caméras-piétons des policiers municipaux. On y voyait quantité de promeneurs, joggeurs et autres cyclistes. Des voitures, aussi, quand le policier se tournait vers la route, mais rien qui rappelait le camion blanc.

— Il a déposé Juliette, puis s'est occupé de Chloé, dis-je. Il n'est pas assez idiot pour revenir sur les lieux du crime.

Il était 9 heures. La policière de service nous prévint que les copains d'Enguerrand étaient arrivés.

— Même s'ils ont largement eu le temps de se mettre d'accord sur leur histoire, on va les interroger séparément et comparer les témoignages d'aujourd'hui avec ceux recueillis par ton équipe le jour de la découverte du corps. En cas d'incohérences, on les coince là-dessus. Il doit bien y en avoir un qui a remarqué quelque chose au cours de la soirée. Toi, Laura, tu vas chez les parents et tu visites la chambre du gamin à fond. Peut-être qu'un détail nous mettra sur une piste.

— OK. Et je passe aussi par le musée, comme j'ai dit.

— Oui, oui. Mais l'urgent, c'est la perquise de la chambre. Les ados ont l'art et la manière de dissimuler des choses à leurs parents.

— Ça a déjà été fait, protesta Théo.

— Premièrement, je dois me rendre compte de la vie de ce jeune homme et parler aux parents. Et puis, sans vouloir te vexer, apporter un autre regard, cela ne peut pas faire de mal, même si cela n'avance à rien.

Je notai l'adresse du couple Lefebvre et m'apprêtai à partir quand un doute me traversa l'esprit : nous étions dimanche. Victor travaillait-il ? Renseignements pris auprès de l'accueil, il était de repos. Je pouvais l'appeler, il m'avait laissé sa carte. Mais j'avais des scrupules à le déranger. En tant que chauffeur, il n'était pas impliqué dans l'enquête. Tant pis, avec un GPS, je devrais m'en sortir. Il me fallait quand même une voiture. Les hommes étant partis en salle d'interrogatoire, je m'adressai à la policière de garde.

Cela eut l'air de lui poser un problème.

— Je ne sais pas si on peut vous attribuer une voiture du parc. C'est une question d'assurance, vous comprenez. Vous n'êtes pas sur la liste des personnes habilitées.

Ah, l'administration ! On en mourra.

Je fis appeler un taxi, qui m'emmena dans le joli quartier de Sainte-Adresse, rue du Carrousel. Ici plus d'immeubles, mais des maisons particulières avec vue sur la mer. On sentait une certaine aisance. C'était en quelque sorte la banlieue chic du Havre où, m'expliqua le chauffeur de taxi, même le roi des Belges, Albert Ier, avait trouvé refuge pendant la Première Guerre mondiale.

— Voilà, vous êtes arrivée. N'hésitez pas à appeler en cas de besoin. Si vous voulez vous promener, c'est un des plus jolis points de vue sur le cap de la Hève.

Je n'en doutai pas un instant, mais la promenade attendrait. L'urgence était ailleurs.

10

La résidence des Lefebvre était un cube de béton et de verre. Une maison d'architecte moderne, certainement très luxueuse, mais où l'on ne sait pas trop où poser ses meubles. Elle était perchée sur une butte agencée avec des rocailles et un escalier en pierres brutes. Sur le côté, un garage à double porte devant lequel étaient stationnés un coupé Mercedes et une Mégane décapotable. La vue de là-haut devait être imprenable, face à la mer et au cap de la Hève. J'adorais le paysage, mais pas la maison. Rien de tel pour moi qu'une vieille demeure en pierre, mais aménagée avec tout le confort moderne. Hélas, la vue sur mer, ce n'était pas dans mes moyens avec un salaire de fonctionnaire de police, mais il n'est pas interdit de rêver !

Je franchis un petit portail en bois et montai l'escalier. Avant que je pose mon doigt sur la sonnette, la porte en métal bleu marine, traversée par une virgule en verre dépoli, s'ouvrit sur un homme, la cinquantaine élégante dans un costume anthracite finement rayé.

— Laura Claes ? C'est vous qui avez téléphoné pour prévenir de votre arrivée ?

— C'est moi, en effet.

— Je vous laisse avec ma femme. Elle répondra à toutes vos questions. Chérie ! appela-t-il.

Il poussa la porte en grand, m'invitant à entrer. Le hall était minimaliste, occupé seulement par un placard où ranger les vêtements. Le reste du rez-de-chaussée était une seule et immense pièce qui réunissait toutes les fonctions, salon, cuisine, salle à manger. Le tout était inondé de lumière, malgré le temps légèrement gris en ce dimanche matin. Les meubles, ultramodernes, semblaient disposés un peu au petit bonheur la chance pour la néophyte que je suis en design. Je ne doutai pas un instant qu'une décoratrice d'intérieur, ou, mieux, un spécialiste en feng shui, cette philosophie chinoise qui prône l'harmonie des intérieurs pour une influence positive sur la vie des occupants, soit passé par là. Si c'était le cas, cela n'avait pas marché fort pour Enguerrand. Un escalier en colimaçon fait de verre et de métal montait vers l'étage.

— Ce serait bien que vous restiez un peu, monsieur Lefebvre. J'aimerais que vous me parliez de votre fils.

— Je n'ai plus de fils. Il est mort. Je n'irais pas jusqu'à dire que c'est une bonne chose, mais étant donné la tournure que prenait sa vie, il aurait mal fini de toute façon. Ce qui m'attriste, ce sont les souffrances qu'il a endurées. Petit, c'était un gentil gamin. Il ne méritait pas cela.

J'étais sidérée.

— Vous voulez dire que vous préférez le savoir mort que le voir changer d'orientation sexuelle ? Vous estimez que c'était un mauvais choix ?

— Je ne vous demande pas de comprendre, madame. Mon fils était promis à un bel avenir. Mon entreprise est florissante, il était mon successeur tout désigné. Pour mener les ouvriers, les employés, il faut être un homme, un vrai, et pas quelque chose entre fille et garçon.

Comme réac, celui-là, on ne pouvait pas mieux faire. Je ne pus m'empêcher de demander :

— Et si vous aviez eu une fille, elle n'aurait pas pu diriger vos hommes ?

Il haussa les épaules.

— J'ai un rendez-vous. Je dois y aller. Au revoir, madame. Ma femme va vous recevoir. Elle l'a toujours couvé, c'est peut-être là le souci.

— Enguerrand n'a sans doute pas choisi, monsieur. Ce que vous considérez comme une anomalie est souvent dû à une exposition non standard à des androgènes pendant la grossesse. C'est scientifique et non comportemental. Vous ne pouvez rien lui reprocher, même si ce n'est pas à votre goût !

Il sortit en me regardant de haut, pas convaincu, de toute évidence.

J'étais outrée. Comment peut-on rejeter ainsi son propre enfant ?

Des pas dans l'escalier me firent tourner la tête. Je respirai un grand coup pour tenter de me calmer. Le personnage m'avait vraiment choquée. Comment peut-on estimer que son enfant est mieux mort que vivant à cause d'une question d'orientation sexuelle ? Et s'il avait quelque chose à voir là-dedans ? Non, cela ne collait pas. Il voulait un fils, il ne l'aurait pas castré !

— Madame Claes ?

— Oui, pardon. J'étais perdue dans mes pensées. Bonjour, madame Lefebvre. Avez-vous un peu de temps à m'accorder ?

— Oui, bien sûr. Entrez, débarrassez-vous.

Elle m'installa côté salon, dans un fauteuil en cuir confortable, et me proposa un café, offre que je déclinai.

— Un verre d'eau sera très bien, merci.

Elle alla chercher l'eau et un café pour elle, et s'assit en face de moi.

Je l'observai.

Elle avait l'air plus jeune que son mari, d'une bonne dizaine d'années au moins. Le visage rond, les cheveux courts et permanentés, elle était habillée d'un jogging d'intérieur sûrement de grande marque. Ses yeux marron étaient soulignés de cernes noirs et rougis d'avoir trop pleuré. Elle avait un réel chagrin, cela ne pouvait se nier.

— Ne jugez pas trop durement mon mari, dit-elle en torturant un mouchoir en papier. En réalité, il a autant de peine que moi, sa réaction, c'est sa façon de se défendre.

— C'est assez surprenant, m'autorisai-je à dire.

— Il faut le comprendre. Tant qu'Enguerrand était en vie, il niait l'évidence. Que son fils préfère aller à la danse plutôt qu'au judo ou à la boxe, comme lui, lui a ouvert les yeux, du moins un peu. Ses choix de métier aussi. Pour mon mari, un homme ne peut pas être mannequin ou influenceur pour des vêtements ou des produits de beauté pour le corps. Roland imaginait que son fils lui succéderait, et, en réalité Enguerrand n'aurait pas eu d'autre possibilité. Tout cela donnait lieu à des scènes terribles.

Les larmes recommencèrent à couler, silencieuses. Un trop-plein de chagrin qui s'échappait sans qu'elle puisse le contrôler.

Elle continua :

— Un jour, Enguerrand s'est révolté et a avoué à son père qu'il aurait préféré être fille que garçon. Il voulait juste que Roland le laisse tranquille, qu'il ne le pousse pas à faire ce dont il n'avait pas envie. Ça a été affreux.

J'imaginai sans difficulté.

— Et vous, madame, que pensiez-vous de la situation ?

— Quand mon mari dit que j'ai toujours couvé mon fils, il n'a pas tort. C'est mon fils unique, vous comprenez. En plus, j'ai eu beaucoup de mal à l'avoir. Il nous a fallu deux ans de traitement pour y parvenir. Je lui ai souvent tout accordé, parfois dans le dos de son père, je l'avoue. Nous avions nos petits secrets, nous étions très complices. Quand j'ai subodoré ses tendances, j'ai abordé le sujet, mais avec délicatesse. J'ai remarqué ses goûts en matière d'habillement, les couleurs, les bibelots qu'il collectionnait, que des choses très… féminines. Ses meilleurs copains étaient des copines, qui d'ailleurs l'acceptaient très bien dans leur groupe. Il était doux et gentil, pas comme les garçons de son âge qui jouent aux machos.

— Il montait à cheval ? Ce n'est pas si facile que ça.

— Parfois, oui, les chevaux font des caprices, mais détrompez-vous, c'est un sport très féminin. Je m'étais renseignée à une époque, les filles représentent 80 % des licenciés.

— Donc, pour vous, il avait choisi l'équitation pour être avec des filles. Certains pourraient croire que c'est pour avoir un panel de filles à draguer.

Elle arriva à sourire.

— Non, non. C'étaient juste des copines. Je ne lui connais pas de petite amie et, quoiqu'il en soit, pas de petit copain non plus.

— Pourtant, le soir de son anniversaire, il est sorti avec des copains, je n'ai pas entendu parler de filles.

— C'étaient des garçons de sa classe. Ils s'étaient donné rendez-vous pour aller manger puis sortir en boîte, comme ils disent. Les gars avaient organisé la soirée pour lui. Je crois que cela ne le branchait pas plus que ça. Manger et boire, ce n'était pas son truc. Mais il n'a pas osé refuser. Il disait que c'était la coutume pour les dix-huit ans et que s'il n'y allait pas, il allait se faire charrier.

— Enguerrand était-il droitier ?

— Parfois oui, parfois non. On dit ambidextre, je crois. Mais il écrivait de la main droite. Pourquoi ?

J'éludai :

— Puis-je voir sa chambre ?

— Si vous voulez. La police est déjà venue et a tout retourné. Ils n'ont pas été très respectueux de la chambre d'un mort.

— Je suis désolée, madame. Ils ne sont pas toujours délicats.

Cela l'avait choquée, de toute évidence, de voir les affaires de son fils sorties des armoires et des tiroirs, voire jetées au sol, comme elle me l'expliqua.

— En plus, certains se sont moqués.

— Comment ça ?

— Il a des pulls roses. Ils ont dit, pas fort, mais je l'ai entendu, que c'étaient des « affaires de tafiole ». Comme s'il avait cherché ce qui lui est arrivé. Heureusement que mon mari n'était pas là !

C'était inadmissible, et il faudrait que je me renseigne pour savoir qui avait mené la perquisition. Cela méritait une remise dans l'axe !

Cette fois, elle avait du mal à retenir ses sanglots. Elle se leva, disparut quelques instants. J'entendis couler de l'eau. Quand elle revint, elle avait retrouvé un calme apparent.

— Venez, sa chambre est à l'étage.

L'escalier de verre me déplut. Il donnait l'impression de marcher dans le vide et je m'accrochai à la rampe pour éviter le vertige.

Elle compatit.

— C'est une habitude à prendre.

L'étage comportait deux chambres et une salle de bains. Les portes ouvertes laissaient deviner un style épuré. Celle d'Enguerrand était fermée.

Elle ouvrit la porte.

— J'ai tout rangé, s'excusa-t-elle. Je ne supportais pas de voir tout sens dessus dessous. Je ne croyais pas que la police reviendrait.

— Ce n'est pas un problème, madame. Puis-je rester seule quelques minutes ?

Elle me regarda, méfiante.

— Qu'allez-vous faire ?

— D'abord m'imprégner des lieux et, à travers ses goûts, découvrir la personnalité de votre fils. Je vous jure que je remettrai tout en place si j'ai besoin de toucher à quelque chose.

Elle hésita encore, puis opina et sortit.

J'avais l'impression d'être dans un monde parallèle.

Un des murs de la chambre, celui qui faisait face à la baie vitrée donnant sur un balcon, était peint en noir. C'était surprenant. Dans les angles il y avait des spots à LED recouverts pour l'un de Rhodoïd rose et pour l'autre vert. Je cherchai un interrupteur. Une fois les lumières allumées, la chambre prit des airs de boîte de nuit. Dans le noir, ce devait être du plus bel effet, même si c'était un peu bricolé. Sur un meuble dédié se trouvaient une chaîne hi-fi dernier cri et une pile de CD. Céline Dion, Mylène Farmer et, curieusement, Dalida. Pas vraiment de son époque. Aucun rappeur ni de groupe rock ou métal. Sur le bureau trônaient un ordinateur, une PlayStation et les manettes qui allaient avec. Face au lit king size, une télé grand écran. Enguerrand était sans aucun doute un enfant gâté.

J'ouvris les placards muraux. Du côté droit, les vêtements pour un jeune homme de son âge. Jeans, T-shirts, chemises, et sur un cintre un costume sans doute réservé aux grandes occasions. À gauche, c'était plus ambigu. Les vêtements rangés de ce côté étaient de couleur pastel. Il y avait aussi des chemises à fleurs qui ne devaient pas plaire à papa. Je fouillai un peu. Dans un sac en plastique, je découvris une combinaison intégrale en latex et une longue perruque rousse.

J'appelai Mme Lefebvre, qui patientait juste derrière la porte. Je lui montrai ma trouvaille.

— Vous étiez au courant ?

— Bien sûr. Qui les a achetés, à votre avis ?

— Vous ?

— C'était pour une soirée costumée. Il s'était déguisé en Mylène Farmer. Il l'adore. Son côté lascif et tellement sensuel lui plaisait beaucoup.

— Parce qu'il en était amoureux, comme des dizaines de milliers de fans, ou parce qu'il aurait voulu lui ressembler ?

Je n'eus pas de réponse.

— Puis-je emporter l'ordinateur ? demandai-je. Il nous donnera peut-être plus d'informations sur ses relations.

— Si vous voulez. Faites tout ce qui est possible pour arrêter celui qui a fait ça à mon bébé.

J'allais sortir quand j'avisai une petite corbeille pleine de cartes de visite.

Je les fis défiler, et soudain l'une d'elles attira mon attention. Aux couleurs de l'Italie, on y voyait un pizzaïolo caricaturé avec une toque façon dessin animé et une pizza qui volait en l'air. On pouvait y lire : *Chez Franco, les meilleures pizzas, comme à Naples*. Suivaient l'adresse et un numéro de téléphone et, bien sûr, un site Internet. Le restaurant se trouvait quai Michel-Féré... Comme le restaurant japonais où Renato avait mangé et le tabac où Chloé s'était arrêtée.

Je tenais peut-être quelque chose.

*

* *

En sortant, j'eus une surprise. La voiture de police, avec Victor au volant, attendait devant l'entrée de la maison.

— Que faites-vous ici ? demandai-je, étonnée.

— Ma femme et mes fils sont partis chez ma belle-mère. Très peu pour moi ! J'ai appelé le commissariat pour savoir si vous aviez besoin de moi, et là, on m'a dit que vous aviez pris un taxi. Je suis obligé de vous gronder ! Je vous avais pourtant laissé ma carte.

— Je ne voulais pas vous déranger un dimanche. En principe c'est sacré. Mais c'est très gentil de votre part. Merci beaucoup.

— Entre la belle-mère et vous, c'est tout choisi ! On va où ?

— Au MuMa. Il est onze heures passées, il doit être ouvert.

Il eut l'air étonné.

— Au MuMa ? Vous avez le temps de faire du tourisme ?

— Un truc à vérifier.

Je ne désirais pas donner de détails sur l'enquête. Après tout, Victor, même s'il était de la maison, n'avait pas à être tenu au courant de nos progrès. Il était chauffeur, pas enquêteur, et encore moins mêlé à l'enquête.

— Comme vous voudrez.

Il descendit la route, non sans attirer mon attention sur le cap de la Hève et l'immense villa ayant abrité le gouvernement belge pendant la Première Guerre mondiale. Je ne lui fis pas l'affront de lui dire que le chauffeur de taxi m'avait déjà briefée sur ces sujets.

Nous longeâmes la côte pour rejoindre le boulevard Albert-Ier, bien nommé, dépassâmes les plages et le palais des Régates jusqu'au croisement de la digue où on avait retrouvé Juliette.

— On arrive.

Le bâtiment face à la mer, un bloc rectangulaire fait de béton et d'innombrables fenêtres, était accessible par une rampe bordée de barrières en verre et d'un mur annonçant le nom du musée.

— Je reviens vite.

— J'attends, pas de problème.

Dès l'entrée, je m'aperçus que la première salle avait été vidée de ses peintures. Des ouvriers s'affairaient à monter des projecteurs et des fils d'acier auxquels des œuvres allaient sûrement être suspendues. Si les collections n'étaient pas visibles, cela ne m'arrangeait pas. Sur la droite, au fond d'un hall un peu sombre, j'avisai un guichet et plus loin la boutique. Il n'y avait pas foule.

— Bonjour. On peut visiter ?

— Oui, mais l'étage seulement. Une exposition est en préparation, me répondit la très jeune guichetière, sûrement une étudiante qui occupait le poste pour gagner de quoi améliorer son ordinaire.

Je décidai d'aller à l'essentiel en sortant ma carte de police. Elle parut surprise, voire un peu effrayée.

— C'est pour quoi ? chevrota-t-elle.

— Vous connaissez bien les collections ?

— Là-haut, il y a des impressionnistes, mais surtout la collection d'Eugène Boudin, qui fut le premier maître de Monet, récita-t-elle. On possède trois cent vingt-cinq œuvres de cet artiste, dit-elle fièrement. Mais il y en a bien d'autres, notamment des Monet, dont un des *Nymphéas*, un Delacroix, un Sisley...

Elle s'interrompit. Elle n'avait pas tout retenu.

J'avais dû me tromper. Je ne voyais pas les impressionnistes représenter l'extraction de la pierre de folie. Trop sanglant pour ces peintres amoureux des couleurs et des lumières.

— Ah oui, il y a aussi des Renoir.

— Y a-t-il d'autres œuvres, plus anciennes ?

— Peut-être. Il y a de très belles réalisations d'autres artistes. Excusez-moi, je suis en intérim. Je ne les connais pas tous.

— Savez-vous s'il existe ici une peinture représentant une scène où un médecin ouvre le crâne d'un patient ?

Elle me regarda comme si je perdais la tête.

— Je ne sais pas. Allez faire un tour. Pour le moment, tout est à l'étage.

Je sortis mon portefeuille, mais elle m'autorisa à passer.

— Allez-y. Je devine que c'est important.

— En effet. Merci.

J'empruntai un escalier qui me mena au premier, où je découvris une longue galerie exclusivement consacrée à Eugène Boudin. La visite étant organisée autour d'un circuit obligatoire, je dus donc suivre ce dernier. Malgré mon intérêt, j'avançai d'un pas vif, au risque de choquer quelques amateurs qui s'extasiaient devant les œuvres. Rien ici n'évoquait ce que Lambert appelait « l'art lié à la médecine ». Des ciels aux couleurs parfois surprenantes, des paysages à foison et aussi, plus étonnant, des portraits de vaches en quantité. Il faudrait que je revienne quand cette enquête serait finie, histoire de parfaire ma culture picturale.

Arrivée au bout de cette galerie, l'étage se divisait en espaces plus intimes où l'on découvrait à chaque fois trois ou quatre tableaux, d'impressionnistes ou pas. Je dépassai les peintres annoncés par la jeune fille et, au détour d'un angle, je tombai dessus. Ce n'était ni Bosch, ni Brueghel, ni aucun autre peintre très connu. C'était l'œuvre d'un certain Giacomo Francesco Cipper, dit « Il Todeschini », né en 1664 et mort en 1736. Le nom du tableau : *L'Excision de la pierre de folie*.

En plein dans le mille ! Un tableau exposé au Havre au vu et au su de tous et probablement la source d'inspiration pour le tueur qui sévissait dans la ville.

Mon téléphone et Google m'apprirent qu'il s'agissait d'un peintre italien né en Autriche surnommé

Il Todeschini, ce qui signifiait « le petit Allemand ». Représentant d'un courant naturaliste implanté en Italie, il n'avait rien à voir avec le courant impressionniste, datant d'une époque beaucoup plus tardive. L'œuvre, de belle taille, était une huile sur toile. Admiratrice du Caravage et de Brueghel l'Ancien, je ressentis dans cette création l'influence de ces deux peintres. Du premier l'utilisation des clairs-obscurs et, du second, le nombre de personnages issus de la classe paysanne. À droite, une femme et ses deux enfants, un bébé et un petit garçon. Derrière l'enfant, une femme plus âgée. Tous regardent l'homme au centre du tableau, sans doute le père, aux yeux perdus dans son monde, sur lequel intervient le « médecin » qui lui entaille le crâne. À gauche, enfin, un spectateur appuyé sur un bâton, très intéressé par l'opération en cours.

Je pris des photos, d'abord en plan large puis détail par détail, en insistant sur l'excision elle-même. Mon instinct me disait que je tenais quelque chose d'important. Ce ne pouvait pas être un hasard. Le tueur trépanant ses victimes et un tableau représentant une scène identique dans la même ville...

Si le tueur était obsédé par ce tableau, il y avait de fortes chances pour qu'il vienne le voir souvent.

— Surprenant, n'est-ce pas ?

Mon cœur fit un bond.

Qui m'adressait ainsi la parole ?

11

Fred et Joël s'étaient partagé la tâche. Chacun interrogerait deux jeunes gens tandis que Théo s'occuperait des marins de l'Abeille qui avait escorté l'*Alves Brigit* à son arrivée au Havre.

Il avait été décidé que les adolescents pouvaient être entendus deux par deux. Les policiers estimaient que cela ne mettait pas leur témoignage en péril, car ils avaient eu largement le temps de se concerter depuis les événements. L'équipe espérait trouver dans leurs déclarations une faille ou une incohérence qui permettrait de faire avancer l'enquête.

Jumet observa les témoins grâce à la caméra de la salle d'interrogatoire. Bricart en faisait autant de son côté. Les deux hommes se retrouvèrent pour échanger leurs premières impressions.

— Qu'en penses-tu ? demanda Jumet.

— C'est le genre petits bourgeois qui se la jouent. Même pas peur d'être chez les flics !

— C'est ça. On va les secouer un peu.

Jumet entra violemment dans la salle d'interrogatoire et endossa d'office le rôle du *bad cop* :

— Commandant Fred Jumet. Alors ? Qui est qui ?

Devant la stature et l'autorité naturelle de Fred, les garçons se tassèrent sur leurs chaises.

— J'attends !

— Euh... Pardon. Je suis Cyril Lequertier et...

— Moi, c'est Sébastien Guyot.

— Votre âge ?

— Moi dix-huit ans et lui dix-huit ans et demi, dit Cyril.

Jumet les observa longuement et en silence. Il fit durer le plaisir, histoire de les mettre mal à l'aise.

— Très bien, parlez-moi de la dernière soirée que vous avez passée avec Enguerrand Lefebvre.

— On a fait ça le samedi 15 pour fêter son anniv', dit Cyril.

— Oui, la vraie date, c'était le vendredi, mais c'était plus facile de sortir le samedi. Le dimanche on peut récupérer, vous comprenez ? demanda Sébastien.

— Bien sûr. Expliquez-moi le déroulement de la soirée. On vérifiera, alors pas la peine de me raconter des bobards, insista Jumet.

— Monsieur, qu'est-il arrivé à Enguerrand ? Au lycée, il y en a qui disent qu'il a été torturé. Qui a fait ça ? C'était un gentil.

— Enguerrand est mort, cela, vous le savez déjà. Et, oui, il a été martyrisé. Vous n'avez pas besoin d'avoir les détails. Il a souffert, c'est aussi la raison pour laquelle vous devez tout me dire sans détours et sans rien cacher. Votre témoignage peut s'avérer crucial. Vous êtes les dernières personnes à l'avoir vu vivant.

Et tout de go, Jumet lâcha :

— Peut-être est-ce vous qui l'avez torturé et tué... Un genre de bizutage pour les dix-huit ans qui tourne mal... Les derniers à avoir vu la personne vivante sont soupçonnés en premier lieu, vous savez.

— Eh ! Non, monsieur ! On n'a rien fait !

— Racontez votre soirée. Je vous rappelle que tout est enregistré et que tout sera vérifié.

— Oui, oui, dit Cyril. On n'a rien à cacher. On s'est retrouvés à 19 heures. On a pris l'apéro au port de plaisance.

— Combien d'apéros ? Et l'adresse exacte du bar.

— Ce n'était pas dans un bar. Gabin, qui est dans la pièce à côté, nous a invités chez lui. Ses parents étaient partis pour un week-end à Paris.

— L'adresse ?

— C'est que... Ils n'étaient pas au courant qu'on irait chez eux.

— Il y a mort d'homme ! On ira perquisitionner dès qu'on en aura fini ici, gronda Jumet.

— Mais... bêla Sébastien, Gabin va nous tuer...

Jumet le regarda de travers.

— Enguerrand a été tué. À côté de ça, une engueulade des parents, c'est peanuts ! Alors, qu'avez-vous consommé ?

— Du whisky-Coca et des bières. Après, on s'est fait livrer des pizzas. On n'est pas ressortis avant minuit. Avant, les boîtes sont fermées.

— On a aussi fumé quelques joints, avoua Cyril, mais Enguerrand n'avait jamais fumé de beuh, il a été malade.

Sébastien lui jeta un regard noir. Cet aveu ne lui plaisait pas.

— Tu as raison de parler, Cyril. J'ai besoin de savoir qui a fourni la came et où vous l'achetez.

Cette fois, ce fut Cyril qui loucha vers Sébastien. Celui-ci haussa les épaules.

— T'avais pas besoin de le dire ! Ça n'a rien à voir avec Enguerrand. Il ne savait même pas qu'on en avait apporté. Il ne voulait pas fumer, mais on l'a un peu forcé en le charriant. D'ailleurs, il a vomi.

Fred fronça les sourcils.

— « Forcé » ?

— Ben oui, continua Sébastien, légèrement provocateur. On lui a dit qu'il était un homme, maintenant, et qu'il pouvait y aller.

De toute évidence, des deux, c'était lui le leader.

— Explique-toi, ordonna Jumet, imaginant bien qu'Enguerrand avait été humilié.

— Enguerrand... c'était un gars bizarre. Le bébé à sa maman. Après la boîte, on voulait l'emmener aux putes pour le dépuceler, c'était notre cadeau. Il aurait compris qu'il y avait autre chose dans la vie !

Pour un peu, il aurait rigolé.

Jumet entra dans le jeu, enjoué :

— Il a apprécié ?

— Non, répondit Cyril. Quand on est sorti de boîte et qu'on lui a dit où on allait, il s'est enfui à pied. Il pleurait !

— Vous n'avez pas essayé de le rattraper ?

— On l'a rappelé, mais il n'est pas revenu. Nous, on est allés chez les filles, on avait autre chose à faire que courir derrière lui, vous comprenez ? dit Sébastien, presque ironique.

— Très bien. J'ai besoin de l'adresse de la boîte de nuit, de savoir qui vous a livré les pizzas, les noms des prostituées, les endroits où elles vous ont emmenés et, bien sûr, le nom de votre dealer. Dès que vous aurez signé votre déposition, nous partons perquisitionner vos appartements respectifs.

— Mais, monsieur… Les parents…

— L'affaire est grave. Je pense qu'ils préféreront voir leur domicile perquisitionné plutôt que de vous savoir accusés de non-assistance à personne en danger ou, pire, de complicité de meurtre. Un policier va venir. Vous ferez ce qu'il vous dira.

Jumet et Bricart se rejoignirent dans la salle de réunion.

— Alors, qu'est-ce que ça a donné, de ton côté ? demanda Fred à Joël.

— Une classique soirée de petits cons qui veulent forcer leur copain à faire des choses dont il n'a pas envie.

Les informations recueillies auprès des adolescents concordaient.

— On organise une perquise chez Gabin Delarue. On prévoit la totale, relevé d'empreintes, même si c'est un peu tard pour ça, mais aussi analyse des tuyauteries. On ne sait jamais. S'il s'est passé quelque chose dans cet appartement, on trouvera peut-être des traces biologiques, comme des poils ou du sang.

Bricart fit la moue.

— Je serais étonné que ces gamins soient impliqués dans le meurtre. Ils ont déconné, c'est sûr, mais pas à ce point-là.

— Je suis assez d'accord, mais c'est à cause d'eux qu'Enguerrand est parti seul dans la nuit et a rencontré son tortionnaire.

— N'oublie pas que, d'après Laura, le tueur est un chasseur. Il a très bien pu le repérer, ce jour-là ou un autre, le suivre et profiter qu'il soit isolé pour s'en prendre à lui.

— Cette théorie marche bien pour Enguerrand, Juliette et Chloé. Pourtant, ça me chipote pour Renato. On sait qu'il est arrivé le vendredi dans la matinée et a vraisemblablement été enlevé le soir même, après son resto japonais. Quand aurait-il été localisé ? Le délai est court.

— Sans doute dès son arrivée. Il faudrait connaître quel a été son parcours entre le moment où il a débarqué du cargo et le resto japonais. On peut mettre un policier à visionner toutes les caméras de surveillance de la ville dans ce créneau horaire-là. Cela n'a pas été fait, autant que je sache. Avec un peu de chance, on aura des indications.

Ils comparèrent ensuite la liste des endroits fréquentés par les jeunes, d'après leurs déclarations. Elles étaient concordantes.

— OK. J'appelle Ménard. Il aura peut-être du nouveau en ce qui concerne les analyses faites sur

Juliette. Pour les autres, je n'y crois pas trop. C'est trop tard, à mon avis.

Quand il raccrocha, il était satisfait.

— Ménard arrive d'ici une heure et demie. Il attend juste un dernier résultat d'analyse et il apporte le tout. D'ici là, on va prévenir les parents. Après la perquise, on s'occupera de la boîte de nuit et des prostituées qu'ils sont allés voir.

— La boîte et les filles à cette heure-ci, ça me semble utopique, estima Joël.

— On va les réveiller. S'il y a le moindre espoir de trouver un indice supplémentaire, on ne peut pas se permettre de le rater. Elles ont peut-être repéré un client bizarre.

— Ce n'est pas ce qui doit manquer, dans ce milieu !

— On a plus de chances de retrouver le tueur que Chloé avec les éléments qu'on a. Et l'identification du tueur peut, peut-être, sauver Chloé. Au fait, où en est Laura ?

— Je sais que Victor est venu travailler et qu'il allait la chercher chez les Lefebvre. Je n'ai pas de nouvelles.

— Je l'appelle pour qu'elle nous rejoigne chez les parents Delarue.

Il tomba sur la boîte vocale, laissa un message, fit quand même une deuxième tentative.

— C'est étrange. Elle ne répond pas.

Théo entra à cet instant précis.

— Alors ? L'interrogatoire des marins ? Qu'est-ce que ça donne ?

— Pas grand-chose. Le pilote a bien remarqué Renato. Il était dans le poste de commandement pendant la manœuvre. Il le décrit comme un beau gosse à l'air efféminé. Le gamin s'est montré intéressé par la mise à quai et a comparé leur manière de faire avec ce qui se passe au Brésil. Le pilote a constaté qu'il s'y connaissait et que le monde de la navigation n'était pas une nouveauté pour lui. Renato lui a alors dit qu'il était fils d'armateur et qu'il souhaitait expérimenter la vie à bord, puis parcourir l'Europe. Il voulait se rendre à Marseille en stop afin de découvrir la France autrement que depuis la mer.

— En stop ? C'est peut-être une piste, estima Jumet.

— Cela m'étonnerait, fit Bricart. Enguerrand et Juliette n'avaient aucune raison de faire du stop. Chloé encore moins. Elle avait une voiture. On sait aussi que Renato a mangé en ville le vendredi soir. Il n'a donc pas pris la direction de Marseille en arrivant.

— C'est vrai. Mais un garçon qui débarque sur un quai où il n'y a que des grues de déchargement, des conteneurs et des *fenwicks*...

— Ce sont des cavaliers, l'interrompit Théo.

— Pardon ?

— Les *fenwicks*, comme tu dis, sont des cavaliers. C'est leur nom sur le port.

— Si tu veux. Je disais donc qu'il ne devait pas trop savoir où se diriger pour rejoindre la ville. On sait que l'équipage reste à bord, le temps de déchargement et de rechargement ne prenant que quelques heures, maximum un jour ou deux. Ce n'est donc pas l'équipage qui a pu lui fournir des informations.

Quant à l'équipage de l'Abeille, il ne débarque pas au même quai que le cargo. Donc, Renato s'est trouvé seul au milieu de nulle part. Il a bien dû demander son chemin à quelqu'un. Il faut interroger les dockers qui travaillaient ce jour-là.

— Cela ne va pas être aussi simple.

— Et pourquoi ?

— D'abord, quand le cargo est à quai, il y a les lamaneurs, à qui les navires passent les amarres pour les attacher aux bites d'amarrage. Ensuite, il y a les sociétés d'avitaillement...

— Tu veux dire « ravitaillement » ?

— Non. Avitaillement, c'est le mot juste. Ils fournissent les bateaux en vivres, matériel technique et combustible. Tu penses bien que cela occupe beaucoup de monde. Après eux vient l'entreprise de manutention, qui emploie les portiqueurs. Ce sont eux qui manipulent les portiques de déchargement, et non des grues, comme tu dis.

— Excuse-moi de ne pas connaître tous ces métiers, ronchonna Jumet. Pour moi ce sont des dockers, point barre !

— La conduite des cavaliers nécessite une formation spécifique. Mais tu as raison, il existe une soixantaine de spécialités chez les dockers. Si on veut les interroger tous, on n'a pas fini ! reconnut Delaunay. Et je ne parle pas des douanes, de la logistique en sécurité, etc.

— Il faut bien commencer quelque part... soupira Bricart. Où se renseigne-t-on pour trouver qui travaillait ce jour-là ?

— On peut tenter au Carré des docks. Ou à la CGT des travailleurs portuaires. C'est un milieu très syndiqué.

— Bon, Théo, puisque tu as l'air de bien connaître le milieu, essaye donc d'en savoir plus et de nous rapporter une liste de noms, décréta Jumet. Nous, on va s'occuper des perquisitions, en commençant par celle de l'appartement où les jeunes ont pris l'apéro. On te laisse les M&M's, j'ai l'impression que tu as du pain sur la planche ! On se retrouve après la perquise.

— Bien.

Jumet et Bricart s'éloignèrent. Fred tenta encore de joindre Laura, sans succès.

— Je n'aime pas ça ! J'espère que tout va bien. Elle allait bien chez les Lefebvre puis au musée. Je ne me trompe pas ?

— Ne t'inquiète pas ! Laura est une grande fille. Elle a toujours su se débrouiller, même dans les cas difficiles. Quand elle a fait face à des tueurs, elle n'a jamais perdu son sang-froid[1]. Et si ça se trouve, son téléphone est peut-être simplement déchargé.

— Ouais, mais il suffit d'une fois. Parfois, c'était vraiment chaud !

— On embarque les gamins et on y va. Les parents ont été prévenus ?

— Oui. Un lieutenant s'en est chargé.

— Alors, en route. Si on n'a pas de nouvelles de Laura d'ici là, j'appellerai Victor. Il saura peut-être ce qu'il en est.

---

1. Voir *Scalpées dans la Baie* et *Momies*, de la même auteure, Pocket, 2025.

Bricart sourit. Laura était une femme mariée et Jumet respectait ça, mais...

— Tu tiens à elle, n'est-ce pas ? osa-t-il demander pour la première fois.

Il n'obtint pas de réponse.

*

* *

— Surprenant, n'est-ce pas ?

Je me retournai d'un bloc.

— Oui, en effet. Vous vous intéressez à la peinture ? demandai-je, le cœur battant un peu trop vite. Que faisait-il ici ?

— Pas réellement, mais il faut dire que ce tableau est plus percutant que les vaches de Boudin.

— C'est un fait. Pouvez-vous me dire ce que vous faites là ?

Enzo Robert avait perdu l'air fautif qu'il arborait à la morgue.

Il sourit.

— C'est le flic qui me pose cette question ?

— Cela se pourrait.

Un groupe de Japonais apparurent, suivant docilement leur guide.

— Lorsque je me changeais au vestiaire, j'ai entendu le docteur Lambert parler de sa théorie sur la lithotomie. Cela m'a intrigué. J'avais un vague souvenir d'avoir déjà vu quelque chose de ce genre ici. Je suis curieux. J'ai voulu vérifier par moi-même. Vous croyez que le tueur s'inspire de ce tableau ?

— C'est possible. Votre curiosité est-elle satisfaite ?

— Je suppose que oui.

Je regardai autour de moi. J'avais exigé une surveillance de l'individu, et pourtant personne à l'horizon ne pouvait me faire penser à un agent en civil. Enzo Robert semblait fort amusé de la situation.

Tout de go, il demanda :

— Vous croyez que c'est moi le tueur ?

— Vous avez fait une autopsie bâclée, peut-être pour nous cacher des éléments...

— Non. Je ne suis pas bon en médecine légale. C'est tout. Le hasard m'a propulsé dans ce service, mais les morts, ce n'est pas mon truc. Il faut être taré pour faire ce boulot !

— Ou bien être à la recherche de la vérité à travers ce que les corps nous disent. Ils sont parfois plus loquaces que les vivants.

Les Japonais approchaient. S'ils ne risquaient pas de comprendre ce dont nous parlions, leur guide, elle, le pouvait certainement.

— Ce serait bien que nous poursuivions cette conversation ailleurs. Pouvez-vous me suivre ?

— Je n'ai rien à me reprocher, si ce n'est mon éventuelle incompétence. Mais rassurez-vous, cela n'arrivera plus. Le docteur Bertin m'a viré. Je retourne à mes chères études. Alors, à moins que vous n'ayez quelque chose de précis vous permettant de me soupçonner, je vais continuer ma visite. Il y a un peu plus loin un Renoir magnifique qui représente pour moi la femme idéale, Nini Lopez. Cela vous parle ?

L'ironie suintait du personnage. Cela m'agaça prodigieusement.

— En effet.

— Il y a aussi des Monet, dont un *Nymphéas*, tableau célèbre s'il en est. J'y vais. Bonne journée, madame.

Il me planta sur place et s'éloigna d'un pas tranquille. Je le regardai partir. De dos, il avait toujours l'air voûté, un peu fuyant. Il ne jeta pas un regard en arrière. Il était grand et assez musclé. Suffisamment pour maintenir une victime contre son gré. Mais ça, ce n'était pas une preuve. Je n'avais rien de concret pour le contraindre à me suivre au poste pour un interrogatoire. Pas le moindre commencement d'une preuve, à part un mauvais travail et une rencontre, inopinée ou non, devant un tableau morbide. Était-il un assassin passionné de peinture, comme certains tueurs célèbres l'étaient par l'opéra ?

— Madame Claes ?

— Victor ! Que faites-vous là ?

— Votre téléphone doit être en mode silencieux. Le commandant Jumet m'a appelé pour savoir si vous alliez bien. Il semblait inquiet. Il a demandé que vous le rappeliez le plus vite possible.

— Merci, Victor, c'est gentil, dis-je en regardant mon Samsung tout neuf qui indiquait effectivement plusieurs appels en absence – je l'avais mis en mode avion pour le musée, histoire de ne déranger personne.

Fred ! Il y avait sans doute du nouveau.

Victor regardait au-dessus de mon épaule.

— C'est barbare, ce tableau !

— En effet. On y va.

Les Japonais arrivaient devant le Cipper et poussèrent quelques exclamations, pourtant je doutais qu'au Moyen Âge, au Japon, on ait été moins cruels !

Obligés de suivre le dédale imposé par le musée, nous mîmes cinq bonnes minutes pour sortir, sans que je revoie Enzo Robert, qui était censé se pâmer devant Nini Lopez ou le *Nymphéas*.

Dès que nous fûmes sur le trottoir, j'appelai Jumet.

— Laura ! Enfin ! Qu'est-ce que tu foutais ?

Cela fait toujours plaisir !

— Un tour au musée, et pas pour des vacances, contrairement à ce que tu as l'air de croire !

— Pardon, mais on s'inquiétait.

— D'abord, j'ai trouvé le tableau qui inspire sans doute le tueur.

Je lui décrivis la composition et l'ambiance qui s'en dégageait. Puis :

— Tu as mis Enzo Robert sous surveillance ?

— J'ai donné des ordres en ce sens, mais je n'ai pas eu de remontées jusqu'à présent.

— Il m'a surprise au musée pendant que je prenais des photos du tableau. Il avait l'air de beaucoup s'amuser. Il m'a même demandé si nous le soupçonnions. Apparemment, il connaissait déjà la peinture et a entendu la théorie de Lambert. Il a dit qu'il voulait vérifier.

— Et ?

— J'ai essayé de l'emmener au poste pour le cuisiner un peu, mais il sait bien que nous n'avons rien contre lui. Donc il est parti, en touriste si j'ose dire. Mais j'ai autre chose...

12

Nuit du vendredi 21 au samedi 22 juin

Chloé avait très mal à la tête et la nausée menaçait. La douleur la tira de son inconscience. Elle avait la bouche bourrée de quelque chose qui l'empêchait de déglutir, et même de respirer normalement. La panique la submergea. Elle voulut crier, mais seul un gémissement misérable sortit du fond de sa gorge, étouffé par le bâillon. Elle s'obligea à respirer posément par le nez. Des odeurs fétides l'assaillaient, saturant le peu d'air qu'elle parvenait à inspirer, renforçant ses haut-le-cœur. Instinctivement, elle sut que, si elle se débattait, elle s'étoufferait ici, sans réellement savoir ce qui lui arrivait. Il fallait rester calme et réfléchir. Que s'est-il passé ?

Un flash dans son cerveau traumatisé : l'homme au bar. Celui qui buvait un café appuyé au zinc alors qu'elle achetait ses clopes. L'image devint plus nette. Il était grand, assez bel homme, mais pas vraiment beau au sens où on l'imagine habituellement. Il avait plutôt un certain charisme et du charme. Celui qu'elle aurait aimé être, en quelque sorte. Il s'était tourné vers elle et lui avait souri. Elle lui avait rendu son sourire et était sortie du bar. Que pouvait-il lui trouver ? Rien ! Comme d'habitude, elle avait l'allure d'un mec, rien de séduisant pour un hétérosexuel. Elle-même n'était pas intéressée. Elle préférait les femmes, et sa vie était déjà bien assez compliquée avec Louise, jalouse comme une teigne ! Alors qu'elle arrivait à sa voiture, il l'avait abordée. Un pot de colle ! Elle allait s'en débarrasser vite fait !

Elle s'était retournée vivement et puis… Plus rien. Elle ne parvenait pas à se souvenir. Black-out absolu.

Avec peine, elle ouvrit les yeux. Tout d'abord, elle ne distingua rien, le noir total, et ressentit une humidité froide, comme dans un sous-sol. Petit à petit, elle s'habitua à l'obscurité et elle perçut quelques faibles rayons de lumière du jour qui tentaient de s'immiscer par des fentes situées loin devant elle. Ses poignets et ses chevilles étaient entravés. Heureusement, ses mains étaient attachées devant son ventre et non dans son dos. Cela lui procura un peu de réconfort.

Comme elle le put, elle tâta autour d'elle. C'était rêche. Était-elle dans une cave ? Non. Trop lisse, mais aussi rugueux par endroits. Soudain, elle poussa un gémissement de douleur. Elle retira vivement ses mains. Quelque chose venait de la piquer. Elle osa une deuxième tentative. Du bois ! Elle était couchée sur un plancher et elle s'était pris une écharde. Elle s'appuya sur ses avant-bras et chercha à se redresser. Au bout de gros efforts, elle arriva à s'asseoir. Tout son corps était endolori et elle avait des fourmis dans les bras et dans les jambes. Elle devait bouger pour faire reprendre la circulation du sang dans ses membres douloureux. Elle tenta de se mettre debout, mais ses chevilles liées l'en empêchèrent. Elle retomba lourdement sur le plancher. Si seulement, elle arrivait à retirer ce bâillon qui gênait sa respiration ! Si ça marchait, elle pourrait aussi essayer de couper les liens qui lui entravaient les poignets avec ses dents. Si elle y parvenait, elle libérerait ses chevilles, se lèverait et irait vers la lumière qui lui montrait la sortie de cet endroit sinistre.

Elle sentit les larmes monter. Non. Elle ne devait pas pleurer. Ses yeux couleraient, son nez aussi, et elle s'étoufferait ! Elle se tortilla sur le sol. Il devait bien y avoir des murs. Il fallait qu'elle rampe vers la lumière, elle trouverait sans doute une porte ou une fenêtre. Elle pourrait taper des mains ou des pieds. Quelqu'un finirait par l'entendre et viendrait la délivrer.

Une petite voix lui souffla : Bouge, si tu ne veux pas mourir ici.

Pourquoi l'avait-on enlevée ? Elle n'était pas riche, Louise, et ses parents non plus. Si ce type voulait une rançon, il en serait pour ses frais. Mais s'il ne recevait pas l'argent, il la tuerait ! Ou alors... Peut-être était-elle tombée aux mains de trafiquants d'êtres humains. Un réseau avait été démantelé quelques années plus tôt. Mais ces gens-là recommencent toujours. Elle ne se voyait pas finir putain à Tanger ou à Alger. Non, impossible. Pour ça, on enlevait de jolies filles bien féminines. Ce n'est pas son allure et son crâne rasé qui allaient inspirer ce genre d'hommes.

Elle perdit connaissance sur cette pensée : JE NE VEUX PAS MOURIR !

La même phrase la tira de son inconscience bien plus tard et se mit à tourner en boucle dans sa tête. Comme une chanson dont on ne peut se débarrasser.

Du temps avait passé. La lumière qui filtrait par les interstices n'était plus celle du jour, mais plutôt celle d'un éclairage artificiel. Il faisait nuit ! Depuis combien d'heures était-elle ici ? Elle se tortilla avec l'énergie du désespoir, n'arrivant qu'à resserrer ses liens et à manquer d'air.

Calme-toi ! lui ordonna la petite voix. C'est ta seule chance !

L'onde de panique passée, elle s'obligea à réfléchir et agir froidement.

D'abord, retirer ce bâillon. Elle avait quelque chose dans la bouche, mais ne savait pas quoi. Elle tâta avec ses mains liées. Ses lèvres étaient maintenues soigneusement fermées par un Scotch très solide et très serré. Chloé estima qu'il y avait deux ou trois tours de Scotch qui étaient fixés à l'arrière de sa tête. Impossible à déchirer. Ne pouvant porter ses mains derrière son crâne, elle ne parvint pas à trouver le bout qui lui permettrait de dérouler le tout. Après des efforts vains qui ne servirent qu'à lui faire manquer d'oxygène, elle renonça.

Son ventre émit des gargouillis sinistres. Depuis quand n'avait-elle pas mangé ? Allait-on la nourrir ?

Une envie pressante la saisit. Elle se traîna plus loin en rampant comme un ver de terre. Pas question de faire sous elle ! Ce serait la dernière des humiliations ! Ses mains engourdies descendirent sa braguette et elle tenta de s'accroupir.

À cet instant, il y eut un bruit métallique. Une grande porte s'ouvrit avec un grincement sinistre. Incapable de s'arrêter, elle se figea.

Une ombre se détacha en contre-jour. La lumière d'un spot l'éblouit et elle ne put distinguer la personne qui lui faisait face, immobile. Muni d'une lampe torche ultra-puissante, il fouilla l'espace, à la recherche de sa victime tassée dans un coin. Il la localisa, la clouant dans sa position comme un papillon de nuit saisi dans la lumière d'un réverbère.

Il éclata d'un rire machiavélique.

— Toi alors ! Tu es trop bonne ! Tu t'es déjà préparée pour que je m'occupe de toi !

*

* *

Dimanche 23 juin, en fin de matinée

Au bout du fil, Jumet décréta :

— On en parlera de vive voix. Rejoins-nous au domicile des parents d'un des copains d'Enguerrand, les Delarue, au port de plaisance. Attends : l'adresse, c'est boulevard Clemenceau, après le Hilton et près de l'endroit où on a retrouvé Juliette. En face de l'anse des Régates.

— Je suis à côté. J'y serai dans cinq minutes.

Il n'en fallut que deux à Victor pour me déposer devant l'immeuble en question. Deux voitures de police étaient déjà sur place. Je me présentai à l'entrée, où je dus montrer ma carte au policier municipal qui gardait la porte. En lisant mon nom, il annonça :

— Vous êtes attendue. C'est au premier.

— Merci.

Je pris l'escalier et arrivai devant une porte sécurisée par trois points de fermeture, mais qui, pour l'heure, était grande ouverte. Des éclats de voix sortaient de l'appartement :

— Qu'est-ce que tu as encore fait comme connerie ? s'époumonait un homme, le père sans doute.

Je pénétrai dans un hall de dimension modeste. Fred m'aperçut et je lus un véritable soulagement sur ses traits.

— Ah, Laura !

Puis, reprenant un air professionnel :

— Voici M. Jacques Delarue, le père de Gabin, ami d'Enguerrand, et son épouse, Gaby. Il faut que tu saches que les jeunes ont organisé le début de la soirée d'anniversaire dans cet appartement avant de partir en boîte. Ces messieurs-dames étaient à Paris et ignoraient les intentions de leur fils.

Dans un coin du salon meublé avec goût dans un style très design se tenaient quatre jeunes gens. Tête basse, ils encaissaient l'engueulade. Celui qui semblait le plus chagriné, sans doute le fils, ne quittait pas ses chaussures des yeux.

— Vous vous rendez compte ! On leur fait confiance et voilà qu'on a la police chez nous pour une perquisition ! La honte !

Le père ne cachait pas sa rage. La mère n'en pensait certainement pas moins puisqu'elle lâcha :

— Que vont dire les voisins !

J'intervins, m'estimant plus diplomate que Fred, tandis que Joël commençait à fouiller partout avec l'aide de deux policiers en uniforme.

Je lui glissai à l'oreille :

— Veille à ce qu'ils ne mettent pas trop le bazar. Chez les Lefebvre, ça a été une catastrophe !

Il approuva d'un signe de tête.

Puis, me tournant vers les parents :

— Bonjour. Je suis Laura Claes, officier de police judiciaire et psychocriminologue. Je sais que vous étiez absents, mais à votre retour avez-vous remarqué quelque chose de particulier ?

— Non ! aboya le père.

— Jamais on n'aurait pu imaginer qu'il y avait eu une fête ici, déclara la mère. Tout était en ordre.

Elle réfléchit un instant :

— Presque trop bien rangé ! D'habitude, quand Gabin reste seul, il y a de la vaisselle à faire, du linge qui traîne... Cette fois, rien. Je l'ai même félicité. Si j'avais su qu'un pauvre garçon vivait ses dernières heures dans mon appartement... Quelle horreur !

Gabin retrouva la parole :

— On ne lui a rien fait ! On l'a juste un peu charrié. Il était trop mou !

— Vous lui avez quand même fait fumer de l'herbe contre son gré, intervint Jumet, sévère.

— …

— Où caches-tu ta daube ? ajouta-t-il.

Je crus que le père allait exploser.

— Quoi ? Vous vous droguez sous mon toit ! Plus jamais tu ne ramèneras tes copains à la maison. Tu m'entends bien ? Tu iras en internat ou ailleurs, mais je ne te veux plus ici ! Réponds au commandant !

— Dans… dans la chasse d'eau.

— P'tit con ! Tu te crois dans un film ou quoi ?

Le père se précipitait vers les toilettes. Jumet le stoppa net :

— Non, monsieur Delarue. La Scientifique va s'occuper de ça. D'ailleurs, les voilà qui arrivent.

*

* *

Ludovic Ménard et Luc Pasquier franchissaient le seuil avec leurs mallettes, ainsi qu'une valise contenant les tenues ad hoc pour le travail qu'ils avaient à faire.

Après nous avoir chaleureusement salués, Ménard lança :

— Alors, Laura, c'était comment, les States ?

— Fatigant mais enrichissant. On en reparlera.

— Bien sûr. Qu'est-ce que tu veux ? demanda-t-il en se tournant vers Jumet.

Celui-ci lui résuma la situation, expliquant qu'Enguerrand avait passé une partie de ses dernières heures dans ce logement.

— Je veux être certain qu'aucuns sévices corporels n'ont été perpétrés dans cet appartement. Tu cherches du sang, une scie-sabre, de la paracorde. Pour info, il semblerait qu'il y ait de l'herbe cachée dans la chasse d'eau.

— Très bien.

Les deux hommes s'équipèrent comme il se doit pour passer une scène de crime au peigne fin. Ils enfilèrent une combinaison blanche en non-tissé avec capuche, resserrée aux poignets et aux chevilles pour éviter aussi bien de polluer la scène de crime que d'y laisser leur propre ADN, en perdant des cheveux ou des poils, par exemple. Ils finirent en mettant des surchaussures et, bien sûr, des gants, devant l'air ébahi de Mme Delarue.

— C'est pas comme ça dans les séries policières !

— La différence, madame, c'est qu'ici ce n'est pas du cinéma, assura Luc Pasquier en attrapant son masque pour compléter son équipement.

Les garçons paraissaient presque amusés, ce qui me fit penser qu'ils n'avaient pas grand-chose à se reprocher, si ce n'est la beuh et le fait d'avoir abandonné Enguerrand à son sort dans la nuit. J'étais quasiment certaine qu'on ne trouverait rien ici.

Le père sortit sur le balcon pour fumer une cigarette. Il revint quelques minutes plus tard, effaré.

— Votre fourgon, là, dehors, marqué *Identification criminelle*, vous ne pouvez pas le garer ailleurs ? Que vont dire les gens ? C'est une honte de nous traiter comme ça !

— Nous faisons notre travail, monsieur. Rien d'autre. On est là pour découvrir la vérité, que cela vous plaise ou non, décréta Jumet, pète-sec.

Les scientifiques se répartirent les pièces en s'attardant davantage dans les sanitaires, à la recherche d'indices divers. Ils sortirent le grand jeu avec pulvérisation de Luminol, aussi appelé Blue Star, qui fait apparaître n'importe quelle trace de sang ou de fluide corporel, même après un nettoyage à l'eau de Javel. Rien ne se mit à briller sous la lumière noire. En revanche, le sachet étanche contenant l'herbe fut trouvé à l'endroit indiqué par Gabin.

— Fini de jouer, j'ai besoin du nom de ton dealer ! aboya Jumet.

— Je... Je ne le connais pas.

Le regard de Jumet vira au charbon.

— Enfin... Pas son vrai nom. C'est la Fouine.

— La Fouine ? Et tu la trouves où, la Fouine ?

— Il... enfin, elle...

— C'est une femme ?

— Oui. Elle a un point de deal au bois de Bléville.

— Tu la contactes comment ?

— On y va, c'est tout. Il y a toujours des choufs... des guetteurs, si vous préférez. On s'identifie comme acheteurs, et voilà...

Encore un bébé à refiler aux Stups. Bébé dont ils avaient certainement connaissance. Mais c'était la procédure : on détecte la cible, on signale.

La perquisition touchait à sa fin, Ménard finit par la cave, où il ne trouva ni scie-sabre ni paracorde. Un coup pour rien, et le temps passait inexorablement.

Nous nous apprêtions à quitter les lieux lorsque Jumet posa une dernière question :

— Vous avez mangé des pizzas. Elles venaient d'où ? Qui a livré ?

Mon cœur battit un peu plus vite. Je subodorais la réponse tout en serrant la carte que j'avais trouvée dans la chambre d'Enguerrand et qui était maintenant au fond de ma poche, avec l'accord de Mme Lefebvre.

— Ben... de chez Franco, comme d'hab'. On les prend toujours là-bas.

Bingo !

Cyril continua la phrase de son copain :

— Quand on en achète cinq, la sixième est gratuite.

— On parle bien de la pizzeria Franco qui se trouve quai Michel-Féré ? demandai-je.

— Oui.

— Qui livre ? Pas le pizzaïolo, j'imagine.

— Non, non. C'est par Uber. On commande. Ils livrent n'importe où. Parfois, on va les chercher, si on est dans le coin.

J'attirai Jumet à part :

— Renato a mangé quai Michel-Féré. Enguerrand avait la carte de chez Franco dans sa chambre. La pizzeria qui a livré les jeunes le soir du meurtre est située quai Michel-Féré. Chloé achète ses cigarettes et disparaît quai Michel-Féré.

— Cela fait beaucoup de coïncidences, concéda Fred.

— Le tueur a ses habitudes dans ce coin, j'en suis certaine. Il y repère ses victimes avant de les étudier et de les prendre en chasse. Une fois qu'il connaît bien leurs pratiques, il agit. Du moins pour Enguerrand et Chloé. Il faut interroger l'entourage de Juliette pour savoir si elle venait dans ce quartier. Pour Renato... Je pense que c'est la faute à pas de chance. Il s'est trouvé au mauvais endroit au mauvais moment.

— Pourtant, c'est la première victime, objecta Bricart, qui nous avait rejoints.

— C'est vrai. La première connue, en tout cas. On peut supposer que le tueur préparait son coup et qu'il a croisé Renato, sans doute par hasard. Il y a probablement eu quelque chose dans l'attitude de Renato qui a servi de déclencheur. Une provocation, un style, une remarque. Cela a suffi pour lancer la machine à tuer, qui n'attendait que l'occasion propice. Il faut aller interroger le propriétaire du resto japonais plus sérieusement. Il a peut-être relevé quelque chose.

— OK, approuva Jumet. On passe d'abord par l'hôtel de police. Ménard a des résultats d'analyses à nous donner. Ensuite, j'irai avec Théo interroger les putes et à la boîte de nuit. Laura et Bricart s'occuperont du resto.

— D'accord, je me rendrai chez Juliette après. On doit en savoir plus. Avec un peu de chance, on trouvera quelque chose.

*

* *

Dimanche 23 juin, dans l'après-midi

Étant donné qu'il était 14 heures passées, la bonne surprise fut le plateau de sandwichs qui attendait au milieu de la table de réunion. Nous présentâmes Ménard et Pasquier à Théo et aux M&M's. De leur côté, ils n'avaient pas chômé, et c'est avec une certaine fierté que Théo nous soumit une liste, beaucoup trop longue à notre goût, des personnes ayant travaillé au déchargement et à l'avitaillement de l'*Alves Brigit*.

— Ça n'a pas été si simple, annonça-t-il. C'est un milieu très fermé et la direction n'a pas aimé l'idée que l'un de leurs dockers puisse être impliqué dans une affaire de meurtre sordide. J'ai dû insister et demander l'appui de la gendarmerie maritime. Devant la menace de perquisition au Carré des docks, ils ont fini par nous transmettre cette liste, qui comporte une cinquantaine de personnes. On va les interroger, mais cela va être long. C'est le mieux que nous puissions faire.

— Le programme des M&M's est tout trouvé, dit Jumet. Théo, tu viens avec moi chez les putes. C'est ta ville, tu sauras comment t'y prendre avec les habituelles.

Théo acquiesça. Cela ne devait pas lui déplaire de sortir du bureau.

— Et vous, quoi de neuf ?

— On a une corrélation entre les victimes. Toutes sont passées à un moment ou à un autre par le quai Michel-Féré. Laura pense que c'est là que le tueur les repère. Il habite peut-être dans le quartier. Ou, en tout cas, il le fréquente.

— Il y a beaucoup de logements, dans ce quartier, dit Max en faisant la moue.

— On va lancer une enquête de voisinage. Il faut tenter de savoir si quelqu'un a remarqué quelque chose d'anormal.

— Cela va prendre des heures, soupirai-je. Le temps passe, et Chloé n'en a pas. On est dimanche, elle a disparu jeudi. Le délai habituel où le tueur garde ses victimes arrive à échéance. Je crains le pire.

— Autre chose ? demanda Théo.

— J'ai trouvé le tableau qui, d'après moi, inspire le tueur, dis-je.

Théo haussa les sourcils.

— Sérieux ?

— Je pense, oui.

Je relatai ma visite au musée, la découverte du Cipper, concordant avec la théorie de Lambert.

— Donc, d'après le tueur, les victimes seraient folles... Il aurait vu la peinture et s'en serait servi comme modèle. Mais pourquoi ? demanda Marc, le deuxième lieutenant.

— Il estime sans doute que leur transgenrisme est une déviance de leur cerveau et veut les en libérer. Quelque chose comme ça, répondis-je.

Pendant ce temps, Joël notait tous ces éléments sur son tableau Velleda.

— Tu as des photos de la peinture ? réclama-t-il.

— Bien sûr.

Je sortis mon téléphone et, grâce à un câble USB, les fis apparaître sur l'ordi, qui les transmit à l'écran mural.

— En effet, on est en plein dedans, estima Théo devant le gros plan de la lithotomie.

Quelque chose attira mon attention.

— Si on se met dans la peau des personnages du tableau, ici la lithotomie est pratiquée sur le lobe frontal droit. Sur les victimes, c'est le lobe frontal gauche.

— Donc ? demanda Jumet.

— Au Moyen Âge, j'ignore s'ils connaissaient l'inversion des fonctions des hémisphères cérébraux...

— Sois plus précise.

— Sur le tableau, on peut supposer que « le fou » était gaucher. « La main du diable », comme on disait il n'y a pas si longtemps. Le meurtrier des quatre jeunes s'en prend au lobe frontal gauche, donc aux droitiers. Et, effectivement, les victimes sont droitières et leur personnalité, soit, pour le tueur, leur transgenrisme, est gérée par cet hémisphère gauche. Cela implique qu'il a un minimum de connaissances dans ce domaine.

— Tu veux dire en médecine ?

— Éventuellement. Et cela nous ramène à Enzo Robert. Ce qui ne va pas, pourtant, si c'est bien lui, c'est que le transgenrisme est influencé par une exposition non standard à des androgènes pendant la grossesse. Trop d'androgènes pour les filles, pas assez pour les garçons, d'où l'envie d'inversion des sexes. J'ai expliqué ça à M. Lefebvre, mais il n'a rien voulu savoir. D'ailleurs...

Jumet m'interrompit :

— Donc, l'interne devrait être au courant ? Il a appris tout ça pendant ses études.

— Ça me semble logique. Dans ce cas, la lithotomie ne se justifie pas.

— Rien ne la justifie !

— C'est une façon de parler. Je crois quand même qu'il faut renforcer la surveillance de l'interne. Il y a autre chose, à propos du père d'Enguerrand.

— On t'écoute !

— Il ne supportait pas l'idée que son fils puisse être un transsexuel. « Quelque chose entre fille et garçon », je cite. Il voulait un homme pour reprendre son entreprise, ce qui ne semblait pas être au goût d'Enguerrand.

— Un homophobe ? Ou plutôt un transphobe ? questionna Théo.

— Sûrement, oui. Du coup, j'ai un doute. Pourrait-il avoir tué son propre fils pour éviter d'avoir à affronter la réalité et le jugement des autres, voisins, employés, ou encore le milieu aisé dans lequel il évolue ?

Bricart, jeune papa d'un petit Guillaume, haussa les épaules, dégoûté :

— Tu imagines ça ? Tuer son propre fils ? Et en plus le torturer !

Jumet intervint :

— Rien d'impossible. Des parents qui tuent leurs enfants, il y en a tous les jours. Certains leur font subir les tortures les plus barbares. Les faits divers sont pleins de ce genre de choses ! Alors, pourquoi pas ? Que sait-on de ce type ?

Théo fouilla dans les dossiers.

— Pas grand-chose. Roland Lefebvre, quarante-quatre ans, marié à Caroline Duthil depuis vingt-deux ans. Chef d'une entreprise d'intérim pour le BTP. Il fournit des ouvriers pour de gros chantiers. La mère est femme au foyer. Attendez ! Et merde ! Le siège social de sa boîte se trouve quai Lamblardie... juste à côté du quai Michel-Féré.

— Encore ce quai ! s'exclama Jumet. Ce n'est peut-être pas une coïncidence !

— On le convoque ? demanda Théo.

— Non, m'interposai-je. S'il est coupable, il se méfiera. Et s'il est dans nos locaux alors que Chloé est prisonnière quelque part, on n'aura aucune chance de la retrouver avant qu'elle meure. Il faut le mettre sous surveillance rapprochée.

— Je suis d'accord, approuva Jumet. Si c'est lui, cette nuit, il bougera sûrement. Dans ce cas, on le prendra sur le fait et on a une chance de sauver la gamine. En attendant, Théo, tu mets les fourmis sur le coup. Il faut que l'on sache tout à son propos.

Les fourmis étaient le nom donné entre nous aux agents qui n'allaient pas sur le terrain mais qui épluchaient tous les renseignements possibles sur une personne donnée : comptes bancaires, dossier fiscal, cadastre, CAF, CPAM et dossier médical, études, etc. Grâce à l'informatique, c'est presque un jeu d'enfant pour qui a les codes d'accès aux différents services de l'État. Nous avions ces autorisations pour un cas aussi grave que celui-ci.

— Pour les fourmis, d'accord, opina Théo, mais pour la surveillance rapprochée, on manque de personnel. Lui plus Enzo, ça fait au moins huit policiers si on leur impose des tranches de surveillance de six heures chacun. Et pour bien faire, il faut qu'ils marchent en binôme, donc seize personnels. Je les trouve où ?

— Je m'en occupe, décréta Bricart. Je fais venir des renforts des gendarmeries alentour. C'est trop grave. On ne peut pas passer à côté d'une chance de sauver Chloé.

— D'accord, accepta Jumet. Avançons. Ludovic, les résultats des analyses ?

13

Ménard se lança :

— Commençons par Renato, la première victime que nous connaissons.

— Tu penses qu'il y a en a eu d'autres avant lui ?

Ménard hocha la tête tandis que je prenais la parole :

— C'est possible. Un ou plusieurs meurtres plus… discrets, dirais-je. Il est rare qu'un tueur entame sa « carrière » par des actes de tortures aussi graves que ceux constatés ici. Il a pu s'attaquer à des transgenres sans aller jusqu'à la castration ou la greffe. On sait qu'il y a soixante mille disparitions en France chaque année, dont quarante mille mineurs, la plupart étant des fugueurs qui sont retrouvés. Il reste quand même vingt mille personnes dont on ignore tout. Parfois ce sont des disparitions volontaires, pour environ dix mille personnes. Pour les autres, tout est envisageable. De l'accident à la mauvaise rencontre. Le tueur que nous recherchons a pu « se faire la main » sur d'autres victimes. Des personnes qu'aucune famille ne recherche activement, comme des SDF ou des clandestins. Il tue, dissimule le cadavre ou le jette en mer, et ni vu ni connu.

— Cela supposerait qu'il ait un bateau, rétorqua Joël.

— Tout est possible. Pour l'instant, on ne sait rien de lui. Si, jusqu'à présent, il s'était montré discret, il y a forcément un déclencheur qui l'a fait basculer dans le schéma auquel nous sommes confrontés. Peut-être tout simplement la vue du Cipper.

— Tu y tiens ! s'exclama Jumet.

— Avoue que c'est une drôle de coïncidence. Ce genre de peinture ne se voit pas à chaque coin de rue, mais, comme par hasard, il y en a une au MuMa, musée de la ville où se déroulent les meurtres.

— S'il est aussi fasciné que ça par le tableau, il va peut-être le voir régulièrement, renchérit Théo. On pourrait mettre un homme à nous déguisé en gardien pour surveiller et signaler toute personne s'intéressant de trop près à *L'Excision de la pierre de folie*.

— Donne les ordres, approuva Jumet. On ne peut rien négliger.

Puis, se tournant vers Ludovic Ménard :

— Pardon. On t'a interrompu. On t'écoute.

— Je commence par Renato Alves. Nous avons fini par récupérer ses affaires, ainsi que les prélèvements faits lors de l'autopsie. Le labo de l'hôpital Monod est dépassé par la quantité de travail. Tout était en attente, sauf les analyses ADN exigées par Enzo Robert lors de la découverte de la greffe de pénis, dit-il en faisant la grimace.

C'est fou ce que les hommes souffrent dès qu'on parle de pénis, pensai-je *in petto*. On croirait qu'on s'en prend au leur !

Ménard continuait :

— Tout d'abord, les fibres jaunes trouvées dans la bouche des victimes, mais aussi, après analyse, dans les prélèvements faits sur la trachée et les poumons sont des fibres d'un tissu fluorescent. C'est une matière rétro réfléchissante qui augmente la visibilité. On l'emploie pour tous ceux qui doivent être vus la nuit. Les ouvriers sur les chantiers, ou ici, au Havre, les dockers, mais également les cyclistes, les automobilistes en panne, les personnels de sécurité, et j'en passe. Bref, ils proviennent de gilets jaunes comme nous en avons tous dans nos voitures.

Une vision me traversa l'esprit : le chef de chantier au musée portait ce genre de gilet. Il était grand et fort... Mais tous les ouvriers avaient le même... On ne pouvait pas arrêter tous ceux qui enfilaient un gilet jaune en ville !

— Tu veux dire que les bâillons étaient faits de cette matière ? demanda Théo.

— C'est ça. Une boule de ce tissu, probablement d'anciens gilets au rebut, découpés et tassés dans la bouche pour empêcher les victimes de crier. Lambert a relevé des traces de ruban adhésif sur la peau du visage, mais cela ne donne rien à l'analyse. Trop commun. Par contre, certaines fibres montrent des marques de graisse. Pour l'instant, on ne dispose pas d'échantillons suffisamment importants pour identifier le type de graisse, mais Ambre y travaille d'arrache-pied, dit-il en faisant un clin d'œil à Bricart. Tu sais qu'elle ne lâche jamais rien !

— Je suis bien placé pour le savoir ! répondit ce dernier en riant.

Après ces nouvelles indirectes de l'épouse de notre ami, Ménard continua :

— Les prélèvements sous les ongles des mains et des pieds ont révélé la présence de particules de bois, mais aussi de rouille. Pour le bois, il s'agit de bambou.

— Du bambou ? Il serait enfermé dans un jardin ? demanda Max.

— Ou dans une serre, proposa Ménard. La rouille pourrait provenir d'une structure métallique soutenant ce genre de construction.

Je fis la moue.

— Je ne suis pas certaine que le bambou ait besoin d'une serre. Ça pousse comme des mauvaises herbes, ce truc-là. Parfois de plusieurs centimètres par jour.

— S'il fait chaud comme dans le Sud, oui, tu as raison, répliqua Ménard. Mais n'oublie pas qu'on est au Havre. Ce ne sont pas les mêmes températures que dans le Sud, où la plante foisonne.

— Et pour la rouille ?

— C'est la corrosion du fer en présence de l'oxygène de l'air et de l'humidité. N'importe quelle ferraille peut s'oxyder, même si elle a été protégée par un traitement spécifique. À terme la protection s'amenuise et des taches de rouille apparaissent.

— Donc, du fer et du bambou.

— C'est ça.

— On n'est pas beaucoup plus avancés.

— Sauf que les deux autres victimes présentaient des particules de même nature sous les ongles.

— Elles ont donc été enfermées au même endroit, en déduisis-je. En même temps, c'est assez logique. Le tueur ne doit pas disposer de plusieurs lieux isolés pour torturer ces malheureux.

Bricart intervint :

— Peut-être une cave…

— Le bambou a besoin de lumière, opposa Jumet. C'est une plante.

— J'ai des copains qui avaient planté du bambou pour faire un claustra rapide pour les isoler de leurs voisins. Le bambou est envahissant, non seulement sa partie visible, mais aussi ses racines. Celles-ci se sont tellement vite développées qu'elles ont soulevé le carrelage de leur salle de bains, et même plongé dans leur cave. Un vrai massacre pour la maison ! Si c'est une maison entourée de bambou, c'est plausible.

— Mais comment recenser les maisons entourées de bambou ? Il y en a sans doute beaucoup, dans une ville de l'importance du Havre, estima le lieutenant Marc Dubreuil.

— N'oublions pas, dis-je en réfléchissant à haute voix, que plusieurs éléments nous ramènent au quai Michel-Féré. On pourrait déjà commencer par là, bien que je ne croie pas que le tueur puisse torturer ses victimes en centre-ville. Il doit avoir une résidence secondaire, un entrepôt ou autre, même si sa zone de confort se trouve en ville.

Ménard reprit :

— Sinon, et, là, cela va vous plaire…

— Ne fais pas durer le suspense !

— Si les drogues disparaissent au bout de sept à trente jours dans l'urine et d'une à trois semaines dans le sang, les cheveux peuvent être parlants bien plus longtemps.

— Alors ? Combien de temps la drogue peut-elle se détecter dans les cheveux ? demandai-je.

— Jusqu'à quatre-vingt-dix jours, en tout cas pour le cannabis, les amphétamines, les opiacés et la cocaïne. Je peux donc vous dire que Renato prenait régulièrement de la coke. Enguerrand présentait des traces infimes, mais récentes, d'herbe. Pour Juliette, pas de drogue.

— Pour Renato, rien d'étonnant, dis-je. C'était un garçon d'un milieu aisé qui disposait de tout l'argent qu'il voulait. Un fêtard de la jet-set brésilienne. On peut supposer qu'il consommait aussi bien de la coke que du cannabis. Pour la coke, on en a trouvé des traces à l'autopsie.

— Non, pas de cannabis, insista Ménard. Trop léger pour lui, peut-être.

Jumet renchérit :

— Concernant Enguerrand, on sait que ses copains lui ont forcé la main lors de la soirée d'anniversaire.

— J'ai affiné les analyses d'urine des trois victimes. Je me demandais pourquoi elles avaient suivi leur ravisseur, d'autant plus qu'il semble bien que les enlèvements aient eu lieu en ville, donc susceptibles d'être vus par des témoins.

— Et alors ? questionna Jumet. Tu as trouvé quelque chose ?

— Je pense que le tueur utilise un mélange de scopolamine et d'atropine, autrement appelé « souffle du dragon » ou « souffle du diable ». Il faut trois à quatre jours pour que la substance apparaisse dans les urines. C'est à peu près le temps pendant lequel le tueur garde ses victimes. Ainsi, il nous rend service sans le savoir. S'il les tuait plus tôt, ce serait difficile à détecter.

— Quels en sont les effets ? demanda Théo.

Notre équipe avait déjà été confrontée à cette drogue. Elle avait été utilisée pour dépouiller des personnes âgées à Paris[1].

— Il leur projette la drogue en spray dans la figure, expliqua Ménard. La victime ne voit rien venir et perd immédiatement toute volonté, ainsi que la mémoire de ce qui se passe tant que la drogue agit. Il peut donc les faire monter dans une voiture sans qu'on lui oppose de résistance et les amener où il veut.

— Et où trouve-t-on cette cochonnerie ? demanda Jumet.

— Chez certains dealers, peut-être, mais il y a moyen de la fabriquer. Ce n'est qu'un mélange de médicaments contre le mal des transports, à dose surmultipliée, et, dans ce cas, d'atropine utilisée pour relancer le cœur en cas de faiblesse de celui-ci.

— Il faut s'y connaître, conclut Jumet. On en revient au médecin. Cela commence à faire beaucoup d'éléments concordants contre Enzo Robert.

1. Faits réels.

— On le met en garde à vue ? demanda Théo.

— Non. On ne le quitte pas des yeux, comme prévu, et on le met sur écoute, aussi. Si c'est lui, il peut nous conduire à Chloé. S'il est enfermé, on ne retrouvera jamais Chloé.

— À moins d'arriver à le faire parler, insista Théo. J'ai quelques moyens pour ça.

— Et si tu n'y parviens pas ou que ce n'est pas lui, on ne sera pas plus avancés, opposai-je. Fred a raison. La technique de la laisse longue est la meilleure dans ce cas, tout comme pour Roland Lefebvre.

— Comme vous voulez, répondit Théo.

Il avait l'air frustré. Je persistai :

— Parfois, il faut savoir prendre son temps pour obtenir un résultat. Je sais que Chloé n'en a pas, mais si c'est lui, il va forcément la rejoindre à la nuit tombée. Sinon, on en sait plus sur Robert ? Les fourmis ont-elles trouvé quelque chose ?

— C'est en cours, il n'est réellement dans le collimateur que depuis ce matin. Il faut quand même un peu de temps, justifia Théo, défendant son équipe.

— Il habite où ? demandai-je. On sait cela, au moins ?

Théo passa un coup de fil sur une ligne intérieure. Il raccrocha, un peu plus pâle que d'habitude :

— Il est domicilié rue Dauphine. C'est une rue qui donne non loin du quai Michel-Féré.

— Encore ce quartier ! m'exclamai-je. Tu as autre chose, Ludovic ? Je vais partir interroger le propriétaire du resto japonais. Du coup, j'irais bien faire un tour sur ce fameux quai avant d'aller voir les parents de Juliette.

— Pas toute seule ! intervint Jumet. Joël, tu vas avec Laura, comme prévu.

— J'ai Victor, protestai-je. Vous avez assez de boulot de votre côté.

— Victor n'est pas flic et n'a pas d'arme. On a affaire à un vrai dingue. On ne prend pas de risque, ordonna Fred.

C'était sans appel.

Ménard reprit la parole :

— On a analysé les vêtements et les chaussures portés par les deux garçons. Les robes sont des premiers prix provenant d'une enseigne populaire. Elles sont neuves. On y a trouvé les mêmes particules que sous les ongles, mais en quantité infime. Je pense que le tueur les leur a enfilées post mortem. D'ailleurs, elles n'ont pas été souillées d'excréments, elles n'ont donc pas été portées longtemps à l'endroit où les victimes étaient séquestrées. Par contre, Juliette, qui était déjà habillée de façon très masculine, a gardé ses propres vêtements, qui, eux, sont couverts de ces mêmes particules en concentration importante. Ils présentent des déchirures et des traces de son urine. Je dirai qu'elle a été couchée sur un sol fait de bambou. Pour le reste, le vernis à ongles provient d'une marque vendue en supermarché, donc impossible de cibler un acheteur. Pour les chaussures, c'est un peu différent. Renato et Enguerrand étant des hommes, ils chaussaient respectivement du 44 et du 42. C'est difficile de trouver des chaussures pour femmes dans ces tailles. On cherche encore le fournisseur. Dès que j'en sais plus...

— Ça, c'est une bonne piste, souligna Théo. On pourra peut-être identifier un client. Sauf si c'est un achat fait sur Internet...

— Dernière chose, ajouta Ménard. Le banc sur lequel a été retrouvée Juliette est inexploitable. Trop d'ADN, trop d'empreintes... et même un peu de liquide séminal ! Il y en a qui s'amusent, sur les bancs publics ! Mais cela ne nous sert à rien.

Une fourmi entra.

— Je viens vous donner les dernières informations qu'on a récoltées, dit la jeune gendarme.

— Nous vous écoutons.

— Nous avons recherché des liens entre les victimes. Elles ne fréquentent pas le même médecin, ni la même salle de sports. Elles ne font pas non plus leurs courses au même endroit. On a effectué toutes les vérifications concernant le véhicule du tueur repéré sur la vidéo-surveillance des commerces de la place Auguste-Perret. Bien entendu, le panneau publicitaire qui était dessus est faux ou, en tout cas, détourné de ses origines. Il n'y a pas de Pascal Perrin électricien au Havre. On en a trouvé un à Rouen, mais il a pris sa retraite. Il a vendu tout son matériel, y compris sa camionnette bleu électrique. C'était un Renault Trafic, alors que le suspect utilise un Peugeot Boxer blanc.

— Qu'a-t-il fait de son panneau magnétique ?

— Il l'a jeté à la déchetterie.

— Ça date d'il y a longtemps ?

— Trois mois.

— Cela confirme la préméditation très organisée, dis-je. Si le tueur s'est donné la peine de trouver de quoi maquiller son véhicule il y a trois mois déjà... Et le camion ? Vous en savez plus ?

— Non. À part la marque. La plaque est illisible, mais vu les circonstances elle est probablement fausse. Un véhicule de ce type ayant une plaque magnétique maintenant indéchiffrable a été retrouvé brûlé cette nuit dans le quartier de la Mare-Rouge.

— Il sait qu'il y a des caméras de surveillance et que son véhicule a été repéré. Quel enfoiré ! s'énerva le lieutenant Max Durant.

— Pourtant, il s'en est servi pour Enguerrand après le meurtre de Renato, s'étonna Marc Dubreuil. Et probablement pour Juliette aussi, même si on n'a pas de témoins ni d'images.

— Oui, mais au muséum d'Histoire naturelle, il n'y a pas de caméras. Avant le témoignage de Jeanne Buquet, on n'avait pas exploité les bandes des caméras des commerces. C'est comme s'il savait... intervint Jumet.

— Beaucoup de monde est au courant qu'on visait ce type de véhicule, rebondit Théo, étant donné qu'un avis de recherche a été dispatché dans tous les postes de police et de gendarmerie. Certains peuvent avoir parlé autour d'eux. Le Havre, c'est un gros bourg. Les nouvelles vont vite. À moins que le tueur n'ait accès au dossier de l'enquête, comme le légiste par exemple, insista Théo, qui voyait bien Enzo Robert en garde à vue.

— Il n'y a pas de caméras de surveillance dans le quartier où a brûlé le véhicule ? demandai-je.

— Si, mais elles sont sabotées par les dealers, donc on n'a rien, répondit la fourmi. À propos des victimes : nous n'avons pas trouvé de mouvements récents sur leurs comptes. On en déduit que le tueur ne s'est pas servi de leurs cartes de crédit.

— Il est trop malin pour ça, estima Bricart. Cela permettrait de le localiser ou, en cas de retrait d'argent au distributeur, d'avoir sa bobine sur une caméra.

— Cela signifie aussi que l'argent n'entre pas en compte dans le mobile des crimes, dis-je. Il s'en prend aux transgenres pour ce qu'ils sont, et uniquement pour cela. Je suis à peu près certaine que c'est un transgenre contrarié, assez malin pour ne laisser ni empreintes ni ADN et qui s'entoure de toutes les précautions possibles pour qu'on ne puisse pas remonter jusqu'à lui. Ce qui exclurait Roland Lefebvre, un macho assumé, dis-je. À moins que ce soit un parfait acteur.

— On croirait qu'il connaît nos méthodes, ajouta Marc Dubreuil.

— En même temps, ce n'est pas difficile. Avec la vulgarisation des séries télé, les documentaires sur les techniques de police scientifique et les interviews des criminologues à la TV, on a le manuel du parfait tueur, ironisa Luc Pasquier, qui jusque-là était resté silencieux.

— Pas faux, dit Jumet. Bon, continuons. Théo, on y va. Allons interroger les putes et le gérant de la boîte de nuit, comme prévu, puis on va essayer de choper la dealeuse. Les M&M's, vous vous attaquez à la liste des dockers. Laura et Joël...

— On sait ce qu'on a à faire. C'est parti, dis-je.

— Une dernière chose, intervint la fourmi. Bien que l'on connaisse maintenant sans aucun doute l'identité de Renato Alves, nous avons quand même enquêté dans les cybercafés. Le vendredi après-midi, il est allé au Mondial Com et il a acheté une connexion d'une heure. Il semblerait qu'il ait envoyé des e-mails à ses connaissances au Brésil.

— Merci, mademoiselle, vous nous avez appris beaucoup de choses intéressantes, remercia Fred en se levant.

Ménard et Pasquier se levèrent à leur tour.

— On va s'occuper de la voiture de Chloé. Elle est restée ici, au garage. On verra s'il y a quelque chose à y trouver.

Joël et moi rejoignîmes Victor, qui attendait en salle de repos.

— Vous êtes certain de vouloir travailler cet après-midi ? Votre femme et vos enfants sont peut-être rentrés, suggérai-je, désolée de voir ce brave homme renoncer à sa vie de famille pour nous servir de chauffeur.

— Pas de souci, madame. Où désirez-vous aller ?

— Quai Michel-Féré, au restaurant japonais.

— Des restaurants japonais, ce n'est pas ce qui manque, en ville, mais celui-ci, je ne le connais pas. Il s'appelle comment ?

Je consultai mes notes. Les consonances japonaises n'étaient pas mon fort :

— « Chez Takehiko, spécialiste des sushis »...

Pas vraiment mon truc. Moi qui avais déjà tendance à éviter le poisson... Un plat à base de poisson cru, ce n'était même pas envisageable pour moi !

— Il est juste à côté du marché aux poissons. Ses sushis doivent être bons, estima Victor.

Chacun ses goûts.

Théo n'avait plus parlé de l'enquête au marché aux poissons. Pourtant, à 7 h 30 le matin, les bateaux étaient sûrement rentrés et les poissonniers au travail. Savait-on si quelqu'un avait vu quelque chose ?

J'appelai Théo aussitôt pour lui poser la question.

— Non, pour plusieurs raisons : la halle aux poissons n'ouvrira que mercredi prochain, le 26 juin, et pas de si bonne heure, pas avant 8 heures. Il n'y avait personne sur les lieux. De plus, la voiture de Chloé était en amont du marché en plein air, donc invisible pour ceux qui auraient pu y passer.

Dommage !

La 5008 arrivait quai Michel-Féré. Victor lorgnait le trottoir, à la recherche du resto. À gauche, quelques petits bateaux de pêche se balançaient dans un bassin.

— C'est le bassin du Roy, annonça-t-il, car c'est François Ier qui a fait construire Le Havre en 1517. On l'appelait à l'époque le Havre de Grâce.

C'était romantique. Mais pas pour Chloé qui, à cette heure, devait flirter avec la mort.

14

Le Takehiko ne payait pas de mine. Au rez-de-chaussée d'un immeuble gris, il était entouré par deux autres restaurants ayant mis la clé sous la porte, comme en témoignaient les rideaux de fer baissés et tagués depuis longtemps. Il se situait au bas du quai, près de la halle aux poissons, à l'endroit où le quai Michel-Féré devenait le quai Faidherbe. Cela ne changeait rien à mes déductions, c'était bien le même quartier. Les trottoirs étaient bordés d'arbres qui voulaient donner à ce bout de quai un peu triste un air plus joyeux.

— Ne confondez pas la halle aux poissons, fermée, juste ici, et le marché aux poissons à peine plus bas, expliqua Victor. Sur le marché, ce sont des petits pêcheurs et leurs poissons sont extras !

Il nous déposa devant le restaurant, dont les portes étaient closes. Je frappai à la vitrine. Rien ne se passa.

— Il est sans doute un peu tôt, estima Joël. Il n'est pas encore 18 heures. Viens, allons voir le bar où Chloé a pris son dernier café et la pizzeria où les garçons ont commandé. Ceux-là doivent être ouverts. On reviendra ici après.

— OK, faisons cela.

Le bar-tabac était effectivement ouvert. C'était le genre d'endroit où le patron travaille quatorze heures par jour. D'ailleurs, il était derrière le comptoir, un torchon à la main, l'air jovial. Nous nous présentâmes, et son sourire s'évanouit.

— Pauvre fille ! Disparue, et avec tout ce qu'on entend ! J'ai déjà tout dit à vos collègues.

— Résumons, proposai-je. Chloé Arnaud passait chez vous tous les matins avant d'aller travailler pour acheter ses cigarettes et boire un café, c'est bien ça ?

— Un expresso bien serré, précisa le patron. Oui, elle passait tous les jours, sauf le week-end. Le samedi et le dimanche, j'ouvre une heure plus tard. Mais je sais qu'elle ne bossait pas le week-end. Au fil du temps, on échange quelques mots, on apprend à se connaître. Elle ne venait pas non plus quand elle était en déplacement.

Logique.

— Que pouvez-vous nous dire d'elle ? demanda Joël.

— Elle était spéciale… enfin, pas très féminine, si vous voyez ce que je veux dire. On savait tout de suite de quel bord elle était… J'dis ça, j'dis rien. Chacun sa vie.

— Bien sûr. Parlait-elle avec les autres clients ?

— Jamais. À cette heure-là, les gens ne sont pas bavards. Ils prennent leur café, bougonnent sur la politique et partent travailler.

— Vous connaissiez sa voiture ?

— Je l'ai aperçue quelquefois par la vitrine. Une voiture de boulot. Une Clio. Il y avait la marque d'un brasseur dessus, mais pas le mien. Moi, je suis livré par un copain. Elle se garait en face, sur le parking à côté du pont Notre-Dame. À c'tte heure, il y a toujours de la place.

— Avez-vous vu ou remarqué d'autres voitures à côté de la sienne, ou une camionnette, un Peugeot Boxer blanc, par exemple ?

— J'ai pas fait attention. Y en a qui arrivent, d'autres qui repartent, c'est constamment en mouvement, mais maintenant que vous le dites...

— Oui ?

— Peut-être un camion blanc. J'sais pas. Puis les pêcheurs ont ce genre de petits camions. Ça va, ça vient.

— Auriez-vous remarqué quelqu'un au bar qui serait arrivé avant elle ou en même temps et qui serait reparti juste après ?

— Cet homme, par exemple ? demanda Bricart en sortant son téléphone et affichant la photo d'Enzo Robert, qu'il avait pris la précaution de télécharger avant de quitter le poste.

Je fis la moue. J'aurais préféré que le patron se souvienne et nous décrive un individu. En lui montrant un portrait, on pouvait l'influencer.

— Bof... Non. Je connais ce type, il habite le quartier, je crois, un toubib, non ?

— Donc vous le connaissez. Était-il là en même temps que Chloé Arnaud ?

— Celui-là, y vient jamais le matin, mais le soir prendre un petit blanc. C'est un habitué. Donc non, il n'était pas là.

— Avez-vous remarqué quelqu'un d'autre qui serait sorti juste derrière Mlle Arnaud ? persista Joël.

— Ben... non. Comme j'vous dis, ça va, ça vient. Je n'reconnais que les habitués. Ce jour-là, c'était plein. Il y avait au moins dix personnes au zinc et quasiment que des hommes. Je peux pas les surveiller tous.

On n'en tirerait rien de plus. Nous remerciâmes et je fus contente de respirer un peu d'air frais après l'atmosphère chargée d'odeurs de café et de bière.

— Cela blanchit Enzo Robert, remarqua Bricart.

— Il n'était pas au bar, ce qui ne signifie pas qu'il ne l'attendait pas à sa voiture. Ce n'est pas un alibi.

— Tu as raison. On va à la pizzeria ?

La bonne senteur de pizzas succéda aux effluves du bar. Je me dis qu'il ne devait pas être facile d'aérer son logement quand on habitait dans le coin.

— C'est sympa, les quartiers vivants, dis-je, mais pas quand on loge au-dessus des restos. Entre les odeurs de cuisine, le bruit de la plonge et les fermetures tardives...

— Il y a des gens qui aiment ça. Toi, tu vis dans la brousse ! À part les beuglements des vaches et le chant du coq, c'est forcément silencieux.

— Détrompe-toi. Pense aux tracteurs, aux moissonneuses qui travaillent toute la nuit, et j'en passe. Mais tu as raison, chacun son truc, comme qui dirait l'autre !

Après avoir remonté le quai sur une centaine de mètres, nous nous retrouvâmes devant la pizzeria. C'était une vitrine étroite, sur laquelle on pouvait lire *Chez Franco, pizzas à emporter. Fabrication maison, comme à Naples*. À l'intérieur, on apercevait un comptoir, une caisse et, plus en arrière, un four à bois. Il n'y avait aucune table, juste une ou deux chaises, mises à la disposition de ceux qui attendaient la livraison de leur commande, sans doute. Nous poussâmes la porte, qui s'ouvrit sans difficulté bien qu'il fût encore tôt. Une jeune femme nous accueillit avec un grand sourire, tandis que le pizzaïolo s'agitait derrière son plan de travail. À en juger par le nombre de bons de commande accrochés devant lui, il n'était pas près d'être au chômage.

— Bonjour ! C'est pour commander ?

— Merci, non.

Nous nous présentâmes, cartes à l'appui, et elle perdit son sourire commercial.

— La police ? Pourquoi ? Franco ! Tu peux venir ? Il y a la police.

Franco abandonna ses préparations et s'approcha, les sourcils froncés. C'était un homme plutôt petit, fluet, au teint mat attestant de ses origines napolitaines. Même l'accent y était. En tout cas, il ne pouvait en aucun cas être le gars costaud qui transportait les victimes sur ses épaules.

— Oui. Qu'y a-t-il ? Vous êtes la DDPP[1] ? Parce que j'ai déjà eu un contrôle cette année. Tout est en ordre, vous pouvez vérifier.

1. Direction départementale de la protection des populations.

— Pas de problème avec nous à ce sujet, le rassura Bricart. Nous menons une enquête sur des disparitions (il évita de dire « meurtres ») de jeunes gens. Il se trouve qu'ils avaient tous la carte de votre restaurant.

L'homme haussa les épaules, à la fois soulagé de ne pas avoir à subir de contrôle et inquiet que l'on puisse le mêler à une affaire de disparition.

— La moitié de la ville a ma carte. On ne fait que des pizzas à emporter. On met des cartes et des flyers partout : dans les hôtels, les gîtes, les auberges de jeunesse, même sur les pare-brise des voitures, alors avoir ma carte ne signifie rien.

— Je comprends, approuvai-je. On va quand même vous montrer quelques photos. Vous allez nous dire si vous connaissez ces gens et si vous avez remarqué quelque chose de particulier à leur sujet.

J'affichai sur mon téléphone la photo d'Enguerrand, bien vivant.

— Je ne sais pas, reconnu-t-il. Moi, j'ai toujours le nez dans le four, je ne vois pas beaucoup les clients. Et toi, Carlotta, ça te parle ?

Elle se rapprocha et se pencha. Ses longs cheveux de jais frôlèrent ma main. Elle les ramena d'un geste gracieux sur sa nuque et les noua avec un chouchou.

— Pardon ! Pendant le service, ils sont attachés, s'excusa-t-elle, comme prise en faute.

La DDPP avait dû la sermonner à ce sujet. Elle en était marquée.

— Lui, je le connais. Il vient au moins une fois par semaine. Il en prend souvent trois, parfois plus s'il est avec des copains.

— Vous savez s'il a commandé le samedi 15 ?

— Oh ! C'est loin. C'est impossible à dire.

— Il payait en carte ou en liquide ?

— En carte pour trois pizzas, avec la CB du père qui attendait dans la voiture juste devant. Enfin... je pense que c'était le père. Quand il y en avait plus, c'était en liquide.

Chaque copain devait payer sa part.

Elle continua :

— Ou alors, il se faisait livrer, dans ce cas, c'était forcément par carte.

— Vous avez remarqué le père, avez-vous repéré une autre personne qui aurait pu s'intéresser à lui ?

Elle fronça les sourcils, en pleine réflexion.

— Non, je ne pense pas. Ici, c'est tout petit, comme vous voyez. Si quelqu'un l'avait embêté, j'aurais vu.

— D'accord. Et elle ?

Cette fois, il s'agissait de la photo de Juliette.

— N... Non, ça ne me dit rien.

Je montrai ensuite celles de Chloé et de Renato.

Là non plus elle ne réagit pas. Enfin, Joël sortit celle d'Enzo Robert.

— Ah oui ! Lui, je le connais. Il vient régulièrement. Il prend toujours une napolitaine. Parfois plus s'il reçoit des amis. Il m'a dit qu'il ne savait pas cuisiner et que c'est pratique.

En même temps, comme il habitait le quartier, il n'y avait rien d'étonnant à ce qu'il se fournisse dans la pizzeria la plus proche.

Nous allions partir quand tout à coup elle se ravisa :

— Attendez ! Je crois qu'une fois il a parlé avec le jeune, là, le premier. C'était de ma faute. J'avais fait une erreur de carton. J'ai voulu servir les deux à la fois et j'ai mélangé les commandes. Heureusement, le vieux s'en est rendu compte. Il lui a couru après. Ils sont revenus et j'ai réparé ma faute. Ça les a fait rigoler.

Bricart et moi échangeâmes un long regard.

— C'était il y a longtemps, cette histoire ?

— Je sais plus trop, trois semaines ou un mois.

— Combien de pizzas a pris le vieux ? demandai-je, ironisant en moi-même sur le terme « vieux » appliqué à quelqu'un qui ne devait pas avoir plus de trente-cinq ans.

— Trois, et l'autre trois aussi, ce soir-là. Mais pour le vieux, il y avait une bambino.

Nous remerciâmes et, lorsque nous fûmes sur le trottoir, Joël me dit, un peu excité :

— Enzo Robert connaissait Enguerrand ! Et il ne l'aurait pas reconnu sur la table d'autopsie ? Bizarre, non ?

— En effet. Malgré les sévices et la mort, il aurait dû l'identifier.

— Cette fois, ça mérite un interrogatoire serré, rien que par le fait qu'ils se sont parlé. Je vote pour la garde à vue, décréta Joël.

— Pas moi !

Il me regarda, surpris.

— Comment ça ?

— La laisse longue, Joël. Chloé est toujours entre ses mains. Si c'est vraiment lui, on est sûrs de la perdre. Il nous mènera à elle maintenant qu'il est sous surveillance H24.

— Hum... On prévient quand même Jumet.

— Bien sûr.

Tout en marchant vers le restaurant japonais, il eut Jumet au téléphone et lui expliqua la situation. Fred le rappellerait après concertation avec le groupe.

Nous nous présentâmes chez Takehiko Asuka. La porte était toujours fermée, mais il nous aperçut et vint ouvrir.

— Pour manger, revenez dans une heure.

— Désolé, ce n'est pas pour dîner, mais pour vous parler du jeune homme que vous avez reconnu lors de l'appel à témoins.

La porte s'ouvrit en grand.

M. Asuka était tel qu'on peut imaginer un Japonais. Pas très grand, en tout cas pas assez pour porter un corps sur ses épaules, les yeux bridés. Il était vêtu d'une tenue traditionnelle, un kimono noir sur un pantalon extralarge, pieds nus dans des tongs à semelles épaisses, noires elles aussi. Il assumait ses origines et les mettait en avant dans son restaurant, au décor kitch au possible.

Nous nous présentâmes et il s'inclina pour nous saluer.

— Vous nous avez téléphoné lors de l'appel à témoins. Pouvez-vous nous en dire un peu plus sur ce jeune homme ? dis-je en montrant la photo de Renato.

— Il n'y a pas grand-chose de plus à dire que ce que j'ai déjà raconté à votre collègue. Il est venu manger des sushis. Il avait bon appétit, d'ailleurs. Il a payé en cash, puis il est parti. J'ai voulu lui offrir un verre de saké, comme c'est la coutume, mais il a refusé.

— Il est parti à pied ?

— Autant que je sache, oui, mais je ne l'ai pas suivi. Je ne sais pas s'il avait une voiture.

— Comment était-il ?

— Comme tout le monde. Un peu fatigué par son voyage, peut-être. Il a dit qu'il arrivait du Brésil.

— Il ne vous a pas paru angoissé ou apeuré ?

— Non, pas du tout. Il était content d'être en France. Il voulait voir du pays.

— Est-ce que, d'après vous, il a pu être suivi par un de vos clients, ou quelqu'un l'attendait-il dehors ?

— Je n'en sais rien. Quand le service est en cours, j'ai autre chose à faire que de surveiller les clients.

Évidemment.

Nous lui montrâmes les photos des deux autres victimes, de Chloé et d'Enzo Robert.

Aucune n'évoqua de souvenirs chez lui. Il ne les connaissait pas.

Il nous invita à dîner, ce que bien entendu nous refusâmes, non sans le remercier chaleureusement. Il nous salua avec force courbettes et nous nous retrouvâmes bredouilles sur le trottoir. À part le fait qu'Enzo Robert achetait des pizzas à côté de chez lui, on n'avait rien de concret.

— Théo nous a donné l'adresse d'Enzo. J'irais bien faire un tour discret. Histoire de voir où il habite et de m'assurer que la surveillance est bien en place.

— Si tu veux, accepta Joël. On va passer en voiture. Il ne faudrait pas qu'il sorte à ce moment-là. Il te reconnaîtrait et serait sur ses gardes. La laisse longue risquerait de se rompre.

— Tu as raison.

Nous rejoignîmes Victor au parking du Pont-Notre-Dame, alors que Fred rappelait. Dans la 5008, bien isolée de l'extérieur, Bricart mit le haut-parleur pour que je puisse profiter des infos :

— On a discuté avec le groupe. On garde la laisse longue pour cette nuit. Si on n'a rien demain matin, on l'interroge.

— On fait comme ça, approuvai-je.

Victor, qui avait entendu, ne put s'empêcher de demander :

— Vous avez du neuf ? Vous allez arrêter ce monstre ?

— On verra ce qui se passe ce soir.

— Mais vous allez sauver la dame ?

— C'est ce qu'on espère, Victor. Mais pour l'instant on ne peut jurer de rien.

— Où va-t-on ?

— Rue Dauphine. Vous faites deux passages sans vous arrêter.

— D'accord.

Il démarra et longea le quai Faidherbe.

— Juste là, vous avez le marché aux poissons, sur cette petite place.

C'était plutôt mignon. Une place interdite aux voitures, entourée de stands en bois isolés les uns des autres par des séparations et protégés par un toit, en bois lui aussi, qui ondulait telle une vague géante. À cette heure-ci tout était clos, mais au passage je pus lire quelques noms amusants, comme *Gros Titi* ou *P'tit Lulu*.

Victor arriva sur un rond-point et tourna à gauche. Il prit ensuite la deuxième à gauche.

— Nous y sommes. Pour un deuxième passage, je devrai refaire le tour, car c'est une rue à sens unique.

— Pas de problème.

Le numéro où habitait Enzo Robert était à peu près au milieu de la rue. Sur la droite, des immeubles de deux ou trois niveaux en briques rouges garnis de balcons à chaque étage. Sur la gauche, c'était plus hétéroclite. Toujours des immeubles, mais d'époques différentes. Certains avaient des rideaux de fer au rez-de-chaussée, témoignages d'anciens commerces ou restaurants aujourd'hui fermés. D'après nos renseignements, Enzo Robert habitait au premier étage d'un de ceux-là. La rue était calme, il n'y avait pas un piéton en vue. Les voitures étaient obligatoirement garées sur la droite, la ligne de gauche étant une piste cyclable. Le Havre faisait ce qu'il fallait pour les cyclistes. Pas d'Enzo en vue, en revanche, je repérai la voiture banalisée. Ce n'était pas très discret. Elle se trouvait une vingtaine de mètres en amont de l'immeuble. Deux flics montaient la garde, ayant l'air de s'ennuyer à mort. Ils étaient détectables si notre suspect était sur ses gardes. Difficile pourtant de se fondre dans la masse dans une rue aussi étroite et si peu fréquentée. Si Enzo était notre coupable, il ne se ferait pas avoir facilement.

— Je vais donner des ordres pour que l'on change le système de surveillance, lança Joël, agacé. Ils sont visibles comme le nez au milieu de la figure ! Comme c'est une rue à sens unique, il suffit de mettre une voiture à chaque bout. Que le suspect parte en voiture ou à contresens à vélo, il ne pourra pas nous échapper. Au moins, il ne les verra pas, parce que là...

— L'heure tourne, constatai-je. Il faut aller chez Juliette.

— C'est parti, approuva Joël.

La voiture se lança à travers la ville. À cette heure, bien qu'on soit dimanche, il y avait de la circulation. Les gens, insouciants et inconscients des drames qui se jouaient dans la ville, rentraient de week-end.

La famille Leroy résidait rue du Général-Cavaignac, un immeuble blanc avec des balcons en briques, sans doute construit dans les années 1960 ou 1970. Les appartements donnaient sur le port.

— Ce sont majoritairement des dockers qui habitent ici, précisa Victor.

— On est plutôt au sud de la ville, estimai-je, loin du lycée de Juliette, qui se trouve au nord, si je me souviens bien du débriefing. Elle allait aussi à l'aéroport, voir un copain de son père qui y travaille. Cela fait une bonne distance. Comment faisait-elle ?

— À partir d'ici, en bus ou en scooter, dit Victor. Il n'y a pas beaucoup de solutions quand on n'a pas encore le permis.

Ce n'était pas faux.

— Voilà, c'est là, annonça-t-il.

Nous sonnâmes à la porte de la famille Leroy. Une femme vint nous ouvrir. Très forte, à la limite de l'obésité, avec des yeux qui n'étaient que deux fentes dans l'ovale de son visage noyé de graisse. Elle portait une robe de chambre rose délavée. Déjà prête pour la nuit ou pas encore habillée depuis le matin ? État habituel ou dépression à la suite des événements ? Devant l'appartement coquet et bien entretenu, instinctivement, j'optai pour la deuxième solution.

Quand nous nous fûmes identifiés, sa première question fusa :

— Vous avez du neuf ? Vous savez qui a fait ça à ma fille ?

Une voix rauque sortit de la cuisine située sur la droite. Celle d'un homme aux intonations lentes de celui qui a trop bu.

— Y a intérêt à ce qu'ils le trouvent, cet enfoiré ! Sinon, je vais m'en charger, moi ! Avec les copains, on ne lui fera pas de cadeau, à ce salaud. On va lui couper les couilles et les lui faire bouffer !

15

Fred et Théo quittèrent le poste de police juste après leurs collègues à bord de la voiture de service de Théo pour se rendre auprès des prostituées.

— Avant, elles exerçaient dans le quartier Danton, expliqua Théo, mais depuis la fermeture de la prison, en 2012, elles ont migré sur les réseaux sociaux.

— Ah bon. Tu veux dire qu'on réserve une fille sur Internet ?

— En gros, c'est ça. Bien sûr, il en reste quelques-unes sur les trottoirs, dans les rues, disons, mal famées, autour du port, mais pour la majorité du bizness, cela passe par des sites. L'un est particulièrement connu. Il offre tout ce que tu peux imaginer si tu veux du sexe. Même si ce n'est pas vraiment légal, il existe des maisons closes qui ont pris le nom de « salons de massage », où l'on te propose des massages érotiques avec des « servantes d'amour », comme ils disent. Les services proposés vont du bondage au SM, en passant par du sexe hard ou anal. Tu peux choisir de faire ça à deux ou plus, tu as des jeunes femmes, des plus mûres, et aussi le choix de l'ethnie. Il y a également des homos et des transgenres. J'y ai même appris l'existence de pratiques que j'ignorais, comme le gangbang, où le premier intéressé reste au centre du jeu mais où plusieurs partenaires agissent ensemble, ou le bukkake, peu à mon goût, où le ou la participante se fait éjaculer dessus par plusieurs gars, et j'en passe !

— Tu fréquentes ce genre de site, toi ? s'étonna Fred Jumet.

— C'est professionnel, bien sûr. Parfois on fait des descentes et on a de drôles de surprises ! Pour en revenir aux filles, elles sont quand même plus en sécurité avec ce système que sur le trottoir. Qui dit réservation dit paiement par carte, donc possibilité de remonter le client en cas de gros problème. Il y a aussi de plus petits proxénètes qui louent occasionnellement des appartements pour faire bosser leurs filles. On vient d'en choper trois récemment. Bien sûr, ils jurent ne rien savoir de ce qui se fait dans leur appart !

Jumet n'avait jamais travaillé pour la Brigade des mœurs, mais avait quand même quelques notions :

— Le client est passible d'une amende. Cela devrait le calmer.

— Tu rigoles ! Un type qui veut s'amuser n'a pas peur d'une amende ! En plus, c'est rare qu'il soit verbalisé. Les mœurs cherchent surtout à coincer les proxénètes.

— Sept ans de prison et 150 000 euros d'amende, récita Jumet.

— Minimum. Ce sont des trafiquants d'êtres humains, ils peuvent prendre jusqu'à dix ans et 1 500 000 euros d'amende. Pourtant, ça ne les arrête pas !

— Les filles qui nous intéressent sont où ?

— Rue des Galions. Derrière la cathédrale Notre-Dame. Celles que les jeunes ont citées exercent là. C'est normal qu'ils soient allés dans ce quartier. C'est plus discret et moins cher que le site.

À peine cinq minutes après avoir quitté le poste de police, ils arrivèrent à destination. Une rue calme. Rien ne la distinguait d'une autre. Il n'était pas flagrant qu'on puisse trouver des prostituées dans le coin. Au bout de la rue, Fred aperçut un ferry. Cela faisait une drôle d'impression. D'où il était, il ne voyait pas l'eau. Le bateau semblait posé sur le quai.

Théo se gara et sortit de la voiture. Jumet lui emboîta le pas. Le policier sonna à une porte que rien ne distinguait des autres.

Elle s'ouvrit sur une jeune femme à la chevelure blonde formant un contraste saisissant avec sa peau du plus beau noir.

— Ah, Théo ! Entre. C'est ton ami ? demanda-t-elle en désignant Jumet du menton.

— C'est ça. Mais on est en service, Lydia. Tu sais, j'ai téléphoné.

— Oui, pour les gamins. Viens, on va voir les autres.

Tiens, tiens, pensa Fred. Il est bien à l'aise, notre Théo, chez ces filles ! Il les connaît et les tutoie. En plus, il avait téléphoné avant de venir… Pas très professionnel, tout ça !

Lydia leur fit longer un couloir très sombre menant à une salle qui devait être le lieu de vie principal des occupantes. Les chambres étaient sans doute à l'étage.

Anticipant la question de Jumet, Lydia lança :

— On ne travaille pas ici. On est en colocation.

— Pas de problème, je ne suis pas là pour votre job, la rassura-t-il. J'ai cru comprendre que Théo – il insista sur « Théo », évitant de dire « le commandant Delaunay » – vous connaît bien.

— Pour le travail, précisa Théo.

Jumet eut un sourire en coin. Théo lui faisait penser à Philippe Noiret dans *Les Ripoux*[1].

— Vous pouvez appeler les autres ?

— Bien sûr.

Deux filles arrivèrent. L'une brune, l'autre rousse. Jumet n'était pas certain que ce fût sa couleur naturelle. Elles portaient jean et T-shirt, pas de tenue excentrique. Ce n'était pas encore l'heure d'aller au boulot.

— Le samedi 15, vous aviez eu une réservation de quatre jeunes gens pour dépuceler un copain à eux dont c'était l'anniversaire.

— C'est vrai, mais celui-là, on ne l'a pas vu. Apparemment, il n'a pas osé.

— Les autres sont-ils bien venus ?

— Oh, oui !

Il y eut quelques rires étouffés.

— Ils ont bien profité de leur soirée. Ils en ont eu pour leur argent !

1. Film de Claude Zidi, 1984.

— Passons les détails. Ils sont arrivés à quelle heure ?

Elles se consultèrent du regard.

— Ils sortaient d'une boîte de nuit. Je dirais vers 2 heures du matin, dit la rousse.

— Jusqu'à ?

— 4 heures, à peu près. On est allés à l'appartement sur le boulevard. Par principe, on ne reçoit jamais ici.

Jumet montra les photos des copains d'Enguerrand.

— Ce sont bien eux ?

Elles les regardèrent attentivement et il y eut d'autres rires.

— C'est bien ça. Celui-là, dit la blonde en désignant Sébastien Guyot, le leader de la bande, il a de la gueule, mais il n'y est pas arrivé. Il avait la trouille, je crois.

Comme quoi, méfions-nous des apparences, songea Jumet.

— Il était vexé. Il m'a fait jurer de ne rien dire aux autres.

Orgueil de mâle, sourit Jumet intérieurement. Il pouvait comprendre.

— Et celui-là ? Vous le connaissez ? demanda-t-il en montrant une photo d'Enguerrand.

Elles l'examinèrent avec soin.

— Non. Je crois que c'est celui qu'on devait dépuceler. Les autres nous l'avaient décrit. Mais encore une fois, il n'est pas venu.

— Et celui-ci ? dit-il en sortant le portrait d'Enzo Robert.

— Non. Jamais vu.

— Quand ils sont arrivés ou repartis, avez-vous vu quelqu'un de louche qui traînait dans le coin ?

— Des gens louches, il y en a plein. Mais pas ce soir-là en particulier.

Ils remercièrent. Les trois femmes leur proposèrent quelque chose à boire. Ils déclinèrent.

— Quand tu veux, lança la sculpturale Noire à Théo, qui sembla gêné.

— C'est ça. Salut !

Une fois dans la voiture, Fred aborda le sujet :

— Tu les vois personnellement ?

Théo resta d'abord silencieux.

— Écoute, c'est ma vie privée.

— C'est vrai, tu fais ce que tu souhaites, à condition que cela n'ait pas d'impact sur le boulot, que tu ne leur serves pas d'indic pour les descentes, par exemple...

— Moi, c'est la Crim'. Je n'ai rien à voir avec les Mœurs, et je ne connais pas leurs enquêtes. Ma femme m'a quitté, et je suis un homme avec des besoins d'homme, comme tout le monde. Au moins, elles ne me font pas chier sur l'heure à laquelle je rentre ou si, pris par une enquête comme maintenant, je ne rentre pas. C'est quand je veux comme je veux.

— À condition qu'elles ne te fassent pas de « cadeau ». Ce pourrait être mal perçu par la hiérarchie.

— Si personne ne bave, ils n'ont aucune raison d'être au courant.

— Rassure-toi. Ce n'est pas moi qui vais baver. On était juste là pour les besoins de l'enquête. Si j'avais su, je t'aurais envoyé avec Laura et j'aurais pris Joël avec moi. Mais c'est courageux d'avoir assumé. Alors, elle est où, cette boîte de nuit ?

La boîte de nuit se situait dans un sous-sol, à quelques pas du square Saint-Roch. Pour un non-initié, elle était difficile à trouver, réservée à une certaine élite.

— C'est bizarre que des jeunes gens aient eu accès à un endroit aussi privé, s'étonna Jumet.

— Si j'ai bien compris, le père d'Enguerrand est un ami du patron.

— Ils ne me l'avaient pas précisé.

— Non. Mais c'est toujours là qu'ils vont. J'imagine que papa aimait bien qu'on ait un œil sur son rejeton. Ou alors ils avaient des prix sur les boissons.

Ils sonnèrent à une porte en bois munie d'un œilleton. Seule une plaque en cuivre discrète annonçait *Club privé*.

Un homme jeune à l'allure de mannequin vint ouvrir.

— Bonjour, on vous attendait.

— Tu as téléphoné ? demanda Fred à Théo.

— Bien sûr. Ils n'ouvrent qu'à minuit. On n'aurait pas été reçus, autrement.

— Par ici, dit le jeune homme, qui n'avait de toute évidence pas envie de traîner devant la porte. Je suis Jules, le fils de la maison. Mon père vous attend.

Ils le suivirent à travers une salle à peine éclairée par les lampes des sorties de secours. Au milieu se trouvait la piste, le long des murs des banquettes et des tables basses, sur la gauche le bar et la sono. Ils montèrent un escalier en colimaçon qui menait au premier, où se situait le bureau du patron.

— Bonjour, messieurs.

Le patron était un homme trapu et costaud. Il avait une chevelure noire et épaisse qui surplombait un visage marqué par sa vie nocturne. Il avait des poches sous les yeux et le teint de celui qui ne boit pas que de l'eau.

— Si j'ai bien compris, vous enquêtez sur la mort d'un jeune, Enguerrand Lefebvre, qui a passé sa soirée ici le 15. Je vous ai préparé les bandes de vidéosurveillance. Quelle histoire ! Pauvre gosse !

— Vous connaissez Enguerrand Lefebvre ? demanda Jumet.

— C'est un grand mot. Je connais surtout son père, qui a des billes dans la société. Quand j'ai voulu créer la discothèque, j'avais besoin de fonds. Les banques n'étaient pas très généreuses. Malgré mon apport personnel et un prêt, il me manquait encore 50 000 euros. J'ai démarché de gros industriels en leur promettant des soirées VIP pour leurs clients et l'open-bar pour eux et leur famille. Je suis tombé par hasard sur Roland, avec qui j'étais allé au lycée. Lui avait continué des études, moi, pas vraiment. J'ai baroudé pas mal avant de vouloir m'installer définitivement dans ma ville natale. Il a été tout de suite d'accord pour 25 000 euros. J'ai glané le reste à gauche et à droite.

— Donc, M. Lefebvre et sa famille avaient porte ouverte chez vous.

— Bien sûr. Mais en réalité, je ne les voyais que rarement. Pour les dix-huit ans du gamin, j'ai accepté les copains à hauteur de trois boissons, dont une seule alcoolisée. Ils étaient tous majeurs, précisa-t-il.

— Vous ou votre personnel, avez-vous remarqué quelque chose de particulier au cours de cette soirée ?

— Pas à ma connaissance. Vous verrez par vous-même sur les vidéos.

Le fils, qui était resté coi dans un coin, prit soudain la parole :

— Enguerrand et moi, on se comprenait bien. On avait... les mêmes tendances.

— Vous êtes trans ? demanda Jumet abruptement.

— Je... Je ne sais pas trop. Plutôt homo.

— Enguerrand vous attirait ?

— Il était gentil avec moi. Mon père est plus cool que le sien. Il m'a raconté qu'il ne pouvait pas s'exprimer librement.

— Avez-vous vu quelqu'un s'approcher de lui lors de cette soirée ?

— De lui, non, pas spécialement. Par contre, moi, je me suis fait draguer dur par un type qui ne me plaisait pas.

— S'est-il intéressé à Enguerrand ?

— Moins qu'à moi. Mais Enguerrand lui a dit de me laisser tranquille. Cela ne lui a pas plu.

— C'est un club privé, remarqua Jumet. Vous savez qui c'est ?

Le père intervint :

— C'est une façon de parler. On accepte les gens bien habillés avec une certaine prestance, même si on ne les connaît pas vraiment. Il y a un videur qui fait le tri à l'entrée. Si je ne laissais entrer que les membres du club, j'aurais fermé boutique depuis longtemps.

— On peut voir les bandes de surveillance ?

— Bien sûr.

Il tourna l'écran de son ordinateur vers les policiers.

— Les gamins ne sont pas restés très tard, environ une heure quarante-cinq. Je vous passe ce temps-là ou toute la soirée ?

— Dès leur arrivée.

L'homme appuya sur un bouton, fit avancer la bande jusqu'à minuit quinze. À cette heure-là, il n'y avait pas encore foule. Les cinq copains arrivèrent et allèrent au bar. Ils prirent une boisson, le temps que la boîte se peuple un peu plus. Les gens commençaient à danser. Une demi-heure après, c'était blindé, la lumière était au plus bas et les spots lançaient des éclairs au rythme de la musique endiablée. Il était difficile d'isoler les jeunes au milieu de la foule.

Le patron sentit leur déception.

— À cette heure-là, il faut qu'ils dansent. Ils attrapent chaud et donc ils consomment.

— Une technique commerciale comme une autre, remarqua Théo.

— Je dois bien gagner ma vie ! Avec les charges qu'on a !

— Vous pouvez avancer jusqu'au moment où votre fils se fait draguer ? demanda Jumet, qui n'avait pas l'intention de rester une heure quarante-cinq devant un écran où l'on ne voyait que des gens se trémousser.

Le patron passa en vitesse rapide, puis stoppa la bande brusquement.

— C'est là.

On apercevait, malheureusement de dos, Enguerrand et le fils du patron au bar. Les quatre autres devaient danser, ils n'étaient pas identifiables dans la foule.

Un homme s'approcha, commanda une coupe de champagne, qui lui fut servie. En s'appuyant sur le bar pour l'attraper, il mit la main aux fesses de Jules, qui se retourna vivement. L'attitude du jeune homme montrait de la colère et Enguerrand se joignit à lui pour repousser l'intrus.

— Qu'est-ce qu'il t'a dit ? demanda Théo.

— Que j'avais un beau petit cul. Je lui ai demandé de se mêler de ses affaires et Enguerrand lui a dit de me laisser tranquille. L'autre a rigolé en traitant Enguerrand de grande jalouse. Puis il est parti. Il n'a pas réessayé après.

La bande avançait, le type allait bouger. On allait voir son visage. Une piste ?

— Et merde ! jura Jumet.

L'homme se retournait, mais, comme il se savait filmé, il baissa la tête. On ne voyait que le haut de son crâne. Impossible de mettre un visage sur l'individu et encore moins de l'identifier.

Les deux policiers, aidés par Jules et son père, passèrent le restant de la bande à la loupe en espérant retrouver le type dans la foule. Rien, volatilisé.

— Il a dû partir.

— Vous n'avez pas une caméra à la porte ?

— Si, bien sûr. En cas d'incident avec le videur, ça peut servir. Il y en a qui sont capables de porter plainte même s'ils sont dans leur tort. Mais elle est en panne depuis huit jours, j'attends le réparateur.

— Décidément, pas de chance. On voit bien que ce type est grand et costaud et qu'il a les cheveux courts. Mais ça s'arrête là. Jules, tu pourrais faire un portrait-robot ? demanda Jumet.

— Je ne sais pas si…

— On a un spécialiste qui te guidera. Viens dès maintenant à l'hôtel de police. C'est très important. Je préviens que tu arrives et un scientifique t'attendra. Si c'est le type que l'on cherche, il a déjà tué trois personnes. Tu ne voudrais pas qu'il se promène en liberté, n'est-ce pas ?

— Bien sûr que non. J'irai. Je pars de suite.

— Je t'emmène, décréta le père.

Les deux policiers quittèrent la boîte de nuit et se retrouvèrent dans la voiture. Objectif, le bois de Bléville.

— Tu crois que l'emmerdeur peut être notre homme ?

— C'est possible. Ou juste un homo en quête de chair fraîche. Va-t'en savoir. On va l'identifier, on verra bien. Pour l'instant, on ne peut pas faire grand-chose de plus.

Ils mirent un quart d'heure pour arriver au bois. La voiture de police ne passa pas inaperçue et le cri des choufs se répercuta entre les arbres tel un écho dans la montagne. Les « Arah » se propageaient…

— C'est pas bon, fit Théo. On va se faire caillasser.

Cela ne tarda pas, en effet. Un pavé atterrit dans la vitre arrière, qui vola en éclats.

— Les cons ! Arrête-toi.

— T'es sûr ?

— Arrête, je te dis.

Fred sortit de la voiture, laissant volontairement son arme à l'intérieur, les mains bien en vue. Il cria :

— On n'est pas des Stups ! Je veux voir la Fouine. C'est à propos des gosses assassinés. Elle peut nous aider.

Il y eut un long silence.

Des « Arah » fusaient encore çà et là. Puis une voix, venue de nulle part :

— Depuis quand on aide la police ? T'es un comique, toi !

— Depuis qu'on coupe vos clients en morceaux ! Je suis de la Crim', pas des Stups, répéta-t-il.

Nouveau long silence.

— Les gosses ? On ne les connaît pas. On n'a rien à dire.

La propriétaire de la voix restait cachée. On ne distinguait même pas une silhouette sous les arbres.

— Un gamin est venu vous acheter de la beuh le 15 pour une soirée d'anniversaire. Je veux juste savoir s'il était suivi ou si vous avez remarqué quelque chose d'anormal.

Un grand éclat de rire lui répondit.

Jumet sentait que l'ennemi se rapprochait. Les guetteurs entouraient la voiture, mais encore à bonne distance. Tous habillés en noir, capuche ou casquette enfoncée jusqu'aux yeux, masque ou foulard sur la bouche et le nez, ils étaient impossibles à identifier. Il ne fallait pas traîner ici.

La voix reprit, toujours invisible :

— Des gosses, on en voit tous les jours. Des types louches aussi. Alors, non, je n'ai rien à dire.

— On s'en va.

Il remonta dans la voiture. Théo ne se fit pas prier pour redémarrer en trombe.

— T'es con ou quoi ? J'aurais rien pu faire s'ils t'avaient attaqué.

— Ils n'avaient pas de raison de le faire. Par contre, les Stups ont du boulot, dans le quartier.

— Ça ne servait à rien, de toute façon. C'est Sébastien Guyot qui est venu acheter l'herbe, pas Enguerrand.

— C'est vrai. Mais il pouvait être suivi. On ne peut rien négliger. Rentrons au poste. J'espère que Jules a pu faire le portrait-robot. Je suis curieux de voir ce que ça va donner.

16

Nuit du samedi 22 au dimanche 23 juin

Chloé n'en pouvait plus. Le type l'avait sodomisée, encore et encore. Elle avait mal et le liquide chaud qui coulait entre ses fesses ne pouvait être que du sang. Depuis longtemps maintenant elle savait qu'elle allait mourir ici, dans ce trou puant et humide. La seule attention qu'il lui accorda fut de lui donner un peu d'eau quand son corps lâchait et qu'elle était proche de l'inconscience. Dans ce cas, il desserrait le bâillon, tout en la menaçant de l'égorger si elle criait. Il lui versait de l'eau dans la gorge, si brutalement qu'elle avait du mal à avaler. Sitôt après, il remettait le bâillon et continuait ses jeux immondes.

La deuxième fois que son kidnappeur s'était approché d'elle, elle avait pu distinguer son environnement à la lueur de la puissante lampe torche qu'il tenait devant lui. Rien. Il n'y avait rien. Pas un meuble, pas de sanitaires, rien. Un sol en bois et des murs en ferraille. Pourtant, dans un coin se trouvait un genre de séparation. Elle y discerna quelque chose de métallique qui dépassait. Peut-être les pieds d'un lit ? La seule porte, celle par laquelle il était entré, n'était pas une porte normale. Elle semblait immense. Le type paraissait presque petit dans la fenêtre de lumière créée par l'ouverture. Elle avait l'air presque deux fois aussi haute que lui et si lourde qu'il avait eu du mal à la refermer. Il semblait manquer de prise. Tout cela, elle l'avait enregistré dans son inconscient, car, lorsqu'il approchait en ricanant, elle était trop terrorisée pour analyser quoi que ce soit. S'en était suivie une séance de sodomie largement assaisonnée d'insultes. Il l'avait traitée de tous les noms, de pute, de salope, de gouine. Elle avait beau se débattre, rien n'y faisait. Tout ce qu'elle avait gagné, c'était un coup de poing qui l'avait laissée sonnée jusqu'à ce qu'il lui arrose la figure avec l'eau d'une bouteille. À cause du bâillon, le nez plein d'eau, elle avait failli s'étouffer pour de bon. Il avait même dû lui libérer la bouche pour qu'elle puisse reprendre sa respiration.

— La prochaine fois, je te laisse crever, avait-il grogné.

— Pourquoi ? avait-elle balbutié avec peine.

— Tu es une fille, pas un garçon. Tu te comportes mal. Tu trahis Mère Nature. Tu devais lui obéir, comme je l'ai fait.

Elle avait secoué la tête sans pouvoir en dire plus. Il avait remis le bâillon en place et il était parti. La porte s'était fermée dans un bruit de ferraille, puis Chloé avait nettement entendu des verrous qu'il enclenchait dans un claquement sec. Le peu de temps pendant lequel la porte était restée ouverte avait permis à une bouffée d'air d'entrer. Elle avait inspiré aussi profondément qu'elle le pouvait. Elle avait grandi près du port. Elle en connaissait les coins et les recoins, mais également les odeurs. Ce mélange d'iode, de gasoil, pas de doute, elle était bien dans le port. Et l'évidence se fit : compte tenu de son environnement, du sol en bois, des murs en ferraille, des hautes portes... Il la séquestrait dans un conteneur !

À nouveau seule, elle réfléchit. Que pouvait-elle faire ? Il lui fallait vraiment trouver le moyen de sortir d'ici. Le Scotch qui maintenait le bâillon avait souffert des collages et décollages successifs. Elle tira dessus de toutes ses forces, s'arrachant la peau et des cheveux, et il finit par céder. Elle cracha le tissu qui obstruait sa gorge et inspira une large goulée d'air chargée d'odeurs de fuel, mais aussi de sang. Pourtant, cela lui parut délicieux de pouvoir respirer normalement.

— Au secours ! Je suis enfermée ! Aidez-moi !

Elle réitéra ses appels des dizaines de fois, les agrémentant de coups de poings et de pieds dans la ferraille des murs qui l'emprisonnaient. Les coups portés semblaient dérisoires sur les cloisons en acier. Cela ne résonnait même pas à l'intérieur. Elle se démena, mais rien ne se passa. Elle tenta de ronger les liens qui lui tenaient les mains. Mais la corde était solide. Elle n'y arriva pas. Au jugé, elle se traîna jusqu'à la porte, mais eut beau chercher un mécanisme d'ouverture, elle n'en trouva pas.

Elle se laissa glisser sur le sol. Elle était décidée : quand il ouvrirait la lourde porte, elle tenterait de se jeter dehors. Avec ses pieds liés, ce ne serait pas facile, mais qu'avait-elle à perdre ? Si elle arrivait à crier ne serait-ce qu'une fois en étant à l'extérieur, peut-être qu'on l'entendrait. Elle s'accrocha à ce mince espoir.

*

* *

Quand il était arrivé, le vendredi soir, il avait quelques craintes. Cela faisait deux jours que la fille était enfermée sans manger ni boire. Avait-elle tenu le coup ? Il n'avait pas pu se libérer le jeudi soir, coincé au boulot et harcelé de questions par sa femme, qui le trouvait trop souvent absent la nuit, et cela l'ennuyait vaguement. Mais Chloé était bien vivante, quoiqu'un peu affaiblie. Ce samedi soir, plus que la veille, il s'était bien amusé avec elle, davantage encore qu'avec les autres. Elle s'était démenée, et il adorait ça. Dominer lui apportait autant de plaisir que l'orgasme, peut-être même plus. Il sourit, seul dans sa voiture qui le ramenait chez lui. La nuit serait courte, mais qu'importe. Il se sentait bien.

Il arriva quai Guillaume-Le-Testu, où il habitait un appartement entre les Volcans et le bassin du Commerce. C'était typiquement ce que l'on nommait un « appartement Perret ». Après la destruction du Havre à la fin de la guerre, il avait fallu reloger les gens rapidement. L'architecte Auguste Perret, belge d'origine et grand utilisateur du béton armé, mena le projet. Il imagina la reconstruction de la ville à partir de rien. Il fit édifier des immeubles dont les appartements se fondaient dans un moule quasi unique.

Le logement qu'il occupait avait le charme des années 1950, et pour rien au monde il ne l'aurait réaménagé. La chaleur du parquet, l'attrait désuet de la cuisine en formica, tout cela regorgeait de souvenirs. Il vivait dans la nostalgie de sa tendre enfance. Dans cet appartement, sa grand-mère, jeune veuve de guerre, avait élevé sa fille, sa propre mère, et il y avait fait ses premiers pas. Puis la grand-mère était partie rejoindre les étoiles et avait légué le logement à sa fille, Élodie, jeune divorcée avec, à sa charge, un fils encore bébé. Il y avait connu des jours heureux sous un matriarcat affirmé. Pas question d'homme à la maison ! Si Élodie avait eu quelques amants, elle ne les ramenait jamais chez elle, à la grande satisfaction de son fils devenu, à l'adolescence, le chef de famille. À cet âge, il se cherchait et se serait bien vu femme, dans la continuité de la lignée. Mais la vie n'était pas faite ainsi. Il était un homme. Sa mère ne pouvait l'imaginer autrement et, quand il avait osé lui dire qu'il aurait aimé être une femme comme elle, belle, courageuse et forte face aux impondérables de la vie, il avait pris une gifle magistrale.

« Tu vas sortir de mes jupes, arrête de rester ici. Trouve-toi une jolie fille, épouse-la et fais-lui des gamins. Tu verras qu'être un homme, ce n'est pas si mal que ça. Tu en baveras moins que moi, je peux te l'assurer. La société est faite pour les hommes, profites-en, puisque tu en es un ! »

Et comme sa mère en avait décidé ainsi, il obéit.

Il s'était marié avec Mélodie, jeune caissière du supermarché situé un peu plus loin. Ils avaient habité un studio, puis Mélodie était tombée enceinte. Il fallait bien qu'il assume son rôle de mari vis-à-vis de la société. Et là, coup de tonnerre, elle attendait des jumeaux. Malheureusement, la grossesse ne se déroulait pas très bien et Mélodie devait rester couchée. Pour lui, avec son travail sans horaires précis, c'était ingérable. Tout naturellement sa mère, jeune retraitée, leur avait proposé de venir vivre à l'appartement :

« Il y a de la place, je m'occuperai de ta femme. »

Ainsi fut fait, les jumeaux naquirent, un grand bonheur. Tellement grand pour la grand-mère qu'elle suggéra au couple de s'installer chez elle définitivement. Si Mélodie montra quelques réserves, lui applaudit à deux mains.

La vie s'écoula, avec des hauts et des bas, mais tous s'accrochèrent et les jumeaux grandirent en beauté dans le giron familial, malgré un père souvent absent.

Il ne pouvait pas s'imaginer que, dix ans plus tard, sa pauvre mère sombrerait dans la démence. Elle commença par dire des choses incohérentes, à ne se souvenir de rien, à oublier de plus en plus de choses, même ce qu'elle avait mangé au repas précédent. Elle ne reconnaissait plus personne, sauf son fils adoré.

Le médecin avait été clair :

« C'est une dégénérescence irréversible des activités psychiques et mentales. »

Dès lors, il avait tout essayé pour la sauver, mais quand le cerveau est atteint, les troubles mentaux, les errances de l'esprit ne peuvent que s'aggraver, et rien n'y faisait. Il avait fallu l'interner dans un EHPAD, où elle mourait à petit feu.

« Elle a perdu la tête, mais le cœur est bon, avait affirmé le médecin. Elle peut vivre des années ainsi. »

Depuis, il cherchait une solution pour la guérir. Et il en avait trouvé une, du moins il l'espérait. Il devait juste s'entraîner assez pour que ça marche. Pour l'instant, ce n'était pas au point, mais il y arriverait. Il en était certain.

*

* *

Dimanche 23 juin, le soir

Nous nous retrouvâmes au bureau pour le dernier débriefing de la journée. Chaque équipe fit son rapport.

— On y a passé du temps, dis-je, et on n'a rien de plus. Le gérant du tabac n'a rien remarqué, la pizzeria sert tellement de monde qu'ils ne peuvent reconnaître chaque client. Quant au resto japonais, idem, rien de spécial. La visite chez les parents de Juliette est à peine plus instructive. C'est un milieu que je qualifierais de socialement défavorisé. J'ai rapporté la tablette de Juliette, un cadeau exceptionnel pour son anniversaire. Peut-être que le service informatique pourra en tirer quelque chose. Le père est docker, avec un penchant marqué pour la bière.

— À moins que ce soit le chagrin qui l'ait fait plonger, intervint Bricart.

— Possible, mais je n'y crois pas trop. La mère est dévastée et se laisse aller. J'ai pu voir la chambre de Juliette. Il est vrai que l'on n'y retrouve aucun des signes de féminité habituels. Les posters au mur représentent des avions en tout genre, mais aussi des motos. Apparemment elle possédait une Honda CRF50F 2023, achetée d'occasion 1 000 euros. Elle avait travaillé comme manutentionnaire au port, pistonnée par papa, pour pouvoir se la payer. Elle s'en servait pour aller à l'école et pour tous ses déplacements. En cas de panne, elle réparait elle-même au garage de son oncle, situé à cinq minutes de chez elle. Rien ne semble la relier aux autres victimes et, pourtant, il doit y avoir un lien distinct du transgenrisme, m'énervai-je toute seule.

— La pizzeria ? demanda Jumet.

— Aucune carte dans sa chambre, et les parents ne sont pas du genre à prendre des plats à emporter. La mère fait la popote à la maison, au moins cher.

— Donc, elle n'a rien à voir avec le quai Michel-Féré ?

— En tout cas, on n'a rien trouvé pour le moment.

Théo et Fred se lancèrent à leur tour dans le récit de leur après-midi.

Jumet se garda bien de parler des relations privilégiées de Théo avec les prostituées de la rue des Galions.

— Elles confirment que rendez-vous était pris pour le dépucelage d'Enguerrand, mais qu'il n'est pas venu. Les autres ne se sont pas privés. Les horaires les mettent totalement hors de cause pour la mort du gamin. La visite à la boîte de nuit, elle, s'est révélée plus intéressante. Le fils du patron, très androgyne, s'est fait draguer par un inconnu. Il était avec Enguerrand à ce moment-là et celui-ci est intervenu. Il a donc été vu par le bonhomme en question. Il a pu être suivi à sa sortie de la boîte. Le gamin est avec Pasquier. Ils établissent un portrait-robot.

Une lueur d'espoir, peut-être.

— Chez les dealers, on n'a rien appris, enchaîna Théo. C'était à prévoir. Je ne suis même pas certain que, s'ils avaient assisté au meurtre en lui-même, ils témoigneraient. Par contre, dit-il en se tournant vers Bricart et moi, Fred a pris des risques inconsidérés !

Je haussai les sourcils.

Il narra la visite au bois.

— Tu es fou, dis-je, le cœur serré par une peur rétrospective. Te faire tuer ne fera pas avancer l'enquête !

— On ne tue pas un flic comme ça, se défendit-il. C'était à faire, c'est fait, point barre.

— À vous, intima Théo aux M&M's.

Max prit la parole en premier :

— On s'est partagé la liste. On a discriminé ceux qui s'occupaient du déchargement de l'*Alves Brigit* et ceux qui travaillaient autour. Cela n'a pas été facile d'obtenir des réponses, car on est dimanche. Ceux qui sont de repos sont en famille ou carrément absents.

— On a établi une liste de questions que l'on a posées à chacun d'entre eux, du moins ceux qui étaient joignables, enchaîna Marc.

— Alors ? Qu'est-ce que ça donne ?

— Un ou deux trucs intéressants.

— On t'écoute.

— Bertrand Roussel, un portiqueur, a vu le passager mettre pied à terre, longer le bateau et s'éloigner vers la sortie du port. Il dit qu'il était seul à ce moment-là et n'a remarqué personne d'autre.

Max enchaîna :

— Renato a demandé son chemin à un lamaneur, Pierre Charpentier, qui, une fois son travail terminé, remontait dans sa voiture pour rejoindre les bureaux. Renato voulait aller en centre-ville. Il lui a proposé de l'emmener jusqu'à la capitainerie, ce qu'il a accepté. Il l'a déposé devant la tour de la capitainerie. Renato a encore demandé où se trouvait l'office du tourisme. Charpentier le lui a indiqué et Renato s'est éloigné, à pied cette fois, vers l'endroit en question. Après, il n'y a plus prêté attention.

— Est-ce qu'on sait quelque chose sur ces deux hommes ?

— Pas de casier, en tout cas. D'après les Docks, de bons ouvriers, irréprochables. Pierre Charpentier a la tête un peu plus près du bonnet, plus facilement entêté que l'autre, mais rien de grave.

— Connaît-on leurs tendances sexuelles ? Vu le nombre de dockers, il doit bien y en avoir avec des inclinations homo ou trans.

— Tu rigoles ! Si c'est le cas, c'est un secret bien gardé. Les dockers sont des mâles débordant de testostérone. On leur a demandé si Renato leur semblait efféminé. Roussel n'a rien remarqué du haut de son portique, à part qu'il s'éloignait. Il dit qu'il ne saurait même pas le décrire, en raison de la hauteur à laquelle il travaille. Il a juste remarqué qu'il avait un sac à dos et un autre sac, genre sac de militaire.

— Et Charpentier ?

— Lui a été plus précis. Il a bien décrit Renato. Il s'est même dit que sa fille de dix-huit ans l'aurait certainement trouvé à son goût. Pour lui, c'était un beau mec, mais trop peu musclé. En clair, un minet.

Marc prit la relève de son collègue :

— On les a interrogés sur leur emploi du temps entre l'arrivée du bateau et la découverte du corps. Le vendredi et le samedi, ils bossaient tous les deux. Les soirées, ils les ont passées chez eux, sauf Roussel, qui travaillait de nuit le samedi. Charpentier était de service à l'arrivée des ferries. Le dimanche, ils étaient de repos. Le lundi, Roussel a pris son boulot à 4 heures du matin.

— Donc impossible qu'il ait déposé le corps au Volcan, compte tenu des enregistrements que nous avons visionnés, dis-je.

— Charpentier est parti le dimanche en fin d'après-midi avec madame pour une soirée romantique à Honfleur. Il a le ticket de carte bleue pour le paiement de l'hôtel le lundi matin.

— Peu vraisemblable qu'il ait abandonné madame pour aller torturer Renato. Encore un coup dans l'eau, soupira Bricart.

— On attend le portrait-robot puis, si cela ne donne rien, on arrête pour ce soir, décréta Jumet.

J'espérais de tout cœur que le portrait serait parlant. Dans le cas contraire, nous n'aurions rien de concret pour tenter de sauver Chloé.

Une autre heure passa, pendant laquelle Théo en profita pour faire livrer des pizzas de chez Franco, avant que Luc Pasquier revienne avec le portrait-robot.

— Le gamin n'est pas doué pour décrire quelqu'un, regretta-t-il. On est quand même parvenus à un résultat, mais il n'est certain de rien.

Le portrait représentait un homme au visage émacié avec une barbe de trois jours. Il avait le nez aquilin et les yeux rapprochés d'un brun profond. Ce visage ne rappelait rien à personne et ne correspondait pas à celui d'Enzo Robert, qui, à l'heure actuelle, restait notre principal suspect, ni à celui de Roland Lefebvre.

— On va demander aux Mœurs si ça leur évoque quelqu'un, proposa Théo en s'emparant de la feuille.

Il sortit et revint dix minutes plus tard.

— Pour eux, c'est un certain Maël Petit. Un homo soupçonné de pédophilie. Ils ne l'ont jamais pris la main dans le sac, si j'ose dire, mais ils l'ont à l'œil. Pas violent pour autant. Il agit par ruse et séduction.

— Peu de chance que ce soit notre homme, râla Jumet. Convoque-le quand même pour demain matin. On va lui poser quelques questions.

La soirée était bien avancée. Que pouvions-nous faire sans savoir où chercher ?

Je me couchai après avoir appelé Serge, mon mari, dégoûtée de ne rien pouvoir faire pour Chloé. C'était sûrement sa dernière nuit.

*

* *

Nuit du dimanche 23 au lundi 24 juin

Chloé, affamée, assoiffée, avait fini par somnoler, épuisée par les épreuves qu'elle avait endurées. Le bruit des verrous la sortit de son état semi-comateux. Elle rassembla ses dernières forces. Elle devait plonger dehors dès que la porte s'ouvrirait, sinon...

Le battant s'écarta, elle se tassa contre la paroi. Il fallait le laisser entrer. Il la chercherait vers le fond avec sa lampe. Alors elle se jetterait à l'extérieur en hurlant, priant pour qu'il y ait quelqu'un dans les environs.

Il pénétra dans le conteneur. La lampe allumée éblouit la jeune femme. Un instant, il pivota pour ramener la porte sur lui, tournant ainsi le dos à l'intérieur du conteneur. Il fallait y aller. Maintenant. S'il tirait la porte, elle n'arriverait pas à la repousser. Ce serait beaucoup trop lourd, ligotée comme elle l'était. Elle suivit son instinct, se rua difficilement en avant malgré ses entraves. Elle n'alla pas loin. Il l'attrapa au vol par un bras.

— Tu vas où comme ça ?

La porte n'était pas complètement fermée. Elle tenta le tout pour le tout :

— AU SECOURS !

Il lui claqua la porte au nez tout en la maintenant et lui infligea une gifle magistrale.

— La ferme !

Il la traîna vers le fond du conteneur et, pour la première fois, l'emmena derrière le panneau de bois, là où elle avait cru distinguer un lit.

Ses yeux s'arrondirent de terreur. Ce n'était pas un lit, mais une longue table en bois tachée de sang. Elle cria, se débattit autant qu'elle le put, sans succès.

— Tu vas te taire. On va remettre ça, ordonna-t-il après avoir récupéré le bâillon.

Il le lui enfonça si loin dans la bouche qu'elle eut un haut-le-cœur.

La soulevant comme un fétu de paille, il la plaqua sur la table. Chloé se tortilla dans tous les sens, sachant bien que, s'il parvenait à l'attacher là-dessus, elle n'en sortirait pas vivante.

Elle gigota tant et si bien qu'elle tomba lourdement par terre. Le sol en bois absorba le bruit de sa chute. Il la rattrapa par les vêtements et la secoua durement.

— Ça suffit !

Il la remit sans ménagement sur la table et commença à fixer des liens aux pieds, puis il lui détacha les mains l'une après l'autre avant de les maintenir par des bracelets fixés à la table.

Chloé sut que, pour elle, la vie s'arrêterait là. Ses larmes coulèrent. Elle avait encore tant de choses à faire ! Alors qu'il s'éloignait de quelques mètres pour fouiller dans un coin, sa vie défila. Louise, les enfants qu'elle aurait voulu adopter, le chien qu'elle aurait aimé avoir, les voyages, la découverte du monde en bateau. Tous ses rêves perdus à jamais.

Il revint au plus près d'elle, la ramenant dans l'atroce réalité. Il tenait un objet en main. Elle ne l'identifia pas de suite, puis réalisa que c'était une scie avec une lame plate. Curieusement, cela lui fit penser au nez d'un requin-scie, en beaucoup plus petit. Qu'allait-il faire ? Impossible ! Il n'allait pas la découper en morceaux. L'instinct de survie reprit le dessus. Elle tenta par tous les moyens de se libérer, sans succès.

— Ne t'inquiète pas. Si ça marche, je te libérerai.

Il lui brandit un spray sous le nez. Ce fut pour Chloé la dernière vision du monde des vivants. Elle plongea dans le noir absolu.

17

Lundi 24 juin, au petit matin

L'alerte tomba à 5 heures. Nos trois téléphones sonnèrent en même temps. Je savais ce qu'on allait me dire avant de décrocher.

C'était le planton de nuit :

— Madame Claes, il faut venir au bureau de suite. On a un nouveau corps.

— J'arrive.

Pas de douche, ce matin, mais une toilette de chat, autant pour mes collègues que pour moi. Dix minutes plus tard, nous retrouvions Théo dans la salle de réunion. Jean Lambert et Ludovic Ménard, logés au même endroit que nous, étaient déjà là, pas très frais eux non plus. Luc Pasquier était reparti pour Caen la veille au soir. Il allait seconder Ambre, l'épouse de Joël, dans ses recherches concernant la graisse trouvée sur les fibres jaunes. Ambre avait fait une découverte importante dans les prélèvements faits sous les ongles de Juliette : un infime fragment de peau. Une nanoparticule retrouvée grâce au microscope à balayage électronique. Ils avaient une toute petite chance d'en extraire un ADN. Cela valait la peine d'essayer.

Théo nous attendait pour partir.

— C'est Chloé ? demandai-je abruptement.

— On n'a pas encore d'identification, mais c'est plus que probable.

Il consulta quelques fax.

— L'alerte provient de la gendarmerie maritime. Des touristes qui voulaient passer une journée en mer sont sortis du port de plaisance à l'anse des Régates. Ils ont longé la digue nord et, au niveau de la digue Augustin-Normand, ils ont aperçu un corps accroché aux piliers de soutien. Ils ont immédiatement appelé la capitainerie et la gendarmerie maritime, qui est en route. Les gendarmes nous ont prévenus avant de partir sur zone. On va au quai des Abeilles, à côté de la capitainerie. L'une d'elles va nous amener sur place.

À cette heure, gyro et sirène en action, nous mîmes moins de sept minutes pour rejoindre le quai des Abeilles. Un bateau-pilote nous attendait. Nous embarquâmes et il prit aussitôt la direction du phare de la digue nord. La vedette de la gendarmerie maritime était sur place et le bateau de la SNSM[1] arrivait avec les pompiers-plongeurs. Sans eux, il aurait été impossible de libérer le corps.

Chloé, je ne doutai pas un instant que ce soit elle, était immergée jusqu'à la nuque. Seule sa tête

1. Société nationale de sauvetage en mer (association financée pour partie par l'État et en majorité par des fonds privés).

dépassait, et une vilaine blessure au crâne prouvait qu'elle avait subi le même supplice que les autres.

— Nom de Dieu ! jura Jumet. On n'ose pas imaginer ce qu'il y a sous l'eau.

Heureusement, le temps était calme et les opérations de récupération du corps purent se faire sans trop de difficulté malgré le clapotis naturel de la marée montante et la houle provoquée par les mouvements des bateaux.

— Le port de plaisance est fermé, annonça le commandant de gendarmerie. Plus personne ne rentre ou ne sort. On va perquisitionner chaque embarcation. On ne sait jamais. Votre gars, pour mettre sa victime ici, n'a pas eu d'autre choix que de se servir d'un bateau. Il a pu la déposer à marée basse sans avoir à plonger.

Lambert et Ménard, tout comme nous, assistaient au ballet des plongeurs.

— On n'aura aucun indice ici, râla Ludovic. La mer fait le ménage.

— Pareil pour moi, ajouta Lambert, les prélèvements externes ne donneront rien.

Les plongeurs firent savoir qu'il faudrait un bon moment pour remonter le corps. Il était ligoté au pilotis par la taille à l'aide d'une corde solide.

L'un d'eux surgit hors de l'eau avant les autres, cracha son embout et vomit avant de bredouiller :

— J'ai jamais vu ça. C'est immonde !

Nous échangeâmes un regard lourd.

— Vous ne pouvez pas imaginer ce qu'il y a là-dessous.

— Si, on peut, lança Lambert. Ramenez-la vite. Chaque minute passée dans l'eau peut emporter de précieux indices, s'il en reste.

Enfin, le corps nu fit surface, porté par deux autres plongeurs. L'un tenait la tête et les épaules, l'autre soutenait les reins et les jambes. Un sexe mâle grossièrement cousu capta tous les regards sous le soleil juste levé.

— C'est Chloé, avec le sexe d'Enguerrand, dis-je.

*

* *

Le corps, ramené au quai des Abeilles, fut emporté directement à la morgue par un fourgon mortuaire qui l'attendait. Il était inutile de faire des prélèvements sur place en raison du séjour dans l'eau.

— Il faut prévenir Louise Moreau, estima Théo avec justesse. Son appartement est quasiment en face du quai. Si elle a assisté à toute cette agitation et qu'elle a vu débarquer la civière, elle doit bien se douter de quelque chose. Je ne voudrais pas qu'elle apprenne la nouvelle par un biais quelconque.

Nous approuvâmes.

— Laura, tu y vas, Joël et moi t'accompagnons. On en profitera pour perquisitionner l'appartement, au cas où l'on trouverait un indice qui puisse nous mettre sur une piste.

Louise Moreau et Chloé Arnaud habitaient au premier étage d'un immeuble classique datant de la reconstruction du Havre. Détail architectural, des plaques de silex et de quartz ornaient les façades, donnant à l'ensemble un chatoiement de couleurs inattendues. Le boulevard François-Ier avait bénéficié de la politique voulant rendre la ville plus agréable. Les trottoirs étaient agrémentés d'arbres et une allée centrale piétonne, également encadrée de peupliers noirs, lui conférait presque un air de campagne à la ville.

Nous sonnâmes au parlophone et, aussitôt, une voix chevrotante répondit.

— Louise Moreau ?

— Oui.

— C'est la police, madame. Pouvons-nous monter quelques instants ?

La porte s'ouvrit avec un bourdonnement caractéristique. Dans le hall il y avait les boîtes aux lettres, un local technique et un escalier en carrelage jaune et rouge. Pas d'ascenseur.

Louise surgit avant que nous n'atteignions les dernières marches. Depuis le palier, elle murmura :

— C'est Chloé, n'est-ce pas ?

— Pouvons-nous entrer ? demandai-je de ma voix la plus douce.

Elle savait déjà, même si personne ne le lui avait encore annoncé officiellement.

— Oui, oui.

Nous pénétrâmes dans une petite entrée où traînaient des paires de chaussures et un portemanteau perroquet croulant sous divers vêtements.

— Venez.

Elle nous fit entrer dans une pièce faisant office de salle à manger et de salon. Sur la gauche, une porte devait donner sur la cuisine, sur la droite une autre menant probablement à l'espace nuit.

— Asseyez-vous, mademoiselle, proposai-je.

Elle s'exécuta, tremblante.

— Nous sommes désolés, dit Jumet. Nous avons le regret de vous annoncer le décès de Mlle Chloé Arnaud. Toutes nos condoléances.

Ses épaules s'affaissèrent et les larmes jaillirent.

— Je... Vous êtes sûrs ?

— Il n'y a pas de doute. Nous avons repêché son corps ce matin au pied de la digue nord.

— Elle... elle s'est noyée ? s'étonna Louise.

— Les circonstances de sa mort sont encore floues, mentit Jumet.

— Je me doutais... J'ai entendu les sirènes ce matin, j'ai su tout de suite... C'est pas vrai, ajouta-t-elle en sanglotant.

Puis :

— Je veux la voir.

— C'est trop tôt, dis-je. Il va falloir un peu de patience. Son corps vient d'être transféré à la morgue, où un collègue médecin va s'occuper d'elle. Je suis désolée, mais une autopsie est malheureusement nécessaire pour déterminer les causes exactes du décès.

— Vous voulez dire que ce n'est pas un accident ?

— Pour l'instant, nous ne pouvons rien affirmer.

— Vous croyez que c'est comme dans les journaux ? Elle serait tombée sur un dingue qui l'a tuée pour ce que nous sommes ?

— Nous ne pouvons être certains de rien à ce stade, mentit encore Jumet.

— Voulez-vous que je vous fasse un café ou autre chose ? proposai-je en la voyant pâlir à vue d'œil.

Le malaise n'était pas loin.

— Il y en a dans la cuisine.

Je pris ça pour un oui et ajoutai deux sucres au breuvage, histoire de lui donner un coup de fouet.

J'allais quitter la cuisine lorsque j'aperçus une carte fixée sur le frigo par un aimant représentant un phare, une carte qui commençait à devenir familière : *Chez Franco, pizzas à emporter.* À côté se trouvait la liste des pizzas qu'il était possible de commander.

Je photographiai l'ensemble et retournai dans le salon.

Louise venait de donner l'autorisation aux gars de visiter la chambre. Ils s'éloignèrent tandis qu'elle buvait son café.

Elle reprit un peu de couleur.

— Vous pouvez aller chez quelqu'un pour quelques jours ? Il vaut mieux que vous ne soyez pas seule après un tel choc.

Elle acquiesça. On frappa à la porte.

— Louise ? Qu'est-ce qui se passe ?

C'était une femme d'une bonne quarantaine d'années, coquette et bien coiffée.

— C'est Chloé, elle est morte, put-elle à peine souffler avant de fondre en larmes.

— Ma pauvre chérie ! dit la femme en se précipitant pour la prendre dans ses bras tout en me lançant un regard interrogateur.

— Laura Claes, police judiciaire, me présentai-je. Mes collègues sont à côté. Vous êtes madame...

— Dumesnil. Je suis sa voisine. J'ai entendu l'agitation.

— Connaissez-vous quelqu'un chez qui Louise peut aller ?

— Chez moi, bien sûr. Ne vous inquiétez pas, je m'occupe d'elle.

Bricart et Jumet revinrent avec quelques papiers et l'ordinateur du couple. Les fourmis s'en occuperaient. Voyant que Louise était entre de bonnes mains, nous prîmes congé.

— On vous tient au courant, promis-je. Dès que vous pourrez voir Chloé, je viendrai moi-même vous chercher.

*

* *

Nous rentrâmes au bureau dans la matinée. Lambert comptait sur moi à 13 heures pour l'autopsie. Ménard attendait les prélèvements externes pour lancer des analyses, sans grand espoir en raison du séjour du corps dans l'eau de mer. Contact avait été pris avec l'hôpital Monod, il pourrait travailler dans leur labo.

La jeune femme à l'accueil de l'hôtel de police nous interpella à notre arrivée :

— J'ai trouvé ça sur le comptoir ce matin, avec le courrier.

Elle tendit une enveloppe blanche non cachetée à Théo. Elle rougit légèrement.

— Je ne savais pas ce que c'était, je l'ai ouverte. Quand j'ai vu le plan, je n'ai plus touché à rien.

Ludovic Ménard enfila des gants et se saisit du message. Il sortit le plan, qui indiquait d'une pastille rouge l'endroit exact où nous avions trouvé le corps.

— Et merde ! ragea Théo. Le flic de surveillance n'a rien remarqué ?

— Il finissait son service à 23 heures, s'excusa presque la fliquette. Il est parti. On manque d'effectifs, vous savez, la surveillance a repris à 6 heures.

— On avait là une belle occasion d'en savoir un peu plus par le messager, râla Jumet. Raté. On mourra des lacunes et des budgets restreints de l'administration !

— Je cherche des empreintes de suite, dit Ménard. J'ai le matériel pour ça dans la chambre. J'y vais.

Il s'éclipsa pendant que nous rejoignions la salle de réunion, où nous attendaient les M&M's.

— Alors ? fut leur première question.

— C'est bien notre tueur et, jusqu'à preuve du contraire, c'est bien Chloé.

Nous décrivîmes, photos à l'appui, les circonstances de la découverte du corps.

Bricart nota les derniers éléments sur son tableau et tira quelques photos de la scène secondaire avec l'imprimante. Elles rejoignirent les autres sur le tableau Velleda.

— Nouvel élément, et pas des moindres, à mon avis, voici ce que j'ai trouvé sur le frigo des filles.

Je sortis mon téléphone pour montrer la photo de la carte de la pizzeria.

— On a un lien. Au moins deux des quatre victimes achetaient des pizzas à emporter Chez Franco. On n'a pas de certitude pour Juliette, mais rien ne prouve non plus qu'elle n'y soit jamais allée.

— On convoque ce Franco cet après-midi, décréta Jumet. Il mérite un interrogatoire plus poussé. A-t-on un rapport sur la surveillance d'Enzo Robert et celle de Roland Lefebvre ?

Théo regarda le dernier compte-rendu :

— Oui. Ils n'ont pas bougé de la journée d'hier. Roland Lefebvre n'est pas sorti de chez lui. Mais Enzo Robert est sorti le soir pour aller, tu ne le croiras pas, chercher une pizza ! Ensuite il est parti à l'hôpital, d'où il n'est pas ressorti. S'il a travaillé toute la nuit, cela ne peut être lui, jugea-t-il presque à regret.

— Sauf, s'il est seulement complice, dit Max.

— Possible... On continue la surveillance.

Théo contemplait les photos de Chloé.

— Pauvre gamine ! Finir comme ça ! C'est étonnant que le tueur l'ait exposée là. La digue est creuse. Elle faisait partie du mur de l'Atlantique pendant la guerre. C'est un gruyère traversé par de longs couloirs desservant de nombreuses pièces. Au lieu de s'emmerder à prendre un bateau et de la ligoter au poteau, au risque de chavirer, il aurait pu la mettre à l'intérieur. Ce n'est pas accessible pour tout le monde, certes, mais c'est possible. D'ailleurs, des petits cons vont régulièrement s'y amuser. On a déjà retrouvé des seringues, et certains murs sont tagués. Il y a quelque temps, on a même constaté un début d'incendie. Sans doute avaient-ils voulu faire un barbecue !

— Le but de ce type n'était pas de la cacher au fond d'un bunker quelconque, dis-je. Les trois autres victimes ont été exposées bien en évidence. Pourquoi aurait-il agi différemment avec elle ? Il veut qu'on retrouve les corps. Cela fait partie de son délire.

— Ce qui est certain, maintenant, c'est qu'il possède un bateau. Alors, s'il s'est « entraîné » avant, comme vous le pensez, et a balancé les corps en mer, pourquoi pas ceux-ci ?

— Il est fier de ses exploits. Il veut que le monde sache de quoi il est capable. Il cherche une certaine reconnaissance, déclarai-je en montrant les journaux sur la table.

Les prouesses du tueur faisaient la une alors que la nouvelle de la mort de Chloé n'était pas encore connue des médias. En résumé, les articles disaient à peu près tous la même chose : mais que fait donc la police ? Cette fois, les noms des victimes étaient cités et leurs tendances transgenres révélées. Heureusement, on n'évoquait pas encore les tortures endurées.

— Quelqu'un a bavé, s'énerva Jumet, il faut trouver qui et lui rappeler les bonnes manières avant que toute la communauté transgenre ne tombe dans la psychose. On risquerait alors d'assister à des événements dramatiques, du type « lynchage d'un innocent ». Ce ne serait pas la première fois.

— Tu connais beaucoup de journalistes qui révèlent leurs sources ? demanda Théo, sceptique.

— Pas vraiment, mais, dans ce cas-ci, il va falloir qu'ils fassent un effort. Si Laura a raison et que le tueur veut de la publicité ou de la reconnaissance, c'est peut-être lui la source des fuites.

— Je n'y avais pas pensé, s'excusa Théo. Je m'en occupe.

C'est le moment que choisit le commissaire pour faire son apparition. Il avait l'air encore plus gris que lors de sa précédente visite.

— J'ai eu le procureur au téléphone. Il exige des résultats ! Vous avez quelque chose de concret à me donner ?

Théo lui fit un résumé complet en se servant du tableau de Bricart.

— Et vous ? demanda-t-il en se tournant vers notre équipe. Après tout, vous êtes les spécialistes !

— On manque d'éléments tangibles, répondit Bricart. On connaît son quartier de prédilection, on avait identifié son véhicule, mais il l'a brûlé, donc pas d'empreintes...

— Ce qui veut dire qu'il a su que vous l'aviez repéré. Comment ?

Malgré la maladie, le ton était sec.

— Possible. Ce n'est pas très difficile, il lui a suffi de repérer les caméras de surveillance. Il a pu se douter qu'il avait été filmé, continua Joël.

Je sentais que Fred bouillait. Il n'allait pas tarder à exploser quand le commissaire se tourna vers moi.

— Et vous, la psychologue ? Avez-vous cerné le tueur ?

— Absolument. Je dirai un homme entre trente-cinq et quarante ans qui n'en est sans doute pas à ses premiers meurtres. Il est intégré dans la société.

Il a probablement un travail, car il agit la nuit ou tôt le matin. Il doit avoir une famille pour mieux cacher ses penchants transgenres et/ou homosexuels non assumés. Il offre à d'autres ce qu'il n'a pu faire pour lui-même, comme une opération pour changer de sexe. Je dis « offrir », car malgré les horreurs il a une certaine tendresse pour ses victimes.

— De la tendresse ? Vous rigolez ?

— Non. Il y a toutes les symboliques. Il dispose les corps là où les victimes aimaient être. Le Brésil par l'intermédiaire d'un spectacle pour Renato, la nature pour Enguerrand, le rêve de voyage pour Juliette et la mer pour Chloé. Ce sont des gestes de compassion. Il aurait aussi bien pu les abandonner dans n'importe quel coin sordide ou les perdre en mer, puisque, maintenant, on sait qu'il a vraisemblablement un bateau de plaisance.

— Beaucoup de Havrais ont un bateau de plaisance ! On a besoin de concret pour le proc. Dans la journée, ou il va péter un câble ! Et ces trépanations, c'est de la tendresse, aussi ?

— Je suis quasi certaine qu'il a quelqu'un de proche atteint de démence, mort ou vivant. Il cherche le moyen d'éliminer la cause qui, pour lui, est logiquement dans le cerveau. Peut-être estime-t-il aussi que le transgenrisme est une forme de démence et il pense l'éliminer par des trépanations. Évidemment, la personne meurt, mais il continuera avec l'espoir d'arriver à un résultat. Son rythme s'accélère. Soit il recommence un cycle, soit on l'arrête, soit il se suicide.

— Et concrètement ? Comment allez-vous le trouver et surtout l'arrêter ?

Jumet se leva. Ça sentait la mise au point.

— Monsieur le commissaire, avec tout le respect que je vous dois, vous nous faites perdre du temps. Nous avons plus déblayé le terrain en quatre jours que vous en trois semaines ! C'est juste une constatation. C'est vous qui avez fait appel à notre équipe, mais si notre travail ne vous plaît pas, on part sur-le-champ ! Ce n'est pas un problème. Vous expliquerez notre inefficacité au procureur… qui rapportera au juge et, qui sait, au ministre. On s'en remettra, mais peut-être pas votre ville.

— Je… je vous fais confiance, bien sûr, mais le proc, le maire, bref, tous s'impatientent et redoutent la réaction de la population lors des prochaines élections. La sécurité est aujourd'hui une grande préoccupation, un enjeu majeur, vous comprenez.

Jumet s'était rassis.

— Je comprends vos préoccupations et celles du procureur. Laissez-nous travailler, je vous tiens personnellement au courant.

Ludovic Ménard choisit de faire son entrée à ce moment-là :

— Pas d'empreintes sur le plan, comme d'habitude. Je descends au garage faire des analyses sur la voiture de Chloé.

Le commissaire soupira, salua et sortit, visiblement désespéré.

— Bien, fit Jumet, remettons-nous au boulot.

18

— Bon, résumons, dit Jumet. Nous avons un premier suspect potentiel en la personne d'Enzo Robert. Il faudrait vérifier les tours de garde à l'hôpital. Y était-il vraiment ?

— C'est un complexe tellement grand qu'il peut en être sorti sans que la surveillance s'en aperçoive. Il quitte son service, tue Chloé, l'installe, et retourne à Monod ni vu ni connu, suggérai-je. Il suffit qu'il prenne une autre voiture que celle qu'il conduit habituellement et personne ne se rend compte de rien.

— Est-il retourné au musée ? demanda Joël.

Théo jeta un coup d'œil au rapport de la veille par acquit de conscience.

— Puisqu'il est resté chez lui toute la journée, je suppose que non. Il n'y a rien dans le rapport du policier en faction.

— S'il est tellement fan de ce tableau, il peut très bien avoir une reproduction dans son appartement. Il n'a pas nécessairement besoin d'aller voir l'original pour son trip. La question est : pourquoi agirait-il ainsi ? Il y a bien un CHS[1] au Havre ?

— Il y a le Groupe hospitalier du Havre, dont font partie l'hôpital Pierre-Janet et l'hôpital Flaubert, lesquels prennent en charge les personnes atteintes de problèmes psychiatriques, répondit Max. Quand on attrape des schizos, c'est là qu'on les emmène. Comme ils sont souvent agités, c'est le plus près du centre. Il y a également une section psychiatrie à Monod, mais c'est plus loin. Ils s'arrangent entre eux pour le placement.

— Il faudrait interroger ces services pour savoir s'ils ont ou ont eu une personne du nom de Robert parmi leurs patients. Cela pourrait expliquer la fixation sur la folie et l'envie d'en débarrasser le ou la malade.

Jumet fit la moue.

— C'est très joli, tout ça, mais si l'aliéné concerné ne porte pas le nom de Robert, je ne sais pas, moi, un nom de jeune fille, un cousin, un neveu ou nièce... Et puis ce ne sont pas les Robert qui doivent manquer, au Havre.

— C'est vrai. Mais il faut bien commencer quelque part. À moins que tu aies une autre idée...

— Moi, j'en ai une, intervint Théo. On le met en garde à vue et on le cuisine. Il finira bien par cracher quelque chose. Et puis, s'il est dans nos murs, cela lui

1. Centre hospitalier spécialisé, plus ou moins l'équivalent, en beaucoup mieux médicalisé, de ce qu'on nommait « hôpital psychiatrique ».

évitera d'enlever une autre personne. Si vous m'aviez écouté hier, Chloé serait peut-être encore vivante !

— Rien ne peut te permettre d'affirmer cela, dis-je, soucieuse d'atténuer les tensions. Avec ce qu'il lui a fait subir, elle n'avait aucune chance.

— D'accord, on va le chercher, décréta Jumet. Si toi, Laura, tu penses qu'il peut recommencer un cycle, et toi, Théo, qu'il va enlever une autre personne, on l'enferme.

— Sauf si ce n'est pas lui, dit Marc.

— Si ce n'est pas lui, il s'en remettra, estima Jumet.

Ça, c'était moins sûr. On a vu des innocents accusés à tort devenir la cible de la haine des voisins, sans parler des diatribes sur les réseaux sociaux qui gâchent totalement la vie d'un homme.

— On ne va pas l'arrêter entre deux policiers, fis-je. Qu'est-ce que nous avons ? Des erreurs lors des autopsies, mais il n'est qu'interne, une visite au musée et une adresse dans le quartier qui semble être celui de prédilection du tueur. Je doute qu'une perquise chez lui nous apporte de réelles preuves. Ce n'est pas dans son appartement de la rue Dauphine qu'il pourrait massacrer les victimes. Il n'a pas de résidence secondaire ?

— Pas à notre connaissance, répondit Marc. Mais, dans ce cas-ci, l'adage « mieux vaut un coupable libre qu'un innocent en prison » pose question.

— Ce ne doit pas être difficile de prouver qu'il était effectivement de garde la nuit dernière et qu'il n'a pas quitté son poste.

— Je m'en occupe, assura Marc. J'appelle le service du personnel.

— Parfait, accepta Jumet. On lance quand même une perquise. Deuxième personne douteuse, le père d'Enguerrand. Qu'a-t-on appris sur lui ?

— Il est clean, décréta Max. J'ai vérifié. Il était en déplacement à Lille lors de la disparition de son fils. Pour les autres, il était bien au Havre, mais toujours au boulot lors des enlèvements. On a aussi perquisitionné le centre équestre où Enguerrand avait son cheval. Rien de suspect. Il a la réputation d'un homme dur, mais juste. Cette nuit, il n'a pas bougé, d'après l'équipe de surveillance. Ce ne peut pas être lui qui a tué Chloé cette nuit. Enzo Robert est un meilleur candidat.

— Très bien, approuva Jumet. Je préfère ça à l'infanticide. Et Franco, le pizzaïolo ? Il est convoqué ?

— Oui à 14 heures, dit Max.

— On verra ce qu'on peut en tirer. Il ne doit pas habiter dans la pizzeria. Trouvez-moi son adresse.

— Très bien. Je m'y colle tout de suite après le débriefing, affirma Marc.

On nous livra des sandwichs. J'en avalai un rapidement. Il était temps que je parte à l'autopsie.

*

* *

Victor, fidèle à son poste, attendait pour me conduire à la morgue.

— Vous n'allez pas rattraper votre dimanche ? lui demandai-je.

— Pas tout de suite. Quand j'aurai assez d'heures sup', je prendrai une semaine de congé. Et puis, vous avez besoin de moi. Se déplacer en ville n'est pas si facile. Alors ? Ça avance, votre enquête ? Parce que, là, la population est en émoi. Après les journaux de ce matin et la découverte du corps de la digue, ça cause !

— Comment les gens sont-ils au courant, pour Chloé ? demandai-je.

— D'abord, le bouche-à-oreille. Puis, vous savez, il y a toujours des petits malins qui écoutent les fréquences des flics et des pompiers. L'info est passée sur les chaînes régionales de la radio et de la télévision ce midi.

Évidemment.

— Dommage, dis-je. Moins il y a d'infos qui circulent, plus on a de chances de prendre le tueur en faute.

Nous arrivâmes à l'hôpital Monod vingt minutes plus tard.

Les légistes, Lambert et Bertin, assistés par la technicienne de service, avaient fait les prélèvements externes et pratiqué les mesures et les radiographies d'usage.

En salle de repos, ils me communiquèrent les renseignements utiles.

Lambert parla le premier :

— Chloé Arnaud, vingt ans d'après sa fiche, un mètre soixante-huit pour un poids estimé à cinquante kilos de son vivant. Là, elle n'en fait plus que quarante-cinq.

— Tu veux dire qu'elle aurait perdu cinq kilos depuis jeudi matin ?

— C'est possible si elle n'a ni bu ni mangé. Il a dû lui donner uniquement assez d'eau pour qu'elle ne meure pas prématurément de déshydratation. L'être humain peut rester trente jours sans manger, mais pas plus de trois jours sans boire. Je crains que cette pauvre fille n'ait eu à subir cette torture supplémentaire. Les photographies et mesures anthropométriques correspondent bien à Chloé Arnaud. Elle répond à tous les critères d'identification, dont le plus évident est la mastectomie. La cicatrisation concorde avec son dossier médical, opération réalisée à l'hôpital du Havre il y a onze mois, pour être précis. On a quand même fait un relevé d'empreintes et avons découvert qu'elle avait une écharde dans l'index. À mon avis, une blessure récente, qui semble prouver qu'elle s'est blessée pendant sa captivité. Son ADN est à l'analyse en urgence extrême. Mais, pour moi, il n'y a aucun doute.

— Je suis d'accord, confirma Bertin.

— On y va ?

— Oui.

— Tu as eu le temps de manger ?

— Oui, papa !

C'était presque devenu un jeu entre nous.

Après nous être équipés, nous nous retrouvâmes dans la salle d'autopsie, où avant-hier encore reposait Juliette.

La pauvre chose allongée sur l'acier froid n'avait plus rien à voir avec les photographies que j'avais vues de la jeune femme. À part le crâne rasé et l'ablation des seins, elle avait littéralement fondu. Ses orteils semblaient comme grignotés, le sexe greffé partait en décomposition et paraissait, lui aussi, avoir subi les attaques du peuple de la mer.

— Les crabes ? demandai-je.

— Ou les crevettes. Tout ce qui, en mer, se nourrit de charognes. Heureusement, elle n'est pas restée trop longtemps dans l'eau. Une chance aussi que sa tête n'ait pas été immergée, sinon les yeux auraient disparu en quelques heures.

Maigre consolation.

Avec précaution, Lambert décousit le sexe masculin greffé. Il était comme un chancre mou. La décomposition en était bien plus avancée que celle du corps lui-même. Les méthodes de conservation du tueur n'étaient pas au point.

— On l'envoie à l'ADN de suite, ordonna Lambert à la technicienne.

— Vous croyez qu'on aura un résultat ? s'inquiéta celle-ci. Avec l'eau de mer et la décomposition…

— Si on n'essaye pas, on ne saura pas ! C'est sûrement celui d'Enguerrand, mais il nous faut une certitude.

— Tu as pu estimer l'heure de la mort ? demandai-je.

— Elle baignait dans de l'eau à 15 degrés, donc en milieu froid, ce qui accélère la perte de température corporelle. Cependant, en fonction de la rigidité cadavérique et de l'heure à laquelle elle a été découverte, je dirais qu'elle est morte cette nuit entre trois et quatre heures du matin.

— Plus ou moins comme les autres.

— C'est ça.

Je pensai qu'à cette heure-là Enzo Robert était censé être de garde. S'il ne s'était pas absenté, il ne pouvait pas être coupable. On ne martyrise pas quelqu'un de cette façon en cinq minutes. Je décidai qu'en sortant d'ici j'irais poser la question dans son service, bien que Marc était supposé le faire. Mais rien ne vaut le contact humain. Par téléphone, les réponses sont parfois erronées. Il suffit que la personne qui décroche soit occupée à autre chose, veuille faire vite et dise ce qu'on ait envie d'entendre pour se débarrasser de la corvée de recherche dans les tableaux de service.

Les conclusions de l'autopsie furent les mêmes que pour les trois autres.

Quelques hématomes au visage, les traces profondes de liens aux poignets et aux pieds, des sodomies à répétition et, bien entendu, la trépanation. L'estomac était vide et il y avait des fibres jaunes dans la bouche, la trachée et les poumons.

— Elle a été bâillonnée comme les autres, mêmes traces d'adhésif sur son visage et dans sa nuque. La mort étant plus récente, on peut encore voir des pétéchies dans les yeux.

— Le mode opératoire ne change pas, conclus-je. Trépanée avant ou après la mort ?

— On va regarder ça de près, dit Lambert.

Il commença le découpage de la calotte crânienne et sortit le cerveau de sa cavité naturelle.

— Le cerveau a saigné. Elle était donc vivante.

— Que penses-tu de la théorie de Ménard sur le souffle du dragon ?

— J'espère de tout cœur qu'il a raison. Cela n'empêche pas la douleur, au mieux ça l'atténue au moment où la scie touche le crâne, mais dès qu'elle atteint le cerveau il y a hémorragie, et la mort est quasi immédiate. N'oublie pas que la façon dont procède le tueur montre qu'il n'est pas chirurgien et encore moins neurochirurgien. Il fait ça à la sauvage. La drogue évite sans doute la prise de conscience de ce qui va se passer. Ce serait mieux comme ça. Son utilisation explique également la facilité avec laquelle il kidnappe ses victimes.

— Où peut-il trouver ça ?

La réponse fut identique à celle de Ménard. Dealers, Internet, fabrication maison... Ce n'était pas par ce biais qu'on allait gagner du temps.

— J'attends les résultats des premières analyses et je rentre, décréta Lambert. Vous n'avez plus de disparu... pour le moment.

— Pour l'instant, non. Mais c'est un chasseur. Je suis certaine qu'il est déjà sur la piste de sa prochaine victime. La trépanation ne marche pas et, pour moi, cela reste son mobile principal. Ce qu'il fait ensuite, c'est son côté psychopathe révélé par son supposé transgenrisme contrarié. Il n'arrêtera pas.

— Je suis d'accord avec toi. Il faut que vous le trouviez vite, sinon ça va être une hécatombe.

Victor attendait devant la morgue en lisant les journaux, confortablement installé sur le siège passager de sa voiture.

— Vous pouviez rentrer. J'aurais pris un taxi ou je vous aurais fait appeler.

— Le commandant Jumet m'a dit de veiller sur vous et de le prévenir en cas d'anomalie ou d'événement suspect. Donc, je ne vous lâche pas, dit-il en rigolant. On va où ?

Sacré Fred ! Toujours inquiet.

— Pas très loin. À l'accueil de l'hosto. J'ai des questions à leur poser.

Il se gara sur un arrêt de bus.

— Si je suis obligé de dégager, je fais le tour du rond-point et je reviens.

J'approuvai. Avant d'y aller, je passai un coup de fil à Jumet.

— Alors, cette autopsie ? demanda-t-il.

Je lui résumai les conclusions des légistes.

— Même schéma, donc.

— C'est ça. Et vous ? Marc a pu avoir le service du personnel de l'hôpital ?

— Oui. Il semblerait que Robert était au travail. Mais on n'a pas de preuve.

— Où en est-on des interrogatoires d'Enzo Robert et de Franco ?

— Les auditions sont encore en cours. Les M&M's sont partis perquisitionner l'appartement de l'apprenti légiste. Sinon, il s'en tient à sa version et à son emploi du temps officiel. Au fait, puisque tu es sur place…

— Oui, je vais vérifier. C'était mon intention, de toute façon. Après, je rentre.

— OK.

— Rappelez-vous qu'il faut entrer par les urgences et que l'accueil est au premier, me précisa Victor, qui avait entendu ma conversation. C'est un vrai labyrinthe, là-dedans ! Vous allez où ?

— En médecine générale.

Je fis comme conseillé et arrivai au bureau d'accueil.

— Bonjour ! Laura Claes, dis-je en brandissant ma carte de police. J'ai besoin d'un renseignement sur l'emploi du temps d'un de vos internes.

— Quel service ?

— Médecine générale, du moins, je crois. Ou alors médecine légale.

Elle leva les yeux au ciel.

— Vous croyez ? Vous n'avez pas idée du nombre de médecins qui travaillent ici. Chaque service organise son tour de garde. Si vous n'êtes pas dans le bon, vous n'aurez pas votre réponse.

Elle m'indiqua où trouver les deux services concernés. La médecine légale dans un pavillon annexe, la médecine générale au premier étage. Comme j'étais dans le bâtiment principal, je me rendis d'abord au premier. L'infirmière me reçut entre deux soins, visiblement pressée d'en terminer.

— Je ne connais pas d'Enzo Robert. Vous devez faire erreur.

Le doute m'assaillit : était-il vraiment médecin ? Ce ne serait pas le premier mythomane à arnaquer son monde. Ou alors, malgré son intention de quitter le monde des morts, peut-être était-il toujours en médecine légale. L'imagerie populaire montre toujours le légiste, et ce en grande partie grâce ou à cause des séries, occupé à découper des cadavres à longueur de journée. Mais médecin légiste, c'est aussi apporter son expertise dans toute affaire judiciaire dans laquelle on déplore des dommages corporels ; viols, femmes battues, enfants martyrs, bébés secoués, et j'en passe. Après tout, c'était son choix de départ. J'allais vite savoir s'il y était encore.

En sortant du bâtiment principal, j'aperçus Victor adossé à la voiture. Un véritable ange gardien ! Je lui fis un petit signe et me dirigeai vers le pavillon que l'on m'avait indiqué.

L'entrée était déserte. Au loin, on entendait un enfant pleurer. Mon cœur se serra. Qu'était-il arrivé à ce bout de chou pour qu'il se retrouve ici ?

Je me secouai, l'enquête avant tout. Pas question de se laisser envahir par des émotions parasites. Une blouse blanche passa au fond du couloir. Je la hélai :

— Mademoiselle, s'il vous plaît !

Elle s'arrêta, me dévisagea.

— Vous êtes blessée ?

— Non, non.

Je sortis ma carte de police et expliquai ma requête.

— Je crois que oui. En fait, il partait quand je suis arrivée, à 6 heures. Mais je vous envoie ma cheffe.

Je dus patienter un bon quart d'heure avant qu'arrive la caricature de l'infirmière-chef revêche. Les pleurs de l'enfant s'étaient tus.

Je réitérai ma demande, tout en montrant la photo d'Enzo Robert.

— Il était là. Il a passé la main au docteur Tessier ce matin. C'est moi qui fais les transmissions. On constate les dégâts sur les personnes, puis on les dirige vers les services qui correspondent à leurs blessures. Certains restent ici quelques heures ou quelques jours, suivant les places disponibles.

— Vous savez de quelle heure à quelle heure ?

Elle soupira, m'entraîna vers un minuscule bureau, tapa sur un clavier d'ordinateur.

— De 20 heures à 6 heures ce matin. Attendez... Je vois qu'il a fait une intervention sur le terrain... C'est bizarre. D'habitude, c'est le SAMU qui s'en occupe. Ils étaient peut-être débordés, ajouta-t-elle en haussant les épaules.

— Donc, il est sorti ? demandai-je, le cœur battant un peu plus vite.

— Oui. Qu'est-ce que vous lui voulez, à la fin ? C'est un bon médecin, qui fait preuve d'empathie. Il a encore des techniques à apprendre, mais c'est normal.

J'éludai :

— Une dernière chose. Il s'est absenté de quelle heure à quelle heure ?

— Je n'en sais rien, c'est pas marqué. Mais... le dossier... C'était pour une femme battue.

— Elle a été hospitalisée ?

— Pas ici, en tout cas. J'ai pas d'entrée à ce nom-là.

— Quel nom ?

— Carlier, Lisette. Je peux aller travailler, maintenant ?

Je la remerciai. Ainsi Enzo Robert était bien là la nuit précédente, mais s'était absenté durant un temps indéterminé. Assez pour tuer Chloé ?

*

* *

Tout en faisant son travail avec concentration, il cogitait. Ça n'avait pas marché ! Il avait encore merdé. Pourtant, il s'appliquait à ne pas enfoncer la lame de la scie trop loin. Il voulait juste enlever un morceau d'os pour voir ce qui n'allait pas dans le cerveau et ôter la partie malade. Cela se faisait déjà au Moyen Âge, comme le prouvait le tableau de Cipper au musée. Bien sûr, les techniques avaient évolué. Il avait regardé des documentaires sur le sujet. Même dans *Grey's Anatomy*[1], ils y arrivaient. Le chirurgien ouvrait le crâne, la personne ne dormait pas, au contraire. Cela permettait au médecin d'évaluer les fonctions cérébrales. Le patient jouait du violon ou lisait un livre à haute voix. Donc, c'était réalisable[2] ! Mais les gens étaient consentants, c'était peut-être là que se situait la différence. Avec le prochain, il allait être plus pédagogue, lui expliquer les choses. Cela se passerait mieux. Il avait déjà trouvé l'heureux élu. Pas besoin de chercher, cette fois. En suivant Enguerrand, il l'avait repéré. Jules Meyer serait parfait. Androgyne, il ne pouvait être que trans. Encore un qu'il fallait guérir de ses tendances. Et on le lui avait servi sur un plateau ! Pour les autres, cela avait été relativement facile. Ses plans d'action étaient prêts depuis longtemps. Cela faisait deux ans, depuis l'internement de sa mère, qu'il les préparait. Il en rêvait la nuit, s'était

1. Série de Shonda Rhimes diffusée à partir de 2005.
2. Neurochirurgie à crâne ouvert, souvent pour ôter une tumeur. Se fait sous anesthésie locale du cerveau. Pour être certain de ne toucher aucune autre partie que celle qui est malade, on demande au patient de réaliser des actes simples.

procuré de la poudre du dragon dans le Chinatown parisien, avenue d'Ivry. Quand on paie sans discuter, on a tout ce qu'on veut. Il ne lui manquait plus que les cobayes. Enguerrand, Juliette et Chloé, il les avait repérés sur les réseaux sociaux. Une mine d'or. Ils s'étalaient sans aucune pudeur, racontaient leur mal-être à qui voulait l'entendre. Il les avait localisés, suivis, et avait finalisé son plan.

Il lui manquait un garçon. Renato s'était présenté par le plus pur des hasards. Le pauvre garçon s'était trouvé au mauvais endroit au mauvais moment. Il avait croisé son chemin et avait su tout de suite que le Brésilien ferait partie des élus.

Il regarda discrètement l'heure. Dans deux heures maximum, il aurait fini le boulot. La nuit était à lui et à Jules Meyer.

19

J'arrivai à l'hôtel de police bien décidée à affronter Enzo Robert. Mais avant, je fis un rapport complet à Jumet et avalai un thé bien mérité.

La perquisition chez l'interne n'avait rien donné. La seule chose qui avait attiré l'attention des M&M's était un catalogue du musée où apparaissait le Cipper en tout petit parmi d'autres peintures, en majorité des Eugène Boudin, vedette incontestée du MuMa.

Théo était parti avec un lieutenant de police chez Franco. Son emploi du temps était peu compatible avec les meurtres : il terminait régulièrement son travail de pizzaïolo vers 1 heure du matin, heure après laquelle il faisait le nettoyage. Ensuite, il rentrait chez lui, du côté du parc de Rouelles, où il possédait une maison. Sa femme l'y attendait et pourrait témoigner de sa présence aux heures qui nous intéressaient, affirmait-il. L'unique point commun avec trois des victimes était qu'il leur avait vendu des pizzas, comme à une bonne moitié des habitants de la ville. La seule chose vraisemblable était que, peut-être, le meurtrier les avait repérées à cet endroit-là.

— Il n'a pas le profil, estima Jumet. C'est un brave gars, sans compter que, physiquement, il serait incapable de porter un homme sur son dos. Son aspect ne correspond pas non plus à la silhouette qui apparaît sur les vidéosurveillances de la place Auguste-Perret.

Théo appela pour dire qu'il n'avait rien trouvé de suspect, mais que les pizzas, ça payait bien, si l'on en croyait la belle villa richement meublée qu'il venait de visiter.

— Pas de cave, pas de résidence secondaire, pas de bateau. On a vérifié auprès du fisc, ajouta-t-il.

— On le libère, décida Jumet.

Encore un coup d'épée dans l'eau.

Je rejoignis Bricart en salle d'interrogatoire.

Enzo Robert était affalé sur sa chaise, les yeux rouges, de larges cernes bleus lui mangeant le visage. Cela pouvait s'expliquer après une nuit de garde et le peu d'heures de sommeil dont il avait bénéficié avant d'être convoqué en urgence au poste de police. Le fait qu'il soit venu à la convocation était un bon point pour lui.

Sur la table devant lui s'étalaient les photos des victimes, vivantes et mortes.

Joël secoua la tête en me voyant. Ce geste signifiait : il n'y a rien à en tirer.

Enzo Robert me lança un regard peu amène, mais dans lequel je décelai un regain de vivacité.

— Encore vous, madame ! Vous êtes partout !

— Je fais mon métier. Et mes investigations me ramènent régulièrement vers vous.

— Ah bon. D'après ce que m'a dit votre collègue, j'en ai déduit que vous n'avez rien de concret contre moi. En gros, vous m'accusez d'être un monstre sans aucune preuve. Je n'avouerai pas quelque chose que je n'ai pas fait !

— Ce serait idiot, en effet. Et je crois que vous êtes tout sauf idiot. Vous avez l'air crevé. Souhaitez-vous un café ?

— Après le méchant flic, le gentil flic, c'est ça ?

— Comme vous voulez.

Il réfléchit un instant.

— Je veux bien, merci.

Je fis un signe au policier en faction devant la porte, comme c'est de règle quand on interroge un suspect, qui comprit et sortit.

— Alors, qu'est-ce que vous avez à me dire, cette fois ?

— Résumons, dis-je.

— Encore !

— Jusqu'à ce que nous ayons la certitude de votre innocence ou non. Donc... Vous avez bâclé les deux premières autopsies.

— Demandez au docteur Bertin. Les autopsies, ce n'est pas pour moi. J'en suis malade, réellement, physiquement.

Évidemment, s'il vomissait sur les corps, ce n'était pas pour lui.

— Je n'ai pas eu le choix. Bertin était en vacances. C'est vrai, j'ai fait des erreurs, mais c'était involontaire.

— Pourquoi avoir opté pour la médecine légale, dans ce cas ?

— Pas pour découper des corps en morceaux ! Je voulais aider les gens. Vous n'imaginez pas ce qu'on peut voir sur fond de misère sociale.

Ça, oui, je le pouvais.

Il tapa brusquement du poing sur la table et se pencha en avant. Bricart se leva et passa derrière lui.

— On se calme, ordonna-t-il, ou c'est les menottes.

La menace fit effet. Robert se calma et respira un bon coup.

— La nuit dernière, vous étiez de garde.

— Oui.

— Mon problème, c'est que, d'après les témoignages que j'ai pu recueillir, vous vous êtes absenté pendant deux bonnes heures. Les heures pendant lesquelles on a assassiné Chloé Arnaud.

— C'est pas vrai !

Le ton était presque geignard.

— Je n'ai fait que mon travail ! Le SAMU a été appelé pour une femme battue. Le mari la menaçait de mort avec un couteau. Les voisins ont donné l'alerte en entendant des cris dans l'appartement. La gendarmerie s'est rendue sur place. Les médecins du SAMU étaient déjà en intervention ailleurs. Il y avait urgence. Elle avait pris un coup de lame dans la jambe et saignait beaucoup, d'après les gendarmes. Je suis parti avec l'ambulance. Vous n'avez qu'à vérifier. Ce ne doit pas être trop difficile !

— On le fera. Cependant, d'après les transmissions, elle n'a pas été hospitalisée.

Il leva les yeux au ciel.

— Les gendarmes ont embarqué le mari. La blessure était superficielle, en fin de compte. J'ai fait le pansement. Elle préférait rester chez elle. On n'allait pas l'emmener de force, non plus ! Je suis rentré et j'ai repris mon poste jusqu'à 6 heures ce matin. Point barre.

Le café arriva.

— Est-ce le hasard qui nous a fait nous rencontrer au musée ?

— En effet. J'y vais régulièrement. Comme je vous l'ai dit, la théorie du docteur Lambert m'avait surpris. Je voulais voir ça de mes yeux. Ces trépanations sont tellement... inimaginables. Mais il semble que cela ne date pas d'aujourd'hui. L'homme a toujours désiré savoir ce qui se passe dans sa tête.

— Admettons. Vous connaissez bien les restaurants du quai Michel-Féré ?

— Ben oui, j'habite à côté. Vous ne l'ignorez pas, puisque vous êtes en train de fouiller chez moi !

— Auriez-vous remarqué une de ces personnes dans votre quartier ? demandai-je en désignant les photos.

Il hésita un instant et je surpris son regard traîner sur Enguerrand.

— Lui, dit-il en le pointant du doigt. Il vient acheter des pizzas. Moi aussi, car je n'aime pas cuisiner. Je l'ai croisé quelquefois.

— Vous l'avez croisé, mais vous ne l'avez pas reconnu sur la table d'autopsie ? C'est étrange, non ?

— Un mort n'a pas la tête d'un vivant. Et puis, la trépanation... De plus, je n'avais fait que le croiser. Je ne le fréquentais pas.

Il se tut.

— Très bien. On va vous permettre de vous reposer un peu. Il se peut que je revienne.

Bricart et moi le laissâmes sous la garde du policier.

— T'en penses quoi ?

— J'ai de gros doutes, fit Joël. C'est un frimeur, mais au fond pas si mauvais que ça.

— Je vérifie l'histoire de la femme battue, puis on verra, dis-je.

Les M&M's étaient revenus, Théo aussi.

— Qu'est-ce que ça donne, le toubib ?

— Rien de concret. On en est toujours au même stade.

— Le commissaire va s'impatienter.

— On ne va quand même pas mettre un innocent en prison pour faire plaisir au commissaire !

— Non, bien sûr.

Pourtant, il n'avait pas l'air convaincu.

J'appelai la gendarmerie et demandai à parler à la personne qui avait géré les interventions de nuit.

— Le commandant Jabert ne prend son service qu'à 20 heures.

— Peut-être pouvez-vous me renseigner ?

J'expliquai mon problème et elle me passa le chef de brigade. J'exposai ma requête et il me demanda de patienter, le temps de vérifier les procès-verbaux.

— C'est bien le docteur Robert qui est intervenu sur place, confirma-t-il.

Voilà qui était clair. La culpabilité d'Enzo Robert s'éloignait à vue d'œil.

Je n'eus pas le temps de rapporter notre conversation que le téléphone de Joël Bricart sonnait :

— C'est Ambre, annonça-t-il. Salut !

Il avait pour principe de ne pas montrer la moindre familiarité envers sa femme quand il était au travail.

— Je mets le haut-parleur, précisa-t-il quand même.

La voix d'Ambre résonna dans la pièce :

— OK. On avance. La graisse sur les fibres jaunes est de la graisse de moteur. De la graisse Marine spécifique aux moteurs de bateaux. Pour les chaussures, on n'a pas encore de résultat. Elles ont sans doute été achetées sur Internet.

— Très possible, approuva Jumet. Par contre, on sait maintenant de façon certaine que le tueur a un bateau.

— Autre bonne nouvelle, j'ai un ADN. Non répertorié au FNAEG[1], mais vous allez pouvoir le confronter dès que vous aurez un suspect possible. Il y a également des cellules épithéliales dans les prélèvements faits sous les ongles de Chloé, que Lambert nous a fait parvenir par estafette spéciale en début d'après-midi. Elles sont en cours de séquençage. Elles sont plus importantes en quantité et en taille que les premières. On va pouvoir comparer et s'assurer qu'il s'agit de la même personne. Je dirai que la dernière victime s'est défendue et a sans doute griffé son agresseur.

1. Fichier national automatisé des empreintes génétiques.

Il devrait présenter des marques d'écorchures. Si l'ADN n'est pas trop abîmé par le séjour des mains de Chloé dans l'eau de mer, on pourra tenter d'élaborer un portrait physique. Comme il paraît qu'elle était immergée dans de l'eau fraîche et pendant un temps relativement court, on a nos chances. Ah, oui, le sexe est bien celui d'Enguerrand Lefebvre, si vous en doutiez encore.

— C'est bien, ça ! sourit Théo. Enfin… pas le sexe ! L'ADN.

Ludovic Ménard choisit ce moment pour remonter du garage. De toute évidence, il était content de lui et semblait triomphant. Il ne nous fit pas languir :

— Vous avez eu Ambre ?

— À l'instant. Que des bonnes nouvelles. On va peut-être pouvoir avancer.

— J'ai une empreinte palmaire partielle sur le montant de la portière avant gauche de la Clio de Chloé.

— Qu'est-ce qui te fait dire qu'elle est intéressante ?

— D'après ce que je sais de la taille de Chloé, ce ne peut pas être la sienne. Elle est trop grande. C'est une empreinte d'homme. J'imagine que, lorsqu'il a enlevé Chloé, il s'est appuyé sur la voiture pour une raison ou une autre. Peut-être a-t-il été déséquilibré quand il l'a rattrapée pour éviter sa chute après l'avoir droguée.

— C'est plausible, admit Jumet. On sait qu'elle ne fréquentait pas d'homme… Oui, c'est plausible.

— L'empreinte est passée au FAED[1] ? demandai-je.

---

1. Fichier automatisé des empreintes digitales.

— Cela n'a rien donné. Mais je te rappelle que c'est une empreinte partielle. Si on a un suspect, on pourra comparer.

— Et aux fichiers des fonctionnaires ?

Chaque personne amenée à travailler avec la police a ses empreintes répertoriées pour pouvoir les discriminer en cas de contamination accidentelle sur une scène de crime.

— Tu penses à qui ? demanda Bricart.

— Enzo Robert, dit Ménard.

J'intervins :

— Il ne doit pas être au fichier, puisqu'il n'est qu'interne remplaçant. De plus, j'ai vérifié son alibi pour cette nuit. Il est confirmé par la gendarmerie.

— Difficile d'avoir meilleur témoin, s'amusa Bricart.

— Je vais quand même lui demander ses empreintes et son ADN. S'il n'a rien à se reprocher, il n'a pas de raison de refuser et cela le mettra définitivement hors de cause, proposai-je.

— Tu peux essayer, accepta Fred.

— Je commencerai par le solliciter. S'il rejette ma demande, on verra ! Tu viens faire les relevés, Ludo ?

En salle d'interrogatoire, nous trouvâmes Enzo Robert endormi sur ses bras croisés. Il avait l'air d'un gosse.

— Monsieur Robert, réveillez-vous, je vous prie.

Il sursauta.

— Oui ?

— Nous avons des éléments nouveaux qui pourraient permettre de vous innocenter définitivement.

Pour cela, il faudrait que vous acceptiez de nous donner vos empreintes et votre ADN.

J'omis de parler de mon coup de fil aux gendarmes. Cette dernière vérification me semblait essentielle.

Il ne réfléchit pas longtemps.

— Très bien, allez-y.

Ménard s'exécuta.

— Pour les empreintes, cela va aller très vite. En ce qui concerne l'ADN, ce sera un peu plus long, mais avec un peu de chance vous dormirez chez vous ce soir.

Une fois dehors, Ménard me dit :

— Je vais à Monod, ils ont le labo pour l'ADN. Ici, évidemment, je ne dispose pas de ça. Tu as besoin de ton Victor ou je peux te l'emprunter ?

Je haussai les sourcils.

— D'abord, ce n'est pas *mon* Victor, ensuite, c'est un chauffeur à la disposition de l'équipe. Donc, vas-y. Pour l'instant, je ne bouge pas. On attend tes résultats avec impatience.

Je retournai au bureau.

— Pas de problème, dis-je. Robert nous a donné tous les éléments sans moufter. Cela plaide encore une fois en sa faveur. Ménard est parti au labo de l'hôpital faire l'analyse d'ADN. Dès qu'il a quelque chose, il nous prévient.

Le téléphone fixe sonna. Théo écouta attentivement son interlocuteur.

— C'était la gendarmerie maritime. Ils ont rappelé tous leurs hommes, même ceux qui étaient en congé, et ont visité tous les bateaux du port de plaisance.

Ça en fait quand même mille deux cents ! Pas un ne présente des traces de lutte ou de sang. Il a ajouté que ce n'était pas une preuve formelle puisque, par définition, un bateau, c'est sur l'eau et que du sang a très bien pu être éliminé facilement avec de l'eau de mer. Il faudrait tous les passer au luminol pour être certains, mais ça relève de l'impossible. Sans compter que le meurtrier peut se servir d'un petit bateau de pêche ou d'un caboteur.

Jumet ne connaissait pas grand-chose à la mer et le prouva illico :

— C'est quoi, ça ?

Théo parut surpris par la question :

— Un navire qui fait du cabotage, soit de la navigation près des côtes, si tu préfères. Et aussi pour de petits pêcheurs. On en revient toujours au même point : sans plus d'infos sur le tueur, on ne peut rien vérifier.

Une fourmi entra dans la pièce.

— Après étude des ordinateurs personnels d'Enguerrand et de Juliette, ceux que vous avez rapportés de vos visites chez les victimes, madame Claes, le service informatique a fourni ceci. Pour Renato, on n'a rien, bien entendu, pour Chloé, vous ne l'avez apporté que ce matin, donc c'est trop tôt pour avoir un résultat.

Elle posa un ordinateur et deux liasses de papiers sur la table. L'une au nom d'Enguerrand, l'autre au nom de Juliette.

— Qu'est-ce que c'est ?

— Il semblerait que chacune des victimes était très active sur les réseaux sociaux. Un site en particulier a été utilisé par les deux victimes.

Elle alluma l'ordi et nous nous penchâmes tous autour de sa tête.

— Attends, fit Bricart, on va mettre ça sur grand écran.

Un câble USB et une manipulation plus tard, s'affichait la page de garde d'un site dédié aux transsexuels.

Sur fond noir, un feu d'artifice tout en rose et bleu. Un menu apparut. Toutes les informations concernant le transgenrisme étaient disponibles, depuis « comment faire son coming out » jusqu'aux produits comme les hormones, les crèmes et les conseils de beauté selon que l'on envisageait de devenir homme ou femme.

— Ça, ce n'est que la partie visible par tous, dit la fourmi. Mais l'on peut également s'inscrire sur un tchat.

— C'est quoi ? demanda Fred Jumet. Des conversations avec ceux qu'on choisit ?

— C'est un espace de discussion. Mais ça marche aussi comme un site de rencontres. On s'enregistre, on met son profil, et on reçoit des messages, plus ou moins lubriques. On décide d'y répondre ou pas. On peut aussi rencontrer des call-girls ou boys. C'est pour ça qu'il a fallu un peu de temps aux informaticiens. Pour entrer dans le tchat, il faut un mot de passe, qu'on a dû craquer. Heureusement, ce sont des jeunes, ils ont utilisé des mots simples, le nom de son cheval pour Enguerrand, sa date de naissance pour

Juliette. Quand on initie un profil, on met une photo. Celui ou celle qui répond aussi. Le problème, c'est qu'à moins d'avoir une relation par vidéo, la photo peut très bien ne pas correspondre à l'individu qui se trouve réellement derrière l'ordinateur. Cela arrive régulièrement sur les sites fréquentés par les pédophiles. L'enfant croit converser avec une personne de son âge alors que c'est un prédateur qui est de l'autre côté de l'ordi. Beaucoup se sont fait piéger comme ça. Pour finir, ils se rendent à un rendez-vous fixé par leur nouvel « ami » et à l'arrivée se font violer, ou pire, enrôler dans un réseau qui peut être international. Ici, c'est le même principe. Dans les tchats d'Enguerrand, on trouve de nombreux messages envoyés par un certain Frédéric.

Elle reprit son souffle :

— Enguerrand parle de son mal-être, de ses relations difficiles avec son père, mais aussi de sa vie de tous les jours. Notamment des projets de ses copains pour sa soirée d'anniversaire. N'importe qui pouvait le suivre à la trace rien qu'en lisant ses messages. Idem pour Juliette. Elle aussi parlait avec une certaine Frédérique...

— Donc la personne garde le même prénom, mais un prénom mixte qui peut se décliner aussi bien au féminin qu'au masculin, en conclus-je.

— Je vous ai imprimé les messages échangés. Leur interlocuteur se montre compréhensif, plein d'empathie pour leur mal-être, même si Juliette était mieux dans sa tête qu'Enguerrand. Il y a quelques échanges de nature plus sensuelle. Je n'irai pas jusqu'à dire sexuelle, mais pas loin.

— Le tueur voulait tout savoir de leur vie. Il espérait ne pas les effaroucher en se montrant trop incisif.

— C'est ce que je pense aussi, dit la fourmi.

Je continuai :

— Une fois que les victimes ont livré toutes les informations nécessaires, il les prend en chasse physiquement et, au moment opportun pour lui, il agit.

On frappa à la porte et un homme à l'air déjanté entra. Dégarni, les lunettes sur le front, débraillé, c'était la caricature de l'informaticien un peu fou. Il tenait un ordinateur ouvert entre les mains.

— Salut ! J'ai réussi, pour Chloé. C'était plus facile que pour les autres, on savait déjà où chercher et sa copine nous a donné le mot de passe. Elles allaient sur le site à deux, pensant trouver un plan à quatre... Un fantasme de Chloé, apparemment... au grand dam de Louise.

— Chacun ses goûts, se marra Marc.

— Elles ont tchatté aussi ?

— Oui. Et devinez avec qui ?

— Frédérique !

— Gagné.

— Cette fois, on tient le lien ! dis-je.

— Mais pour Renato ? s'inquiéta Théo.

— Comme on n'a pas retrouvé ses affaires personnelles, rien ne prouve qu'il n'avait pas un ordinateur ou une tablette, puisqu'il joignait ses parents par Skype. On sait aussi qu'il allait dans des cybercafés. De toute façon, il pouvait aller sur Internet avec son téléphone. Il faudrait contacter le site avec une réquisition du juge et poser la question, dis-je. Mais Renato parlait-il français ?

— Ces sites sont multilingues, dit l'informaticien.

— Ou alors, c'est le hasard, proposa Max.

— C'est possible, mais avec ce qu'on sait maintenant, il faut quand même vérifier. En tout cas, cette fois, on a le lien au moins pour trois des quatre victimes. La question, c'est comment identifier la personne à l'autre bout ?

— Ce n'est pas facile, prévint l'informaticien. Il utilise un VPN.

— C'est quoi, ça ? demanda Jumet.

Bricart lui répondit :

— *Virtual private network.*

— En français ?

— Réseau privé virtuel.

— Et donc ?

Bricart devança encore l'informaticien :

— Le message est acheminé par un service privé plutôt qu'à partir de la connexion Internet de l'utilisateur. Le VPN masque l'adresse IP qui permettrait d'identifier l'auteur. Le message peut passer par plusieurs services et se promener à travers le monde sans que l'on sache d'où il vient. Le point de départ est impossible à localiser.

— Bon, soupira Théo. En clair, on sait juste que le tueur se fait appeler Frédéric, fille ou garçon selon à qui il s'adresse.

— En gros, c'est ça, confirma l'informaticien.

Le téléphone de Jumet sonna. C'était Ménard.

— Tu as déjà un résultat ! s'étonna Fred, qui brancha le haut-parleur.

— Pas encore pour l'ADN. Mais j'ai quelque chose d'intéressant. J'ai discuté avec un des laborantins qui a travaillé sur les docks pour se faire un peu de sous. On tient un truc.

— Vas-y. Si tu pouvais nous donner quelque chose de concret, on est preneurs, dis-je.

— Possible. Tu te souviens, bambou et rouille.

— Bien sûr.

— Ce sont des conteneurs.

— Pardon ? En bambou ?

Cela paraissait invraisemblable.

— Pas le conteneur en lui-même. L'intérieur... Le sol est dans un bois exotique qui résiste à l'humidité, aux écarts de température et aux insectes. Donc, pour certains, le bambou. C'est souple, mais ça supporte le passage et le poids des chariots élévateurs qui servent au chargement, puis ça reprend sa forme. Évidemment, les parois extérieures sont en acier corten ondé.

— Qu'est-ce que c'est ? demandai-je, totalement ignorante en la matière.

— De l'acier. Ici ondé, parce qu'il a un aspect de tôle ondulée.

— Je croyais que l'acier ne rouille pas, s'étonna Jumet.

— Tu te rends compte des conditions que supportent ces conteneurs ? Si tu laisses de l'acier dans ta salle de bains, il ne va pas rouiller, mais l'eau de mer bouffe tout, sans compter les chocs dus à la manutention. Il ne va pas s'oxyder en cinq minutes, mais là où il a pris des chocs, au bout de quelques années, c'est inéluctable.

— Donc, les victimes seraient retenues dans un vieux conteneur, conclus-je.

— C'est tout à fait possible.

— Ce n'est pas ce qui doit manquer au port du Havre, soupira Joël.

Théo intervint :

— Peut-être moins que tu ne le penses. Les armateurs ne travaillent pas avec de vieux conteneurs qui risqueraient de casser en mer. Cela mettrait tout l'équilibre du chargement en péril, jusqu'au naufrage. Il doit bien y avoir un genre de casse, comme pour les vieilles voitures.

— On s'informe, fit Max, grognon.

Il pensait avoir fini sa journée.

Fred promit à Ludovic de le tenir au courant, tandis que Max se renseignait déjà. Il passa plusieurs coups de fil pendant que nous envisagions cette nouvelle piste. L'attente ne fut pas très longue, Max raccrochait son téléphone.

— Pas si simple. Il y a effectivement des zones de stockage de conteneurs mis au rebut. Elles sont réparties dans deux terminaux. C'est géré par une société spécialisée pour les recycler. En principe, ces zones sont fermées, sauf lorsqu'une livraison de vieux conteneurs est attendue.

— On s'en fout ! aboya Jumet. Tu trouves un responsable. On se fait ouvrir.

— Tu n'imagines pas à quoi tu t'attaques. Ce n'est pas un ni dix conteneurs, mais des centaines, empilés les uns sur les autres.

— On les ouvrira tous, s'il le faut. Enfin une piste concrète !

— OK, patron.

Marc, qui était sorti un instant pour prendre un appel, revint, un peu pâle :

— C'est mon fils. Il s'est fait renverser en scooter. Ce n'est pas grave, mais...

Théo jeta un coup d'œil à Fred, qui approuva :

— Vas-y. La famille, c'est sacré. On se débrouillera sans toi.

Marc sortit, puis sembla hésiter et fit demi-tour.

— Patron, je suis venu à pied ce matin. Je peux prendre une voiture du parc ? J'irai plus vite.

Théo approuva :

— Fonce ! Ton gamin t'attend.

20

Pas moins de deux heures furent nécessaires pour joindre le responsable de la casse. Entre-temps, Victor était allé chercher Ménard.

— L'ADN n'est pas celui d'Enzo Robert.

Théo sembla déçu, mais, devant la preuve scientifique, il s'inclina.

— On le libère ?

Jumet donna son feu vert. J'allai moi-même prévenir Enzo Robert de la bonne nouvelle.

— Enfin, vous reconnaissez l'évidence !

— On ne peut se permettre aucune erreur, dis-je. Les faits sont trop graves. Désolée pour vous.

— Je peux comprendre, mais avouez que lorsqu'on est innocent, l'épreuve est rude.

Le commissaire, mis au courant de nos récentes avancées, resta au bureau malgré l'heure tardive pour organiser la perquisition de la casse avec Théo et ses hommes.

— On n'a plus d'urgence vitale, du moins pour le moment, puisqu'aucune disparition n'est signalée.

Avec un peu de chance, le meurtrier en a fini avec ses expériences macabres. Il a peut-être enfin compris que cela ne marchait pas.

— Pardonnez-moi de vous contredire, osai-je, mais je n'y crois pas une seconde.

— Ah bon ? Qu'est-ce qui vous fait penser cela ?

— À moins d'être mort, il pourrait s'être suicidé ou avoir eu un accident, ou être en prison pour un fait divers quelconque, je ne vois pas pourquoi il s'arrêterait. Il fait une fixation sur les transgenres et, surtout, il y a ces expériences de trépanation qui sont pour moi sa principale motivation. Tant qu'il n'aura pas réussi, et on sait vous et moi qu'il ne réussira pas, il continuera jusqu'à atteindre son but, quel qu'il soit.

— Vous n'êtes pas optimiste.

— Encore moins que vous ne le croyez. Je suis certaine que, dans les jours à venir, il y aura une autre disparition. Ou plusieurs.

Il fut décidé que l'on commencerait par la première unité, où se trouvaient également les bureaux de l'entreprise, afin d'avoir quelques explications sur le système de stockage. Nous devions essayer de cibler au plus juste l'endroit où pouvait se situer le conteneur incriminé.

Les deux unités de stockage se trouvaient à Port 2000. Chacune au bout d'un terminal différent. Pour qui n'y connaissait rien, c'était un vrai labyrinthe permettant se déplacer entre les différents terminaux, les portiques, les cavaliers en action, les conteneurs déchargés et ceux qui attendaient de l'être. Le port était une ruche bourdonnante vingt-quatre heures sur vingt-quatre. De temps à autre des camions surgissaient de nulle part.

Dans la voiture de Théo avec mes collègues, je me fis quelques frayeurs.

Nous arrivâmes (vivants !) devant le bureau du chantier éclairé à l'extérieur par des spots lumineux très puissants, comme ceux des stades de football. Nous fûmes reçus par le directeur de la casse, un certain Jean-Claude Groult.

C'était un homme d'une petite soixantaine d'années, mais qui en paraissait dix de moins. On avait l'impression qu'il venait de descendre de sa moto après un road trip. Vêtu de cuir noir et rouge, il pouvait sembler impressionnant, mais son regard doux porté par des yeux clairs démentait son aspect un peu sauvage. Ses cheveux tirant vers le roux étaient attachés en catogan, et, avec sa barbichette, il n'avait pas le look de monsieur tout le monde. Si je l'avais croisé dans la rue, je ne l'aurais pas imaginé à la tête d'une entreprise importante de recyclage de milliers de conteneurs.

Après les salutations d'usage, il expliqua :

— La durée de vie d'un conteneur est estimée à quarante ans. Environ deux mille conteneurs partent à la casse chaque année, ce qui, sur les deux cent cinquante millions qui transitent sur les mers en un an, ne représente pas grand-chose. On récupère l'acier, quant au bois, il part au broyage. Certains conteneurs ne méritent pas de finir à la ferraille. Ils peuvent servir à faire des logements, comme c'est le cas dans certaines cités universitaires, des bureaux de chantier ou encore des box de stockage pour les particuliers. Dans la zone A, où nous sommes, ce sont ceux en meilleur état. Les plus délabrés sont dans la zone B, de l'autre côté du terminal. Vous cherchez un conteneur en particulier ?

— En effet. Je suppose que vous avez entendu parler des meurtres de transgenres, ces derniers temps.

— Comme tout le monde. Par les journaux ou les infos régionales. Mais qu'est-ce que j'ai à voir là-dedans ?

— D'après nos scientifiques, les victimes auraient pu être retenues dans un conteneur. Forcément un conteneur vide. Mais comme ils signalent aussi la présence de rouille, cela nous a fait penser à d'anciens conteneurs. Vous les stockez dans des zones reculées du port. Sont-elles accessibles à n'importe qui ?

— Oui et non. Vous imaginez bien que l'on ne peut pas entrer dans le port comme ça, juste pour voir ou pour le plaisir. Il faut un badge pour pénétrer dans les installations portuaires. D'ailleurs, je suppose que vous avez dû montrer patte blanche pour venir jusqu'ici.

— Deux voitures de police avec gyro et des cartes professionnelles ouvrent bien des portes ! dit Théo. Mais, en effet, nous avons constaté des portiques de sécurité et des gardes postés aux entrées des voitures et des camions.

— Donc, je ne vois pas comment un individu non accrédité pourrait y parvenir sans autorisation. Ensuite, une fois les contrôles franchis, on peut en effet aller et venir librement dans la zone portuaire. Chaque personne qui entre rejoint son poste, mais n'est plus contrôlée en cours de route. Si l'individu que vous recherchez a un agrément, une fois à l'intérieur, il fait ce qu'il veut. Ou alors...

— Oui ?

— Il arrive en bateau. Mais cela me paraît plus invraisemblable.

— Pourquoi ?

— Vous avez vu les quais ? Ils sont faits pour accueillir des cargos chargés à bloc. Sans compter le tirant d'eau du bateau, chaque conteneur fait entre deux mètres cinquante-sept et deux mètres quatre-vingt-dix de haut et ils sont empilés sur cinq, six, parfois huit étages. Tout cela dépend du cargo, du poids de la marchandise, des ordres de l'armateur. Je n'y connais pas grand-chose, ce n'est pas mon boulot. Ce que je veux dire, c'est qu'un homme seul sur un petit bateau ne pourrait jamais grimper sur le quai. Il y a bien quelques échelles, mais si ce que vous dites est vrai, en portant un corps, cela relèverait de l'exploit !

— L'accès ne peut-il se faire autrement ?

— Les zones de stockage sont entourées de grillage, mais là... ils peuvent être escaladés ou abîmés par endroits. Je n'en sais rien. On n'inspecte pas les clôtures tous les jours.

— Autrement dit, si un grillage est coupé ou forcé d'une façon quelconque, ces zones deviennent accessibles.

— Il y a quand même des gardiens qui font des rondes.

Fred haussa les épaules. Quelqu'un ayant observé le rythme de ces rondes pouvait très bien passer entre deux d'entre elles. Du coup, rien n'était impossible.

— Encore une chose, ajouta Jean-Claude Groult. Nous, nous stockons les conteneurs sur quatre niveaux. Si l'enfoiré que vous recherchez se sert de l'un des nôtres, c'est forcément un de ceux du bas. En hauteur, ils sont inaccessibles. Il n'y a pas de prise pour escalader, et encore moins en transportant quelque chose de lourd comme un corps.

La nuit était tombée et les spots de la zone éteints quand nous sortîmes du bureau. Les zones de stockage étaient plongées dans l'obscurité la plus totale, d'autant que le temps tournait à la pluie. De gros nuages noirs assombrissaient le ciel, laissant à peine deviner la clarté d'un maigre quartier de lune de temps à autre.

— Qu'est-ce qu'on fait ? demanda Théo.

De toute évidence, il ne se voyait pas fouiller chaque conteneur, même en rallumant les spots, si puissants fussent-ils, ou encore avec des lampes de poche pour l'intérieur une fois qu'ils seraient ouverts.

Je sentis que Fred hésitait. Il n'y avait pas d'alerte de disparition, donc pas d'urgence absolue. Les conditions météo se gâtaient et de grosses gouttes commençaient à tomber. L'ambiance était sinistre. On se serait cru dans un roman de Simenon. Je relevai le col de ma doudoune et frissonnai.

Théo insistait :

— On ne sait pas qui c'est, donc on ne peut pas anticiper un enlèvement. Par contre, s'il agit cette nuit et qu'il enferme quelqu'un dans un de ces conteneurs, demain matin, en fouillant chaque conteneur au sol, on aura une chance de retrouver la victime. Si on perquisitionne ce soir et que le tueur s'en rend compte d'une façon ou d'une autre, il changera ses plans et on repartira de zéro.

— C'est pas faux, admit Jumet.

— C'est vrai, mais ça veut dire qu'on se sert d'une potentielle victime comme d'une chèvre. Ce n'est pas terrible. Elle va passer de sales moments, même s'il ne la tue pas de suite. C'est un risque non négligeable, m'inquiétai-je.

— Tu as raison aussi, mais on ne peut pas mettre un flic derrière chaque trans de la ville.

Bricart proposa :

— Ce n'est pas compliqué. On poste des hommes en civil sur les deux zones. On prévient la sécurité du port des menaces d'infraction et on leur demande de doubler les rondes. On revient dès le lever du jour pour fouiller chaque conteneur.

— OK, c'est une bonne solution, admit Jumet, alors que le ciel déversait tout à coup des trombes d'eau sur nos têtes. Préviens la sécurité, et moi je mets en place la surveillance renforcée. Quel temps ! On rentre.

*

* *

Nuit du lundi 24 au mardi 25 juin

Il avait bien cru ne pas pouvoir se libérer. Il y avait toujours quelque chose de plus à faire. Or s'il voulait repartir de nuit, sous prétexte d'un appel urgent de ses chefs, il fallait qu'il rentre et reste un moment avec sa femme et ses enfants. Même pour le voisinage, c'était bien d'être vu dans l'immeuble. Les gens sont curieux et se posent parfois des questions. Il valait mieux éviter.

Il passa une bonne soirée. Semblant tout heureuse d'avoir enfin son petit mari à la maison à une heure raisonnable, sa femme avait tout organisé pour lui faire plaisir. Elle prépara des lasagnes, qu'ils mangèrent en buvant du vin rouge. Les enfants parlaient plus qu'ils ne mangeaient, mais il les laissa faire, sauf quand il y eut un début de chamaillerie. Ensuite, ils jouèrent tous ensemble au jeu des petits chevaux, puis il envoya les gamins se coucher.

— Allez ! Au lit. Il y a école demain.

— Oui, papa ! répondirent-ils dans un chœur parfait, comme le font souvent les jumeaux.

Il traîna un peu devant la télé, puis décréta qu'il allait dormir.

— Je te rejoins, dit sa femme.

Cela ne l'arrangeait pas outre mesure. Elle aurait envie de faire l'amour, ce qui ne lui disait rien. Il avait d'autres préoccupations. Mais quand elle arriva dans la chambre toute parfumée et vêtue d'une nuisette affriolante, il sentit quand même un début d'érection. Il s'exécuta et prit son plaisir.

Avant de s'assoupir, il régla le réveil à 1 h 30. Il prétexterait un appel d'urgence, sa femme se rendormirait et lui vaquerait à ses occupations. Il sombra comme une masse, deux ou trois heures de sommeil ne lui feraient pas de mal. Ses nuits étaient bien chargées, ces derniers temps.

*

*   *

Jules Meyer était content. On avait beau être lundi soir, la boîte était pleine. Il y avait peu d'endroits ouverts en semaine, ce qui augmentait le potentiel de clientèle. Évidemment, ce n'étaient pas les mêmes fêtards que le week-end, plutôt des directeurs d'entreprises qui invitaient leurs clients à boire un dernier verre après un bon repas, ou encore des hommes seuls en quête de l'âme sœur pour la soirée. Jules avait quatre call-girls à leur disposition, histoire d'offrir une agréable compagnie aux cœurs esseulés. Ces dames poussaient le client à consommer, du champagne à 800 euros la bouteille, mais en aucun cas il ne se passait autre chose au sein de la boîte. Pas question d'être accusé de proxénétisme !

Ce soir, il était encore plus content car, au retour de l'hôtel de police la veille, son père lui avait parlé de prendre sa retraite. Jules était son successeur tout désigné. Dans quelques mois, c'est lui et lui seul qui toucherait les bénéfices de la boîte. Il en rêvait depuis longtemps.

Il jeta un œil circulaire autour de lui, évalua le nombre de clients, et surtout celui de leurs consommations. Il repéra un homme isolé au comptoir devant un whisky. Il avait l'air tristounet et il sirotait le même verre depuis son arrivée. La boîte allait bientôt fermer. Il fallait un peu le pousser avant qu'il ne parte. Ce type lui paraissait vaguement familier, sans qu'il puisse réellement le situer. Il lui envoya Caroline, une belle blonde, sexy au possible. L'homme accepta de lui payer un verre, mais refusa énergiquement le champagne. Pour Jules, c'était un minable désargenté, peut-être un VRP qui traînait pour la soirée. Cependant, son visage ne lui était pas étranger. Il l'avait déjà vu quelque part, mais où ? Ou alors il ressemblait à quelqu'un qu'il connaissait. On a tous huit sosies à travers le monde, paraît-il.

Un peu euphorique, il rigola tout seul. Une demi-heure plus tard, l'homme partait sans Caroline. Ce n'était pas ce soir qu'elle ferait des extras.

Jules ferma à 3 heures, l'horaire de semaine. Le personnel parti, il fit sa caisse et eut un sourire satisfait. Pour un lundi, les chiffres étaient bons. Il rangea la recette dans le coffre du bureau de son père, absent ce soir car il avait une nouvelle copine. Cela ne durait jamais plus d'un mois. Pas de quoi inquiéter Jules. Il hésita à dormir sur le canapé du bureau, puis se ravisa. Dans son studio, il avait un lit confortable. C'était bien mieux. Il habitait seulement à quelques centaines de mètres. Un peu d'air frais lui ferait du bien.

Il sortit, regarda autour de lui. La rue était déserte. Il soupira de soulagement, car il avait quand même toujours un peu d'appréhension à partir au milieu de la nuit. Avec tout ce qui traîne et tout ce qu'on entend, il valait mieux être méfiant. Il mit la clé dans la serrure et sentit comme un souffle derrière lui. Il voulut se retourner et tomba dans le noir absolu.

*

* *

Pour garantir le coup, l'homme l'aspergea d'une deuxième dose de poudre du dragon, puis, s'étant assuré qu'il n'y ait personne aux alentours, l'entoura de son bras, comme pour aider un alcoolique à marcher droit. Il embarqua Jules, à moitié inconscient. Il geignait un peu.

En ville, il valait mieux le faire voyager sur le siège arrière. Il pourrait toujours dire en cas de problème qu'il emmenait son passager en cellule de dégrisement. Mais qui va arrêter une voiture de police ? Jusqu'à présent, ce n'était jamais arrivé.

Il s'éloigna du centre en direction du port. C'est à ce moment précis que la fréquence radio grésilla. Il monta le son.

— Capitaine Delaunay à toutes les unités en patrouille. Répondez.

— Voiture 1 à l'écoute.

— Voiture 2 à l'écoute.

— Voiture 3 à l'écoute.

— Voiture 4 à l'écoute.

Il se passait quelque chose.

— Surveillance de Port 2000 renforcée. Passage toutes les demi-heures bassin Bellot, bassin Fluvial et bassin Vétillard. Particulièrement autour des zones de stockage de l'entreprise Casse 2000. Inspection des clôtures. À la moindre anomalie, prévenez immédiatement le central.

Il jura tandis que les patrouilles accusaient réception des ordres.

— Bien reçu, capitaine.

Il se doutait que ça finirait ainsi. Les derniers rebondissements de l'enquête le laissaient prévoir. Mais il ne s'avouerait pas vaincu pour autant. Il jeta un coup d'œil dans le rétroviseur. Jules Meyer semblait dormir du sommeil du juste. Sans doute que l'atémi qu'il lui avait assené sur la nuque en l'installant dans la voiture n'y était pas pour rien.

Il réfléchit à toute vitesse. Si les ordres étaient de surveiller, c'est qu'ils n'envisageaient pas de fouiller les conteneurs cette nuit. Ils attendraient le jour. Cela lui laissait deux heures, trois maximum pour agir dans l'enceinte du port. Ils ouvriraient chaque bloc, mais ils ne trouveraient jamais le sien. Le temps pressait quand même. Tant pis pour Jules, il n'aurait pas de répit, contrairement aux autres. Cette fois, il allait agir dans la foulée.

Maintenant, il fallait être pragmatique et arriver à passer entre deux rondes. Entre les flics à l'extérieur du périmètre et les agents de sécurité à l'intérieur, cela allait être coton. Il connaissait leurs horaires et leurs fréquences, ceux-là, il les évitait sans problème. Il l'avait bien fait jusqu'à présent. Les flics, eux, c'était une autre histoire.

Une petite voix lui souffla de laisser tomber et d'abandonner Jules n'importe où en ville. Ni vu ni connu, avec la poudre du dragon il ne se souviendrait de rien. Il hésita, puis l'image de sa mère lui traversa l'esprit. Il devait y arriver. Il pourrait peut-être trouver un autre endroit pour pratiquer l'opération. Ce serait plus malin.

Oui, mais où ? Tout son matériel était resté sur place après la mort de Chloé. Il fallait qu'il y retourne, il n'avait pas d'autre solution.

Puis une idée un peu folle lui traversa l'esprit. Et s'il y allait tout de go ? Sans se cacher. La voiture de police était un véritable sésame. Personne ne lui poserait de question, surtout après les ordres qui venaient d'être donnés. La sécurité à l'entrée du port avait certainement eu les mêmes. Il devait risquer le tout pour le tout. Tant pis. Si tout se passait bien, demain il arriverait au boulot comme si de rien n'était. Il n'avait pas le choix. La seule option était la réussite. Sinon, ce serait la fin.

Il se gara dans une zone déserte et transféra Jules du siège arrière dans le coffre, en s'assurant qu'il était bien inconscient. Prévoyant, il sortit un bâillon de sa poche, le lui enfourna dans la bouche et le scotcha. Pas question qu'il fasse du chahut lors du passage des contrôles. Puis il vérifia son allure, prit une grande inspiration et se dirigea vers l'entrée du port, gyro en action. L'orage se déchaînait, des trombes d'eau noyaient le pare-brise et les essuie-glaces ne parvenaient pas à chasser l'eau, au rythme où elle tombait.

Une vraie nuit d'apocalypse.

*

* *

Nous étions rentrés à l'hôtel de police peu satisfaits de notre visite au port.

— En définitive, estima Théo après avoir donné ses ordres aux patrouilles, ce conteneur peut être n'importe où. En passant dans le port, on en a vu plein, prêts à être embarqués, qui ont aussi des traces de rouille. Sans compter ceux dont a parlé Jean-Claude Groult, les conteneurs transformés en habitations ou qui servent de garde-meubles ou autres stockages pour les particuliers. Ce n'est pas ce qui doit manquer dans la région.

Ménard intervint :

— J'appelle Ambre, j'ai une question pour elle.

— À cette heure-ci, elle ne doit plus être au labo, objecta Joël, un peu contrarié. Je te rappelle quand même qu'on a un petit bonhomme.

— C'est vrai, pardon. J'appelle Luc.

J'attendis la fin du coup de fil. Que pouvait-il bien vouloir connaître de plus que nous ne sachions déjà ? J'avais hâte d'aller me coucher. La nuit serait courte si nous entamions les perquisitions dès 6 heures du matin.

Ménard raccrocha, satisfait.

— L'eau de mer, dit-il.

— Quoi, l'eau de mer ?

— Les prélèvements sur les robes portées par Enguerrand et Renato montrent une salinité supérieure à la normale. Idem pour les vêtements de Juliette. Chloé n'entre pas en ligne de compte, car elle était nue et baignait dans l'eau de mer, donc de l'eau salée.

— Et alors ? voulut savoir Jumet qui, à cette heure tardive, n'avait plus les idées très claires.

— Donc, le port est une excellente option. Les autres utilisations des conteneurs exigent des nettoyages approfondis. Il n'y aurait plus ces traces de sel.

— C'est une bonne nouvelle. Au moins, on a une chance de trouver. Allez, on arrête pour ce soir, ordonna Jumet. Rendez-vous ici à 6 heures demain… enfin, tout à l'heure.

Il ne restait qu'à souhaiter que les patrouilles soient attentives et que le tueur ne se déchaîne pas cette nuit.

21

Nuit du lundi 24 au mardi 25 juin

Lucien Jean était à six mois de la retraite. Il avait reçu l'ordre de ne laisser entrer aucune voiture ou camion sur la zone portuaire sans un contrôle minutieux. Malgré tout, vu les allées et venues incessantes d'employés, ouvriers et véhicules en tout genre, il ne pouvait pas tous les fouiller à lui seul. Heureusement, les poids lourds avaient leur entrée dédiée près des douanes. Au moins, il échappait à ça. Ces ordres tombaient mal, le petit jeune censé le seconder était absent ce soir et n'avait pas été remplacé. Il ne comprenait pas pourquoi il aurait dû faire autant de zèle. Une alerte des douanes, sans doute. Ils avaient probablement repéré un chargement de drogue, ce qui expliquait aussi les passages successifs des agents de sécurité et de voitures de police. Lucien tenait à la vie. Les gangs de passeurs de drogue étaient sans pitié si on les bloquait. Il n'allait pas s'exposer. Au mieux, s'il repérait un véhicule louche, il le signalerait à son chef, qui était bien au chaud dans les bureaux alors que lui, dans son poste de contrôle, devait affronter des intempéries violentes pour une soirée de juin.

La guérite comprenait un petit bureau, un ordinateur sur lequel il enregistrait les allées et venues des véhicules et un moniteur qui transmettait les images de la caméra de surveillance braquée sur la barrière clôturant le site. Lucien ouvrait et fermait cette barrière suivant les besoins grâce à un système électronique. Juste à côté se trouvait un conteneur transformé en salle de repos avec des sanitaires et une machine à café. Quand ils étaient deux, chacun à son tour allait prendre une pause bien méritée. Mais, ce soir, Lucien était seul. Il avait froid et une envie pressante. Tant pis pour ceux qui se présenteraient à la barrière, ils attendraient bien cinq minutes. Il sortit sous une pluie diluvienne et courut jusqu'aux toilettes.

*

* *

Il approchait de l'entrée du port. Son cœur battait plus vite que la normale. Il fallait vraiment qu'il arrive à passer, sinon c'était foutu, du moins pour ce soir. Si cela ne marchait pas, tout deviendrait compliqué. Les collègues avançaient dans l'enquête. Les services techniques et la scientifique commençaient à les mettre sur sa piste, mais aussi cette Laura, qui avait bien su cerner sa personnalité. Elle n'était pas antipathique, mais dangereuse. C'était ennuyeux. Arriverait-elle par déduction à faire le rapprochement avec lui ? S'il échouait ce soir et que l'équipe décidait de faire un appel à témoins avec les éléments en sa possession, il y avait le risque qu'un de ses voisins, ou même sa femme, pense à lui. Cela devenait chaud.

« Un homme entre trente et quarante ans, bien intégré dans la société, avec probablement un proche atteint de démence, femme et enfants, et un travail régulier lui permettant de s'absenter la nuit. »

S'ils publiaient ça dans la presse, il répondait forcément au profil. Il se rassura, il correspondait au profil, mais sans doute comme des milliers d'autres personnes dans la ville du Havre. Ils allaient être débordés par les témoignages et, avant qu'ils fassent le tri, il serait loin, quitte, s'il échouait, à recommencer ailleurs, jusqu'à réussir. D'ici là, on l'aurait oublié. Il serait alors temps de revenir sauver sa mère.

L'entrée du port se dessinait à quelques centaines de mètres, éclairée par des spots puissants. À cette heure, le trafic était nul. Il se présenta à la barrière, gyro en action. On ne refuse pas l'entrée à une voiture de police. Pourtant, la barrière ne se levait pas. La pluie redoublait d'intensité et les essuie-glaces, même à grande vitesse, n'arrivaient plus à chasser l'eau qui dégoulinait sur le pare-brise. Comme rien ne se passait, il enclencha la sirène. Pas discret, mais efficace. Un homme trapu engoncé dans un anorak jaune à bandes fluorescentes, comme celui qu'il avait utilisé pour découper des bâillons, arriva en courant avec un geste de la main pour s'excuser. En principe, il aurait dû se présenter à la vitre, mais il se précipita dans sa guérite. Le dieu ou le diable des assassins veillait sur lui. La barrière se leva. Il était dans la place.

*
* *

Lucien pesta. Il avait à peine fini ce qu'il avait à faire qu'une sirène de police retentissait. Il se rajusta en vitesse, ouvrit la porte de la salle de repos, qui faillit lui être arrachée des mains par un coup de vent violent. La tempête et les éléments se déchaînaient. Il vit les lumières et le gyro de la voiture de police. Si son chef apprenait qu'il avait quitté son poste, il allait se faire engueuler. Il se précipita pour actionner la barrière sans un regard pour le conducteur. C'était une voiture de police, probablement en intervention, comme les deux autres en début de soirée. Il se surprit à plaindre le malheureux flic qui allait devoir travailler sous cette pluie battante. Il n'y avait pas d'autres voitures en vue, il alla se chercher un café.

*
* *

Il n'avait pas aimé attendre devant la barrière. N'importe qui pouvait arriver à n'importe quel moment. Il avait hâte de se perdre dans les dédales du port. Une fois à l'intérieur, il pourrait faire ce qu'il voulait, même les agents de sécurité ne s'inquiéteraient pas de la présence d'une voiture de police. Il avait fait bien attention de ne pas lever la tête vers les caméras de surveillance. Restait le problème de la plaque minéralogique. En deux clics sur un ordinateur, le responsable du garage de l'hôtel de police saurait dire à qui elle avait été allouée. Pour parer à ça, il avait changé de véhicule à la dernière minute sans prévenir personne. C'était facile, les clés étaient sur le contact. Au pire, il pourrait toujours dire qu'il s'était trompé. Il ne lui restait plus qu'à prier pour que la pluie trouble les images, et avec la météo de ce soir il avait toutes ses chances.

Il roula jusqu'à son conteneur sans rencontrer âme qui vive. Il croisa un camion sans lui accorder la moindre attention. Le ballet des camions était incessant, tout comme le déchargement des conteneurs. Au port, entre les transports de marchandises et les sites pétroliers, il passait entre huit et dix mille bahuts par jour. Pas de quoi s'inquiéter.

Il entra dans la zone qui l'intéressait, tout en rigolant en lui-même. Les flics ne trouveraient jamais son conteneur. Bien sûr, il était vieux et rouillé, mais il était à part, dans un coin reculé, posé sur un wagon désaffecté. Tout aussi désaffecté, du reste, que la ligne ferroviaire qui, jadis, desservait le terminal 7. Le transport routier, moins cher que le train, avait pris la relève, et l'ancienne ligne de chemin de fer n'avait pas encore été démantelée. D'habitude, il entrait par une clôture démontée à l'arrière, mais ce soir cela aurait été hasardeux, avec les rondes et les patrouilles renforcées. À l'extérieur, sa voiture stationnée seule aurait pu attirer l'attention.

Il repéra un vieux hangar qui ne contenait que du matériel ferroviaire déclassé et y gara la voiture de police bien à l'abri des regards. Il était chez lui, sans aucun risque d'être dérangé.

*

* *

Jules émergea doucement. Il avait mal à la tête. Il se demanda pourquoi. Il se voyait fermer la boîte de nuit puis... plus rien. Le vide absolu. Il avait dû faire un malaise. C'est vrai qu'il avait un peu trop bu, ce soir. D'ailleurs, il avait une horrible sensation dans la bouche, comme s'il avait mangé du coton. La peau de son visage tirait. Il voulut ouvrir la bouche pour inspirer une grande goulée d'air et comprit avec horreur qu'il était bâillonné. Il ouvrit les yeux et eut un mouvement de recul. Dans la lumière criarde d'une grosse lampe torche, un homme était penché au-dessus de lui. Il tenta de bouger, mais réalisa qu'il avait les mains attachées. Ses jambes pesaient une tonne et des fourmillements lui procuraient une douleur lancinante dans les pieds. Seul un son rauque sortit de sa bouche close quand il voulut crier.

Il sut très vite et sans aucun doute possible ce qu'il lui arrivait : il était tombé entre les mains du malade que poursuivait la police. Celui qui tuait les transgenres. Mais lui n'était pas transgenre ! Il était homo, assumé et sans ambiguïté. Il l'avait su très jeune et depuis accumulait les aventures sans se cacher. Il n'avait jamais voulu être une femme ! Le type, là, il se trompait. Il fallait le lui dire. Mais comment se faire comprendre ? Il était dans l'impossibilité de parler et même de faire des gestes pour attirer l'attention de celui qui maintenant farfouillait dans un coin de la pièce. Il réapparut, et Jules eut l'impression fugace de l'avoir déjà vu. L'homme se pencha sur lui et l'empoigna à bras-le-corps. Il le souleva sans effort, mais faillit le lâcher quand Jules se tortilla comme une anguille pour échapper à la prise qui, il n'en doutait pas, l'emmenait à la mort.

— Mmm... mmm, tenta-t-il en espérant que l'inconnu voudrait savoir ce qu'il avait à dire.

— Ta gueule ! Tu vas servir la science. Si ça marche, je te libérerai, sinon, tu iras retrouver tes petits copains. Dans ce cas, je t'offrirai le cadeau dont tu as toujours rêvé. Je ferai de toi une femme.

Dans l'ancienne gare ferroviaire, le tueur se sentait en sécurité. Rien ici ne pourrait l'atteindre. Il allait donc prendre son temps.

Il allongea sa victime sur une table faite de planches. Jules gesticula tant et si bien qu'il tomba, provoquant la colère de l'individu :

— Tu ne veux pas servir la science ? s'énerva-t-il. Tu sais, sans cobayes, il n'y aurait jamais eu de grandes avancées en médecine. Tu devrais être fier.

Jules se débattit encore. Il devait absolument lui parler. Il se tortilla davantage et, pour seul résultat, il vit l'homme approcher un spray de sa figure, comme un spray nasal. Il ne comprenait rien. Il avait peur, il avait mal. Il fit une dernière tentative pour se dégager, puis sombra à nouveau dans l'inconscience.

*

* *

Il était mécontent. Il avait pensé faire plaisir à ce petit con en lui promettant ce dont il rêvait et, au lieu de ça, l'autre ne s'était montré aucunement reconnaissant, bien au contraire. Il s'était tellement débattu qu'il avait dû lui faire respirer une autre dose de son produit magique. Même avec ça, ce sale gosse tournait sans cesse la tête alors qu'il approchait la scie-sabre de son front. Il avait dû se fâcher. Découper l'os pour extraire la pierre de folie demandait calme et précision. Finalement, il l'avait assommé d'un bon coup de poing sur la tempe, espérant juste ne pas y être allé trop fort. Il ne voulait pas que Jules meure avant l'opération. Cela aurait gâché l'expérience.

Enfin, celui-ci se tenait tranquille. Il pouvait commencer son sinistre travail. Il empoigna la scie-sabre.

*

* *

Mardi 25 juin, à l'aube

Je ne parvenais pas à dormir. Je tournai et virai dans mon lit jusqu'à ce que, plus fatiguée que reposée, je décide de me lever. Un thé plus tard, je rejoignais les bureaux encore déserts. Il n'était pas encore 5 heures du matin et seule la permanence de nuit était sur place. Dans la salle de réunion plongée dans le noir, le tableau de Bricart luisait faiblement sous la pâle lumière de la ville qui entrait par les fenêtres sans persiennes. La circulation était faible. Les trams encore au dépôt. Tout était étrangement silencieux par rapport à l'agitation et aux allées et venues incessantes de la journée. Dans ce calme presque pesant, la sonnerie du téléphone fixe du bureau de Delaunay me vrilla les tympans.

J'hésitai à décrocher. Ce n'était pas mon bureau et je n'étais pas chez moi, mais si c'était important…

— Allô ?

— Euh… Vous n'êtes pas le capitaine Delaunay…

— Ah non. Mais je travaille avec lui. Puis-je lui laisser un message ?

— Il faut le trouver. Mon fils a disparu.

— Qui êtes-vous, monsieur ? demandai-je, tous mes sens se mettant en alerte.

— Je m'appelle Albert Meyer. Le père de Jules Meyer.

Mon cerveau passa en surmultiplié, ce qui, à 5 heures du matin et après une nuit blanche, lui prit quelques secondes de plus que d'habitude.

Jules Meyer… Le gamin de la boîte de nuit venu faire un portrait-robot. Ce jeune homme n'avait rien d'un caïd macho. Dans mon souvenir – je n'avais fait que le croiser au bureau – il m'avait semblé plutôt efféminé, il était mince, taille fine, l'air doux et gentil.

— Je suis Laura Claes, monsieur, je travaille sur les enquêtes en cours avec le capitaine Delaunay. Cet après… ou plutôt hier après-midi, vous avez eu sa visite, ainsi que celle de mon collègue Fred Jumet. Vous pouvez parler, monsieur. Tout sera communiqué au capitaine.

— Je… Il ne s'agit pas que de transmettre, madame ! Il faut le rechercher immédiatement. J'ai peur, avec tout ce qui se passe en ville.

— Je comprends, et c'est ce que nous allons faire, monsieur Meyer. J'ai besoin de savoir où et quand il a disparu.

— Je ne travaillais pas hier soir. Mon fils tenait la boutique. Normalement, on ferme à 4 heures, mais le lundi, en fonction de la fréquentation, c'est souvent entre 2 et 3 heures, au plus tard. Parfois, il dort sur place, sinon il rentre à son studio, juste au-dessus de mon appartement. Je l'entends toujours arriver. Ayant l'habitude de travailler la nuit, en général je ne dors pas à cette heure-là. Cette nuit, il n'est pas rentré.

— Vous êtes allé voir à la boîte de nuit ?

— Bien sûr ! C'est la première chose que j'ai faite. C'était bien fermé, mais, fait anormal, les clés étaient sur la serrure. Jules ne les aurait jamais laissées là. Je suis entré dans la discothèque, il n'y avait personne, ni en bas ni en haut. La recette était mise au coffre, mais mon fils, invisible.

Ce n'était pas de bon augure. Je continuai malgré tout :

— Il n'a pas pu aller chez une amie… ou un ami ?

— Non. Mon fils est gay. Il n'a pas d'amie. Quant à son petit copain, ils ont rompu il y a deux semaines. Depuis, il vit seul.

— Aucune chance qu'il ait suivi un amant occasionnel ?

— Non aucune. Par les temps qui courent… J'ai quand même appelé son ex, il n'est pas chez lui non plus. J'ai aussi téléphoné aux pompiers pour savoir s'il y avait eu un accident sur la voie publique, rien, *nada*. Je suis certain qu'il a été enlevé par ce taré...

Il y avait des sanglots dans sa voix.

Cette fois, j'en étais sûre, nous avions une autre disparition.

— Je lance les recherches, monsieur Meyer. Rentrez chez vous et ne bougez pas, au cas où votre fils rentrerait. On vous rappelle dès que l'on sait quelque chose.

Il fallait sonner le branle-bas de combat.

Je n'eus pas à aller bien loin : Jumet et Bricart franchissaient le seuil du bureau comme je m'apprêtais à les appeler.

— Salut, Laura ! Tu en fais, une tête !

— Je sais qui est la prochaine victime.

— Ne me dis pas...

— Si. Et tu la connais. C'est Jules Meyer.

Même hésitation que moi quelques minutes plus tôt. Ils avaient une excuse, ils n'avaient pas encore pris leur café.

— Le gamin de la boîte de nuit ? percuta Fred.

— C'est ça.

— Il a disparu quand ?

— Là, juste cette nuit, entre 2 et 3 heures du matin.

Jumet regarda sa montre.

— Ça fait entre deux et quatre heures maximum. Ce qui nous laisse une chance de le retrouver si c'est bien à Casse 2000 que le meurtrier agit. Je mets le RAID sur le coup. On va avoir besoin de tous les renforts possibles pour fouiller les conteneurs.

Il s'adressa à Bricart :

— Rappelle Théo et ses hommes. Il faut au minimum une bonne heure pour que le RAID arrive de Paris, même en hélico. Nous, on s'équipe et on y va. Laura, tu n'es pas obligée de venir…

— Bien sûr que si. Si le meurtrier est sur place, tu peux avoir besoin de moi s'il faut parlementer.

— Départ dans dix minutes.

*

* *

Jules Meyer était mort. Pourtant, il avait fait très attention à l'endroit où il avait délicatement enfoncé la lame. Il y était allé tout doucement. Mais Jules avait eu un sursaut malgré la drogue et le coup de poing. La lame avait dévié et entamé le cerveau en lui-même. Un dernier soubresaut du corps, et puis plus rien. Il en aurait pleuré. Il ne lui restait qu'une chose à faire pour se faire pardonner de ce gosse. Il sortit son couteau, un couteau de plongeur, et lui trancha le sexe. Voilà, c'était fait. Il était une femme, maintenant. Il réalisa qu'il ne connaissait pas suffisamment sa victime pour l'installer à un endroit où elle aurait aimé être. Il réfléchit. Jules possédait une boîte de nuit. Il allait le ramener là-bas. Cela lui ferait plaisir. Il ne restait plus qu'à sortir du port. En utilisant la même méthode que pour entrer, cela devrait pouvoir se faire.

La pluie n'avait pas cessé.

*

* *

Théo était arrivé au bout des dix minutes imparties. L'œil encore vague, le visage chiffonné par le manque de repos. Parfois il vaut mieux ne pas dormir du tout que d'être tiré brutalement d'un sommeil profond, comme c'était certainement son cas.

Jumet lui résuma la situation.

— Je bipe les M&M's et leur donne rendez-vous à Casse 2000.

Cinq minutes de plus et nous partions toutes sirènes hurlantes vers le port.

*

* *

Lucien terminait enfin son service. La nuit avait été plutôt calme. D'ici peu les ouvriers et le personnel administratif du port de commerce allaient commencer à arriver. Il se demanda s'il fallait continuer à contrôler chaque voiture. Il connaissait tous ces gens et ne les voyait pas du tout en trafiquants de drogue. De toute façon, ce n'était plus son problème, l'équipe de jour serait là dans quelques minutes.

Une voiture de police se présenta à la sortie.

Tiens, celui-là aussi a fini sa nuit ! se dit-il. Il doit être content !

La pluie continuait à tomber à grosses gouttes. Il ouvrit la barrière depuis sa guérite. On ne lui avait pas demandé de contrôler les voitures qui sortaient, encore moins une voiture de police.

*
* *

Il devait se dépêcher. Son biper avait sonné. S'il voulait garder son image de respectabilité, il faudrait appeler le patron pour savoir ce qui motivait le rappel des troupes à 6 heures du matin. Mais avant ça, il devait aller déposer le corps et prendre une douche. Ses expériences médicales avaient une fâcheuse tendance à laisser des traces de sang sur sa petite personne, même s'il se protégeait avec de grands sacs poubelles soigneusement noués autour du cou et des poignets. Pas question que sa femme trouve du sang sur ses vêtements.

Il prit la direction du square Saint-Roch. Il croisa peu de voitures. Ce n'était pas encore l'heure où la majorité des gens partaient au bureau et il était beaucoup trop tôt pour emmener les enfants à l'école. La circulation était fluide. Il mit moins de dix minutes pour arriver à son but au lieu de quinze dans la journée.

Une mauvaise surprise l'attendait. Devant la boîte de nuit, un homme faisait les cent pas, un téléphone à la main. Il avait l'air très agité. S'il s'arrêtait, il risquait fort de se faire apostropher. Il passa son chemin, ignorant l'homme, qui regardait dans sa direction. Où allait-il pouvoir poser le cadavre tout en respectant les désirs du mort ? Soudain, il eut une illumination. Jules aimait la musique, à n'en pas douter. Il allait lui en donner. Le kiosque à musique du square Saint-Roch, qui fut un cimetière aux temps jadis, ferait l'affaire. La mort et la musique, un final parfait pour Jules Meyer.

Il gara sa voiture le long de la clôture. La rue était déserte, mais des immeubles entouraient le square. Cela faisait des centaines de fenêtres et autant de paires d'yeux susceptibles de le voir à l'œuvre. Il hésita.

— Allez ! Respecte la volonté du mort.

Il rabattit la capuche de son sweat sur sa tête. Il jeta un regard scrutateur autour de lui en sortant du véhicule. Personne. Il ouvrit le coffre, chargea Jules sur ses épaules et le balança dans le kiosque, soucieux de ne pas traîner outre mesure.

Dix minutes plus tard, il était chez lui. Tout le monde dormait. Il prit sa douche, se changea et fila à l'hôtel de police. Du travail l'attendait.

*

* *

Le jour se levait à peine quand nous franchîmes les barrières de Port 2000, sous l'œil surpris du gardien. Nous filâmes à Casse 2000, où Jean-Claude Groult, prévenu de notre arrivée, nous attendait. Il nous donna un sérieux coup de main pour ouvrir les premiers conteneurs. Sans résultat.

Où était donc Jules Meyer ?

22

Mardi 25 juin, à 6 h 30

Quand Marc arriva à l'hôtel de police, la jeune femme à l'accueil lui sauta dessus :

— Enfin, vous voilà ! Théo et l'équipe sont partis depuis une heure. Ils ont cherché à vous joindre, sans succès.

Elle lui résuma la situation.

— J'étais à l'hôpital avec mon fils. Les portables sont interdits. J'ai bien eu un signal sur mon biper, mais je ne pensais pas que c'était aussi urgent. Je décale de suite. Prévenez-les.

Il arriva à Casse 2000 dix minutes plus tard sans rencontrer de problème à l'entrée du port. Le gardien de jour ne lui posa pas de questions et ouvrit la barrière dès qu'il vit la voiture de police.

Théo et les autres, équipés de ponchos pour tenter de se protéger de la pluie, s'échinaient à ouvrir chaque conteneur en compagnie de Jean-Claude Groult.

Ce n'était pas si simple. Les poignées permettant de faire coulisser les barres de fermeture étaient rouillées et offraient une résistance peu commune. Pour moi qui n'arrivais pas à forcer un pot de confiture, c'était mission impossible. Nous parvînmes quand même à en ouvrir une dizaine, sans rien trouver à l'intérieur. Une équipe cynophile aurait été essentielle mais, basée trop loin, elle n'arriverait pas avant au moins deux heures. Marc arriva enfin. Un peu d'aide supplémentaire ne serait pas inutile. Le RAID était en alerte, mais attendait une fenêtre météo pour qu'un hélico puisse les amener sur place.

— Tu en as mis, du temps, grommela Théo.

— Mon fils...

— Ah oui. Pardon. Ça va ?

— Oui, oui. Où en est-on ?

— Dans la merde ! Jules Meyer a disparu cette nuit. On espère qu'il est dans un de ces blocs, mais il y en a des centaines. Ton aide ne sera pas inutile.

C'est à ce moment que les téléphones sonnèrent.

Un corps venait d'être retrouvé square Saint-Roch.

Il fut décidé que les M&M's resteraient au port avec Jean-Claude Groult et continueraient les recherches en attendant le RAID.

Théo nous accompagnerait sur la scène de crime. Scène secondaire, si on se fiait aux autres meurtres.

— Et si c'était simplement un meurtre crapuleux ? osa Théo dans la voiture qui fonçait vers le square.

Il poussa le raisonnement :

— Un patron de boîte de nuit qui sort avec sa recette, ça peut éveiller des convoitises.

— Il n'emporte jamais l'argent le soir, dis-je. Son père m'a bien spécifié qu'il le mettait au coffre. La patrouille appelée par le découvreur a stipulé « vilaine blessure à la tête ». Ça ne laisse pas beaucoup de place au doute.

Dix minutes plus tard, nous arrivions sur les lieux. Le square Saint-Roch était un havre de verdure dans la ville.

— C'est un parc urbain plutôt qu'un square, expliqua Théo. Il fait quand même deux hectares. D'après les informations reçues, le corps est dans le kiosque à musique situé en bordure du parc. On n'aura pas trop loin à aller.

— Un kiosque à musique ?

— C'est ça.

— Encore une fois, on retrouve une symbolique propre à la victime. Si c'est bien Jules Meyer, cogérant d'une boîte de nuit, il devait aimer la musique.

Fred osa un ricanement :

— La musique d'une boîte de nuit actuellement ne doit pas être vraiment la même que celle qu'on joue dans un kiosque à musique ! Ce n'est pas une guinguette !

— Toi, quand tu veux être de mauvaise foi ! m'insurgeai-je. C'est de la musique, que tu le veuilles ou non. Qu'est-ce qui symbolise mieux la musique qu'un kiosque à musique ?

— Plein de choses, j'imagine. Mais tu n'as pas tort, modéra-t-il.

— Il y a surtout que ce n'est pas loin de la boîte de nuit de papa, précisa Théo. On arrive.

C'était un beau parc, avec de grands arbres, où il devait faire bon flâner. Les nombreux sentiers qui le traversaient étaient agrémentés de bancs pour profiter de ce havre de paix en plein cœur de la ville. Nous nous garâmes le long du trottoir, juste à côté du kiosque entouré de rubalises et surveillé par quatre policiers.

— Salut, les gars. Qu'est-ce qu'on a ?

— Bonjour, patron. Ce matin une joggeuse, une jeune femme de vingt ans, faisait ses exercices matinaux dans le parc.

— Malgré la pluie ? m'étonnai-je alors que des gouttes éparses continuaient de tomber.

Le soleil perçait timidement à travers les derniers nuages pour nous offrir un coin de ciel bleu juste au-dessus du square.

— Oui. Elle a précisé qu'elle courait par tous les temps. Elle est passée devant le kiosque et a aperçu la victime couchée sur le côté contre les barrières. Elle a d'abord poursuivi son chemin, puis a eu un remords en pensant que la personne avait peut-être fait un malaise. Elle a admis que, si cela avait été dans un endroit plus isolé, elle n'y serait sans doute pas retournée, mais comme le kiosque est quasiment au bord du trottoir elle s'est dit qu'il y aurait toujours quelqu'un qui passerait dans la rue à un moment ou l'autre. Au départ, elle ne voyait que le dos de la personne, elle a juste vu que c'était un homme... Elle l'a appelé, il ne répondait pas. En se rapprochant, elle a vu les liens, la blessure à la tête et le pantalon plein de sang. Elle est sortie du kiosque et nous a contactés.

— Où est-elle ? demanda Jumet.

— Dans la voiture de patrouille. On ne voulait pas la laisser sous la flotte et on ne pouvait pas la mettre sous le kiosque, donc...

— OK. Où habite-t-elle ?

— Juste à côté. Un immeuble de la rue Georges-Braque.

— Très bien. Renvoyez-la chez elle, qu'elle se change, j'imagine qu'elle doit être trempée...

Le policier eut un petit sourire fugace. La demoiselle ne devait pas être désagréable à regarder !

— Convoquez-la pour qu'elle fasse sa déposition au commissariat en fin de matinée, ordonna Théo.

— À moins qu'elle ne soit trop choquée, dis-je. Dans ce cas-là, elle devrait voir un psychologue.

— Vas-y, proposa Jumet. Tu évalueras son état et tu décideras. Tu nous rejoins dès que tu as fini.

Je me dirigeai vers la voiture de patrouille. La jeune femme était sur le siège arrière. Les policiers lui avaient donné une couverture de survie pour la réchauffer. Elle était emballée dans une sorte de papier doré. Grande et sportive, cheveux blonds attachés en queue-de-cheval, elle m'accueillit avec un sourire triste.

— Bonjour. Je m'appelle Laura Claes. Je suis psychocriminologue. Je travaille avec la police. Comment vous sentez-vous ?

— Ça va.

C'était un petit « ça va ».

— Comment vous appelez-vous ?

— Lou Faure. J'habite juste là, chez mes parents, dit-elle en désignant une rue du menton. Je devrais leur téléphoner. Ils vont s'inquiéter. Je suis étudiante en licence LLCER.

— Vous pouvez préciser ?

Aujourd'hui, il y avait de quoi s'y perdre dans les dénominations des différentes licences.

— Pardon. Langues, littérature et civilisations étrangères et régionales. Je fais une spécialité en anglais.

Cette jeune femme avait un bon niveau intellectuel et semblait appartenir à un milieu aisé.

— Pouvez-vous me raconter comment vous avez découvert le corps ?

À peu de chose près, elle répéta ce qu'avait dit le policier de garde. Son ton était ferme et elle ne tremblait pas, comme cela aurait pu être le cas. Puis :

— C'est Juju, n'est-ce pas ?

— Vous connaissiez la victime ?

— Il travaille au Meyer's, pas loin d'ici. C'est une discothèque branchée. J'y allais parfois. Mais non, je ne le connaissais pas personnellement. Je l'ai juste croisé là-bas. C'est le fils du patron.

— Vous pouvez m'en dire plus sur lui ?

Elle haussa les épaules.

— Pas vraiment. Je... je crois qu'il était gay. Mais je n'ai aucune certitude. C'est juste une impression personnelle.

Son portable sonna.

— C'est ma mère. Cela fait presque une heure que j'attends. Elle doit se poser des questions.

— Répondez et dites-lui qu'on vous ramène. Vous sentez-vous capable de venir faire votre déposition en fin de matinée ?

— Cela devrait aller. Ce n'était pas beau à voir. Juju était sympa. Je n'arrive pas à y croire. Il faut que vous attrapiez celui qui a fait ça. Si je peux aider...

— Merci, Lou. Venez pour 11 heures à l'hôtel de police, boulevard de Strasbourg. On vous attendra.

Je rejoignis les autres au kiosque, après avoir donné des instructions pour la raccompagner à un policier en faction.

C'était sans nul doute un kiosque, mais, si j'ose dire, dans son plus simple appareil. Pas de fioritures, pas de décorations kitch, comme c'est parfois le cas. Il se situait sur un petit promontoire, entouré de colonnes sobres reliées entre elles par des barrières et surplombé d'un toit tout aussi épuré. On aurait dit un gros champignon.

Le corps reposait contre la barrière côté rue, me donnant l'impression qu'il avait été balancé là dans l'urgence.

— C'est bien Jules Meyer, confirma Jumet.

La plaie à la tête et le pantalon imbibé de sang ne laissaient aucun doute sur l'identité du tueur.

— Le tueur ne s'arrêtera pas. En voici la preuve, dis-je. Cependant, il y a un problème. Le père m'a assuré que son fils était gay. Lou, la fille qui a découvert le corps, le connaissait et pense la même chose. Ce n'est donc pas un transgenre. Pourquoi s'en prendre à lui, dans ce cas ?

— Une erreur de casting, peut-être, proposa Bricart.

— Possible.

Jean Lambert, qui avait été prévenu, revenait d'Avranches. Il serait là dans un peu moins de trois heures. L'autopsie était prévue dans la soirée. Ménard arriva sur place. Le fourgon marqué *Identification criminelle* fit sensation dans le quartier. Les badauds surgirent des immeubles, mus par une curiosité morbide. Il fallut les maintenir à distance pendant que Ménard travaillait. Il photographia la scène sous tous les angles avant de commencer à faire des prélèvements.

Le fourgon mortuaire tournait à peine le coin de la rue qu'Albert Meyer fit son apparition, prévenu par la rumeur. Nous n'avions pas encore eu le temps de nous présenter chez lui pour lui annoncer la triste nouvelle. Il bouscula les curieux, fou de douleur et de rage.

— C'est mon fils, c'est mon fils, je veux le voir.

Étant donné l'état du corps, c'était totalement impossible.

Si Jules était fluet, Albert, lui, était une force de la nature. Il ne fallut pas moins de deux policiers, aidés de Jumet et Bricart, pour le maintenir à distance. Quand il fut maîtrisé, je m'approchai.

— Monsieur Meyer, nous sommes sincèrement désolés, mais effectivement tout porte à croire qu'il s'agit de votre fils.

À ces mots, sa colère disparut et il s'effondra en sanglots. C'était touchant de voir ce colosse s'écrouler comme un tas de chiffons. C'est tout juste s'il arrivait encore à parler :

— Je veux le voir... C'est de ma faute... Je n'aurais pas dû le laisser seul...

— Monsieur Meyer, ce n'est en aucun cas de votre faute. Le seul coupable, c'est le tueur. Pour voir votre fils, il faudra patienter un peu. Notre légiste va s'occuper de lui en priorité. On vous appellera dès qu'il vous sera possible de le voir.

Il glissa par terre, au bord du malaise.

— On appelle une ambulance, décréta Jumet.

— Non, non... Je veux rentrer chez moi.

Je m'agenouillai à côté de lui.

— Vous avez subi un choc énorme, monsieur Meyer. Il faut voir un médecin. Je viendrai vous rendre visite à l'hôpital. Y a-t-il quelqu'un que vous souhaiteriez prévenir ?

— Non. Nous n'étions que tous les deux. Sa mère est morte il y a deux ans... un cancer. Je suis tout seul, maintenant.

Je lui prodiguai d'autres paroles de réconfort en attendant l'ambulance, qui ne tarda pas. Il fut embarqué pour l'hôpital après que le médecin du SAMU, mis au courant de la situation, lui eut injecté un tranquillisant.

Les croque-morts, que l'on appelle maintenant « assistants funéraires », préparèrent le corps pour le transport, sous la surveillance étroite de Ménard, qui tenait à préserver le plus petit indice possible. Afin de le protéger au maximum, il fut d'abord déposé dans un sac en non-tissé avant d'être enfermé dans une housse noire. Comme à chaque fois, le bruit de la fermeture éclair se refermant sur une vie me donna des frissons. Enfin, le corps de Jules fut placé dans un contenant métallique enchâssé sur des roulettes pour être chargé dans le corbillard.

— Je suppose qu'on va à l'hôpital Monod ? demanda l'employé des pompes funèbres.

— C'est ça. Le docteur Florent Bertin va le réceptionner.

— Très bien. C'est une bien triste histoire. Il faut que vous trouviez ce détraqué, et vite, sinon la ville va entrer en ébullition. Les gens causent, vous savez.

Curieusement, lorsque le corps fut embarqué, les personnes présentes se mirent à applaudir.

— Pourquoi applaudissent-ils ? s'étonna Jumet.

— Une façon de lui rendre un dernier hommage, j'imagine. Il semblait fort apprécié, ce garçon.

Une femme dans le public, furieuse, lança :

— Trouvez l'assassin ! À mort, l'assassin !

Nous nous regardâmes, effarés. La colère montait, avec les débordements qu'elle pouvait engendrer. Il fallait absolument que l'enquête avance vite.

— On rentre ! On débriefe au poste.

*

* *

Le tableau de Bricart n'était plus assez grand. Le commissaire, quant à lui, était livide. Il s'était rendu lui-même au port pour superviser le travail du RAID, enfin arrivé. Chaque conteneur de Casse 2000 avait été ouvert, même ceux en hauteur, ce qui me sembla une perte de temps. Les chiens n'avaient rien marqué. Les super-flics étaient repartis comme ils étaient venus, sans résultat.

— C'est invraisemblable ! jura Théo. C'était notre meilleure chance de localiser sa planque.

— Le port déborde de conteneurs. Dans le lot, il doit bien y en avoir des vides qui traînent à gauche ou à droite. Si on ne peut pas mieux cibler, on cherchera longtemps ! opposai-je. Il faut prendre le problème autrement.

— Une idée ? demanda Fred.

— Déjà, il nous faut les bandes vidéo de la boîte de nuit d'hier soir, estima Bricart. Peut-être que c'est là que le tueur a choisi Jules.

— Tu as raison. Mais son père est à l'hôpital. Ça ne va pas être facile.

— On va lui demander ses clés, proposai-je. Pour identifier l'assassin de son fils, je suis certaine qu'il sera d'accord.

— On n'a qu'à faire ça, accepta Jumet. Laura, tu récupéreras les clés en partant à l'autopsie. Victor les rapportera pendant que tu seras avec Lambert. Théo et moi, on ira chercher les bandes.

— Le tueur est quand même bien renseigné, dis-je. On a soupçonné Lefebvre, mais rien ne l'implique. On a son ADN par l'intermédiaire de celui d'Enguerrand, il ne correspond pas à celui du tueur, isolé par Ambre. Idem pour Enzo Robert, car, en tant que légiste, il avait accès aux dossiers. Son innocence étant prouvée, il faut nous intéresser à d'autres personnes ayant ces accès.

— Arrête, Laura ! Tu ne peux pas envisager que l'un de nous soit coupable, protesta Max. À moins que tu ne penses à Florent Bertin ?

De fait, cette idée trottait dans ma tête.

— Impossible. Il était au Maroc, objecta Théo.

— On va lui demander de fournir ses billets d'avion. Jusqu'à présent, on n'a que ses affirmations, dis-je.

— Tu vas te faire bien voir, toi !

— Peut-être. Mais si Lambert a pensé à l'extraction de la pierre de folie, pourquoi pas lui ?

Marc intervint, agacé qu'on puisse soupçonner quelqu'un de la Maison :

— L'empreinte trouvée sur la voiture de Chloé n'appartient pas au fichier de la police.

— C'est vrai, rétorquai-je, mais c'est une empreinte partielle de paume. Rien d'étonnant à ce qu'elle n'apparaisse pas. Ce n'est pas une preuve. Dans l'état actuel des choses, cela ne nous avance pas. Idem pour l'ADN trouvé sous les ongles des victimes. Tu n'as pas de nouvelles d'Ambre ? demandai-je à Joël. Elle avait parlé d'un profil physique possible.

Il secoua la tête négativement.

— J'en reviens à ton idée, déclara Théo. Si c'était un flic, pourquoi utiliserait-il de la paracorde ? Ils ont tous des serre flex, encore plus solides. Si j'étais flic et tueur, je me servirais de ça.

Les M&M's approuvèrent.

— Bien, procédons par ordre, exigea Jumet, qui sentait monter une certaine tension. Le seul élément tangible nous ayant fait penser à quelqu'un au courant de l'enquête est le fourgon brûlé.

— Mais... bêla Théo.

Jumet leva la main.

— Laisse-moi continuer. Comme tu l'avais remarqué, Théo, tous les postes de police et de gendarmerie savaient qu'on recherchait ce fourgon. La fuite pouvait venir de n'importe où. Les fourmis ont-elles pu apprendre qui renseigne les journalistes ? Si Laura a raison et que « Frédéric », le tchatcheur et sans doute le tueur, veut de la publicité, c'est peut-être lui leur source.

— Jusqu'à présent, pas de réponse. Ils ne parleront pas, ils protègent leurs sources, opposa encore une fois Théo.

— Si on leur colle un délit de non-assistance à personne en danger, cela devrait les faire changer d'avis.

— Quelqu'un a-t-il auditionné le pédophile ? Celui dont Jules avait fait le portrait ?

— Un lieutenant des mœurs s'en est chargé, répondit Théo en sortant une liasse de feuilles imprimées. C'est un pédophile, certes, mais il se tient tranquille. Pour cause, il est sous surveillance et il le sait.

— On l'oublie, fit Bricart. Si c'était lui, il s'en prendrait à des gosses.

— Les dockers ?

— Rien de plus que ce qu'ils ont déclaré lors de leurs interrogatoires.

— Très bien. On les convoque immédiatement pour qu'ils justifient leur emploi du temps avec précision lors des meurtres. Et pas uniquement celui de Renato. Pareil pour les marins de service sur l'Abeille ce jour-là.

— On a une empreinte, un ADN, mais personne avec qui comparer, râla Max. C'est quand même un comble.

— Justement, c'est ce qu'on va faire pour tous ceux qui sont apparus au cours de l'enquête. Le proc va ronchonner pour les frais, mais c'est ça ou la population réglera ses comptes toute seule. Et là, ça fera mal ! affirma Jumet.

Une fourmi entra à cet instant. Je la trouvai très pâle.

— Capitaine Delaunay, puis-je vous parler ?

— C'est au sujet de l'enquête ?

— Oui... enfin, je ne sais pas trop.

Elle jeta un regard gêné autour d'elle.

— En privé, s'il vous plaît.

Théo haussa les sourcils.

— Allons dans mon bureau. S'il s'agit de l'enquête, la Task vient aussi.

Une fois la porte fermée, Théo l'invita à parler.

— Vous aviez demandé de faire des recherches pour savoir si une personne de la famille d'Enzo Robert était atteinte de démence.

— C'est vrai.

— On n'avait rien trouvé. Mais voilà...

Elle hésitait encore. Je l'encourageai :

— Parlez. Vous ne craignez rien.

— Ma grand-mère est en EHPAD. Hier midi, je suis allée lui rendre visite. Ils ont une section médicalisée pour les Alzheimer et autres cas de démence. En sortant, j'ai croisé...

— Allez-y, il faut tout nous dire.

— J'ai croisé Mme Dubreuil.

— Mme Dubreuil ? La femme de Marc ?

— C'est ça. On se connaît, car on s'était déjà rencontrées lors de pots où les conjoints sont invités. Elle m'a dit qu'elle venait voir la tante de Marc, qui y est internée. Elle a une maladie dégénérative et, semble-t-il, héréditaire. Il paraît que Marc a très peur de cette maladie. Ça m'ennuie de vous dire ça. Je pense que ce n'est rien, mais vous aviez dit…

— Merci. C'est très bien, lieutenant. Gardez cette information pour vous. On s'en occupe.

Quand elle sortit, nous nous regardâmes, sous le choc.

Marc Dubreuil pouvait-il être le tueur, à la recherche d'une méthode pour éviter de devenir fou ?

23

— Marc ! Ce n'est pas possible, ce ne peut pas être lui, le tueur ! s'exclama Théo. Je le connais depuis dix ans. C'est un lieutenant fidèle et dévoué.

— Personne ne l'accuse formellement, temporisa Fred. Mais cela mérite quand même quelques vérifications.

— Cette histoire de démence héréditaire peut être le déclencheur, observa Joël, tout aussi ennuyé que Théo.

— Nous nous doutons depuis quelque temps que l'assassin peut avoir accès aux dossiers, dis-je. Cela fait un moment qu'il joue avec nous. On imagine qu'il connaît les méthodes de la police et de la PTS, puisqu'il ne laisse aucun indice derrière lui. De toute façon, cela ne va pas être très difficile à vérifier. Si l'empreinte palmaire n'apparaît pas dans les fichiers, c'est normal, on ne relève que les empreintes digitales. Mais on a un ADN qui lui ne mentira pas s'il correspond à celui de Marc. Il faut prélever son ADN et le soumettre à un interrogatoire sérieux.

— Tu imagines le traumatisme si ce n'est pas lui, intervint Théo.

— Si ce n'est pas lui, il sera choqué, c'est certain, mais aura sûrement le désir de prouver son innocence en répondant à nos demandes.

— Nous allons nous charger de lui, dit Fred à Théo. Tu es trop impliqué. Posons-nous d'abord les bonnes questions. Primo : où était-il les soirs des quatre précédents meurtres ?

— Il faudrait que je regarde les tableaux de service, je ne peux pas te répondre comme ça. Mais... hier soir, nous savons tous qu'il n'était pas là. Son fils a eu un accident... Il s'est absenté et n'est revenu que ce matin, et en retard.

— Connais-tu le prénom de son fils ?

— Euh...

Il força sa mémoire :

— Romain, je crois.

Bricart décida :

— Très bien. Je vais téléphoner aux hôpitaux pour savoir si un Romain Dubreuil a eu un accident de scooter. On sera vite fixés.

— Où habite-t-il ? demandai-je alors que Bricart s'isolait dans un coin du bureau pour appeler.

— Près du casino. J'en suis certain. J'y suis allé une fois, répondit Théo, effondré sur sa chaise.

— Donc, pas très loin du quai Michel-Féré ?

— En effet. Il n'y a que la passerelle du Commerce à traverser si on est à pied, ou alors deux minutes en voiture en passant par les Volcans.

— Le quartier correspond plus ou moins, constata Jumet, le nez sur le plan de la ville affiché au mur.

— T'a-t-il donné quelquefois l'impression qu'il était mal dans sa peau ?

— Tu veux dire un trans refoulé ?

Là, il se mit à rire franchement.

— Marc, c'est un homme, un vrai. Un grand sportif, tu as vu comme il est musclé ?

Justement, c'était aussi un problème. Sa silhouette pouvait tout à fait correspondre à celle de l'homme qui, sur les vidéos de la place Auguste-Perret, portait le cadavre de Renato sans difficulté.

— Voici ce que je propose, dit Jumet. On va organiser un prélèvement d'ADN sur chacun des hommes liés de près ou de loin à l'enquête. Tous ceux du bureau, y compris les fourmis, les informaticiens et le moindre petit employé seront convoqués. Cela passera pour une vérification générale. Ainsi, Marc ne se sentira pas particulièrement visé. On n'analysera que le sien, pour des raisons d'économie, mais ça, il n'a pas besoin de le savoir. Les autres non plus, d'ailleurs. On ne sait jamais ! Nous serons vite fixés. Ménard va s'en occuper en urgence.

Joël revenait, l'air soulagé.

— Il y a effectivement un Romain Dubreuil victime d'un accident de scooter. Il est à l'hôpital Flaubert, en centre-ville. Pas de blessure grave, mais une commotion cérébrale. Les médecins le gardent en observation pour deux jours. Sa mère est à son chevet et le père, donc Marc, est venu dans la soirée. L'infirmière de nuit est partie. Celle de jour ne sait pas si le père est resté toute la nuit ou pas.

— Il se serait absenté pour enlever Jules et revenir ? Un peu limite, non ? argumenta Théo.

— Limite, en effet, mais l'alibi parfait. Regarde donc le tableau de service, ordonna Jumet.

Théo pianota sur son ordinateur. Ce n'était pas ce qu'il préférait. Enfin, au bout de cinq longues minutes de recherche :

— Ah, voilà ! Renato est mort la nuit du 9 au 10... Merde ! Marc était en congé. Il a repris le 10 au matin.

Ce n'était pas trop bon pour lui, ça.

Il continua :

— Enguerrand, disparu la nuit du 15, retrouvé mort le 17. Comme Marc rentrait de vacances, il a pris la permanence ce week-end-là. Il ne peut donc pas être coupable, affirma-t-il, triomphant.

— C'est lui qui a enregistré l'avis de disparition ? demandai-je.

— Attends, il faut que je change de page pour ça.

— Finis d'abord avec le tableau de service.

— Alors... Juliette disparue le 18 et retrouvée morte le 20. Il travaillait les deux jours. Enfin, pour Chloé... Vous étiez déjà là.

— C'est vrai, dis-je, il a été présent tous les jours, sauf hier soir.

— L'avis de disparition d'Enguerrand a été enregistré par Max, continua Théo.

Jumet réfléchissait :

— Marc avait, par conséquent, ses nuits entièrement libres, comme nous tous.

J'opposai :

— Oui, mais Juliette a été enlevée sur le chemin du lycée et Chloé en allant au boulot. De jour, donc. Ces jours-là, Marc travaillait. Ce ne peut pas être lui.

— Les heures des enlèvements sont très matinales. Ça laisse un créneau suffisant pour agir.

Je fis la moue.

— C'est trop juste. Tu ne kidnappes pas quelqu'un à 7 h 30 pour te présenter au boulot à 8 heures !

— Bien. J'appelle Ménard. Joël, tu réunis tout le monde en salle de repos et on lance les tests ADN. C'est le plus logique avant de passer à un interrogatoire plus poussé, décida Jumet.

*

* *

Cela n'avait pas été facile de faire comme si de rien n'était en retournant auprès des autres membres de l'équipe. Surtout pour Théo. Mais il joua le jeu en annonçant que Ludovic Ménard allait relever l'ADN de tous les hommes travaillant au commissariat. Il fallut quand même une bonne heure pour organiser les prélèvements, et surtout pour récupérer une quantité suffisante d'écouvillons. Heureusement, après quelques coups de fil et un ordre de réquisition, un laboratoire d'analyses médicales situé près des halles vint à notre secours. Une estafette fit l'aller-retour pour les rapporter.

Il fut décidé que nous commencerions à 13 heures.

Le temps d'avaler un autre sandwich, au thon pour changer, et nous étions prêts. Ça discutait ferme dans les couloirs. Tout le monde se posait des questions :

« Pourquoi faire ce test ? », « Tu crois qu'ils soupçonnent l'un d'entre nous ? », « C'est simple, s'il y en a un qui refuse, c'est forcément lui le coupable. »

Les regards devenaient suspicieux et l'ambiance était délétère.

Quand tous les hommes du service furent réunis, agents, lieutenants, capitaines des différents bureaux, Stups, Mœurs et Crim', informatique, hommes de ménage et même Victor, Jumet y alla de son petit speech :

— Messieurs, nous sommes désolés de vous imposer cette corvée, mais c'est un mal nécessaire. Comme vous le savez, un tueur sévit dans votre ville. Certains éléments nous donnent à penser que cet homme, puisqu'il est certain que c'en est un, a accès à des informations contenues dans nos dossiers. Nous allons tenter de discriminer par l'ADN qui pourrait être concerné.

Il y eut un murmure réprobateur.

— Vous ne pensez quand même pas qu'il puisse s'agir de l'un d'entre nous ? demanda une voix outrée.

— Je ne le pense pas vraiment, mais vous comprendrez qu'avant d'élargir les tests à d'autres catégories de personnes nous devons commencer par vous, qui avez accès à nos bureaux. Vous connaissez le principe. Ludovic Ménard, de la Scientifique, ici présent, va, à l'aide d'un écouvillon, prélever dans votre bouche quelques cellules épithéliales qui permettront au labo de définir votre ADN. Ce n'est pas douloureux, juste peut-être un peu désagréable. Veuillez vous présenter à lui dans l'ordre qui vous plaira. Nous avons la liste du personnel et nous cocherons au fur et à mesure ceux qui se sont soumis au test. C'est un acte citoyen et volontaire... pour le moment. Il va de soi que si l'un d'entre vous refusait, il requerrait toute notre attention. Mme Claes assistera M. Ménard. Une fois l'ADN recueilli, l'écouvillon sera enfermé dans un tube hermétique, évitant ainsi tout risque de contamination par un autre ADN. Le tube sera marqué à votre nom et partira aussitôt à l'analyse. Des questions ?

— De toute façon, il n'y a rien à craindre si l'on n'est pas coupable, dit une voix au fond de la salle.

— C'est vrai. Je précise aussi que les ADN ne correspondant pas à celui que nous recherchons seront détruits.

— Je croyais qu'il existait déjà un fichier ?

— Le FNAEG. Mais pour l'instant il ne contient que les profils d'auteurs d'infractions ou des ascendants ou descendants de personnes disparues. Ce qui permet, pour ce dernier point, de comparer les profils de corps non identifiés à ceux de personnes disparues. Souvenez-vous, quand vous êtes entrés dans la police, on vous a pris vos empreintes digitales, mais pas votre ADN. Allons-y, messieurs.

Le défilé commença.

Cela dura deux bonnes heures. À la fin, nous avions une cinquantaine d'éprouvettes à envoyer au labo. Nous nous retrouvâmes dans le bureau avec Ménard, qui sélectionna aussitôt celle de Marc Dubreuil.

Le téléphone sonna. Lambert m'attendait.

— Je vais profiter de ta voiture pour me rendre au labo de l'hôpital. J'emporte tous les échantillons. Il ne faudrait pas que quelqu'un les découvre ici. Le labo est prévenu. La machine PCR est prête. Mais n'espérez pas un résultat complet avant, au mieux, le milieu de la nuit. Une première comparaison des séquençages avec l'ADN trouvé par Ambre sortira peut-être d'ici une heure, déclara Ménard. De toute façon, c'est à Monod.

— N'oublie pas de récupérer les clés de Meyer, me rappela Joël.

— Ne t'inquiète pas. Je vais commencer par là. Je les donnerai à Ludovic. Comme ça, s'il a fini avant moi, il vous les rapportera.

— Je n'aurai pas vraiment terminé, mais pendant que la machine travaille, je peux faire un aller-retour vite fait. Ce n'est pas un problème. Les analystes tiendront les premiers résultats à l'œil. Eux aussi ont envie qu'on coince le coupable.

— Allez-y.

Je plaignis Théo, Joël et Fred, qui devraient faire semblant de rien devant Marc. D'ici ce soir, il nous fallait une certitude. Ou alors on serait contraints de mettre Marc, notre collègue, sous surveillance, ce qui, de toute évidence, répugnait à Théo, qui ne pouvait pas un instant croire à la culpabilité de son lieutenant.

Victor attendait au rez-de-chaussée, en salle de repos, devant un café.

— On va où ?

— À Monod. En trois étapes. D'abord en médecine générale, puis on dépose mon collègue au labo et enfin à la morgue, s'il vous plaît, Victor.

— À votre service. C'est parti.

*

* *

Il était inquiet. Il n'avait pas pu échapper au prélèvement ADN. Cela sentait la fin de son histoire. Malgré toutes ses précautions, Chloé l'avait griffé lorsqu'elle s'était débattue. Il avait pensé qu'en la mettant nue dans l'eau de mer, il n'y aurait plus de traces de son sang sur elle. L'équipe des scientifiques avait dû trouver un ADN sur son corps, sinon la mascarade de tout à l'heure n'aurait servi à rien. Ce n'était pas non plus dans son conteneur qu'ils avaient découvert quelque chose puisque, de source sûre, le RAID n'avait fouillé qu'à Casse 2000 et pas du côté des voies ferrées abandonnées. Donc, ils n'avaient pas encore trouvé sa planque. Il avait peut-être encore une petite chance.

Il s'organisa, retira le maximum qu'il put à la banque la plus proche de l'hôtel de police, histoire de commencer une nouvelle vie. Après, il trouverait bien des petits boulots. Certes, les flics l'identifieraient, mais ne sauraient pas où le chercher.

Il allait s'offrir un dernier coup fumeux. Pas parce qu'il en avait envie, mais pour se venger de ses échecs. Après tout, le dernier essai serait peut-être le bon ! Qui sait ? Il sourit. Cette victime-là n'était pas folle, mais elle se prenait pour un mec, à enquêter et à fouiner dans tous les sens. Ce n'était pas un métier de femme ! Il allait le lui rappeler. Ensuite, il monterait dans le premier cargo en partance pour l'Amérique du Sud. Dommage pour sa famille, mais elle s'en remettrait. Il ferait partie des dix mille disparus qu'on ne retrouve jamais. *Bye, Bye !*

*

* *

Victor me déposa à l'accueil de l'hôpital, d'où je me rendis au service de médecine générale où avait été admis Albert Meyer.

L'infirmière me prévint :

— Vous pouvez y aller, mais il est dans les vapes. On lui a donné du Temesta. Ne vous étonnez pas s'il n'est pas très cohérent.

Je remerciai et me dirigeai vers la chambre du malheureux. Après avoir perdu femme et enfant en deux ans, il lui serait difficile de se relever et d'envisager de continuer à vivre normalement.

Il reposait dans son lit, aussi pâle que les draps étaient blancs.

— Bonjour, monsieur Meyer. C'est Laura, de la police. On s'est vus ce matin.

Il y eut une étincelle dans ses yeux.

— Mon fils ? Il va mieux ?

C'était mal barré. Il était effectivement dans les choux. Les médecins n'avaient pas lésiné sur la dose de calmant !

— Monsieur Meyer, j'ai besoin d'avoir accès à votre ordinateur à la discothèque. Je désire visionner les caméras de surveillance pour savoir qui a...

J'hésitai à lui mentir. Dans l'état où il se trouvait, il valait peut-être mieux ne pas le détromper.

— ... blessé votre fils.

— Bien sûr. Vous pouvez. Il faut attraper le salaud qui lui a fait ça.

— C'est la raison pour laquelle j'ai besoin de vos clés. Savez-vous où elles sont ?

— Oui, oui.

Au ralenti, il désigna la penderie.

— Dans la poche de ma veste.

— Merci.

J'allai me servir. Il y avait deux trousseaux de clés dignes d'une sœur tourière.

— On vous les rapportera dès demain, monsieur Meyer. Cela nous sera très utile.

— Je veux voir mon fils, gémit-il encore.

— On s'en occupe, monsieur Meyer. Je vous promets qu'on fait tout ce qu'on peut.

Je ne lui dis pas bonne nuit, il se rendormait déjà.

*

* *

— Tiens, voilà les clés. Vous allez pouvoir faire la perquise.

— Parfait. Je lance le séquençage et je rentre. Je reviendrai dans la soirée.

— Voulez-vous que je vous ramène après avoir déposé Mme Claes ? proposa Victor.

Ménard hésita :

— Non, c'est bon. Je ne sais pas dans combien de temps je sortirai.

— Je peux aussi rapporter ces clés, qui ont l'air importantes, et revenir vous chercher. Après tout, c'est mon boulot.

Ménard appela Jumet :

— Si tu veux, Victor peut t'apporter les clés en urgence.

— OK, dis-lui de les livrer directement à la discothèque.

— Parfait. Vous pouvez y aller, Victor. Fred et Théo vous attendront à la discothèque, chez Meyer's.

— Il faut que j'y aille, dis-je. Lambert va s'énerver.

— Ne vous inquiétez pas. Vous y serez dans une minute.

J'arrivai finalement devant la morgue. Personne au bureau, ils étaient déjà en salle d'autopsie. Je m'équipai en vitesse et entrai. Lambert m'accueillit avec un « Enfin ! » révélateur. Florent Bertin ne me regarda même pas.

— Bonjour, Jean, bonjour, docteur.

— Le docteur Bertin t'en veut, dit Lambert.

— Ah bon ?

— Vous trouverez sur mon bureau mes billets d'avion aller-retour pour Marrakech, dit Bertin d'un air pincé. C'est bien ça que vous vouliez ? Non contente de mettre mon interne en garde à vue, vous me soupçonnez, maintenant, et je dois produire un alibi !

Il allait falloir être patiente et diplomate.

— Tous les personnels masculins en rapport plus ou moins direct avec l'enquête ont dû fournir leur ADN cet après-midi. Vous n'étiez pas présent au moment des meurtres, mais j'avais besoin, ainsi que mes collègues, d'en avoir la preuve. La situation est trop grave pour ménager les ego. J'aimerais éviter une sixième victime. Vous aussi, je suppose ?

Il se radoucit :

— Cela va de soi. Je...

— On n'en parle plus. Merci pour les billets.

— Maintenant que vous avez réglé vos comptes, on peut commencer ? demanda Lambert.

— Oui.

Les examens externes avaient été effectués. Jules Meyer paraissait encore plus chétif sur la table en acier.

— Soixante kilos pour un mètre soixante-dix, précisa Lambert, saisissant mon regard. Une plume, pour le tueur.

L'autopsie se déroula suivant les règles habituelles. Comme les autres, Jules avait été bâillonné et avait pris quelques coups, notamment, dans ce cas-ci, sur la nuque. Il présentait aussi des ecchymoses. Il avait des cicatrices de sodomie, ce qui n'avait rien d'étonnant, mais pas de marques récentes de pénétration anale. La trépanation avait eu lieu ante mortem et la castration post mortem. Pour le reste, c'était un garçon en bonne santé qui, dans des circonstances normales, aurait pu vivre vieux. Le destin en avait décidé autrement. Il avait croisé la mauvaise personne.

— Vous avez trouvé le sexe de ce jeune homme ? demanda Lambert.

— Non. On ne sait toujours pas où le meurtrier agit. Il doit garder ses trophées dans sa planque.

— Ce n'est pas bon signe, il y aura une prochaine victime. Sans doute une femme...

*
* *

Fred était passablement énervé. Cela faisait près d'une heure qu'il attendait Victor devant le Meyer's en compagnie de Théo. Enfin, ce dernier arriva.

— Désolé. Un accident sur la rocade, les deux voies étaient bloquées. Malgré le gyro et la sirène, avant de pouvoir emprunter la bande d'arrêt d'urgence, il a fallu du temps.

— Pas grave, dit Jumet en pensant le contraire.

Son téléphone sonna. C'était Ménard. Il mit le haut-parleur pour que Théo puisse profiter des nouvelles. Par discrétion, Victor recula de quelques pas.

— Les premiers séquençages de l'ADN de Marc ne correspondent en rien à celui trouvé sur Chloé. Sans attendre le résultat final, je peux t'assurer que ce n'est pas lui.

Théo poussa un soupir de soulagement.

— Je le savais !

Ménard annonça :

— Je rentre.

— OK. Je t'envoie Victor, il est juste à côté de moi. Laura en a certainement encore pour une bonne heure. Nous, nous allons visionner les bandes des caméras de surveillance de la boîte. On se retrouvera à l'hôtel de police.

— Je peux attendre.

Victor fit signe qu'il partait de suite.

— Non, c'est bon. On vient te chercher.

Victor démarra. Il fallait qu'il ramène le scientifique avant d'aller récupérer Laura. C'était important pour lui.

24

J'étais restée discuter un peu avec Lambert. Ménard avait communiqué ses conclusions. Nous savions maintenant que Marc n'était pas le tueur.

Lambert estima :

— Il faut faire l'analyse ADN de chaque prélèvement.

— Tu te rends compte de ce que ça va coûter ?

— Je crois bien. Mais si la fille du proc se faisait enlever, il n'aurait pas de scrupule à tester toute la population ! On parle de vie humaine. Chacune a de la valeur.

— Pas toujours, malheureusement, dis-je en pensant aux infortunés qui allaient se faire tuer à la guerre pour l'idéologie de certains dirigeants. Bon, il faut que je rentre. Il est tard.

— Qu'allez-vous faire ? demanda le légiste.

— Visionner les bandes de vidéosurveillance du Meyer's. Jules a bien dû être repéré quelque part. La discothèque semble l'endroit idéal. Demain matin, on réquisitionnera celles du quartier, s'il y en a. Si Jules a été kidnappé en sortant de la boîte, on aura peut-être quelque chose.

— OK.

— Tu veux que je te ramène au poste ? Je suppose que tu vas dormir sur place ce soir.

— Oui. Il est trop tard pour faire trois heures de route et je n'en ai pas envie ! C'est gentil de proposer de me raccompagner, mais j'ai ma propre voiture. Comme ça, je repartirai demain dès que je serai prêt.

— Comme tu veux. Sinon, Victor doit m'attendre. Il a livré les clés de la boîte de nuit et ramené Ménard. Je ne veux pas le faire patienter plus longtemps.

— Bonne nuit, Laura. Ou plutôt bon courage. Les visionnages risquent d'être fastidieux.

— Salut, Jean. À demain.

Lorsque je sortis de la morgue, le temps était clément. La dépression était passée. La lune quasiment pleine et l'éclat de quelques étoiles jouait à cache-cache avec les nuages d'un ciel de traîne. J'espérai que cette lune ne rendrait pas le tueur encore plus actif. Il est bien connu, dans les hôpitaux psychiatriques, que les nuits de pleine lune les malades sont toujours plus agités que la normale. J'avais pu le vérifier à mes débuts, lors de précédentes enquêtes[1].

Je trouvai Victor adossé à la 5008. Il avait l'air pensif et fumait une cigarette, qu'il jeta dès qu'il me vit.

— Pardon.

— Y a pas de mal. Dites-moi, ça n'a pas l'air d'aller, vous.

— Un peu de fatigue. Rien de grave, dit-il en ouvrant d'office la portière arrière.

1. Voir *Scalpées dans la Baie*, déjà cité.

Ce n'était pas son habitude. Je montais devant ou à l'arrière, mais jamais il n'avait eu cette attitude servile les fois précédentes.

Je ne voulus pas le vexer par un refus et m'assis sans commentaire. Il referma la portière et s'installa au volant.

— On va où ?

— À l'hôtel de police. Après, je vous libère. Si on doit ressortir, on se débrouillera.

Il tenait un spray, sans doute pour rafraîchir son haleine de fumeur.

— Désolé, dit-il en se retournant.

Je compris, mais trop tard. Je tentai de me rejeter le plus loin possible en arrière, mais le nuage pulvérisé m'atteignit alors que je posais la main sur la poignée pour m'éjecter hors de la voiture.

Je plongeai dans un monde à part.

*

* *

J'avais l'impression de flotter à côté de mon corps. Mes idées n'étaient pas claires. Je savais que j'avais respiré de la drogue, trop peu pour être complètement amorphe, mais j'étais cependant incapable de réagir physiquement.

Fred ! Il fallait lui dire ! Un réflexe inconscient, l'instinct de survie sans doute, fit que j'essayai d'attraper mon sac posé à côté de moi sur la banquette. Je devais juste prendre mon téléphone et appuyer sur une seule touche, celle qui mettrait Fred en alerte.

— Pas de ça, Laura, dit Victor en me subtilisant mon sac et en le balançant par la vitre de sa portière. On va se promener, tous les deux.

Il m'envoya une autre giclée de son spray. Cette fois, je perdis conscience.

*

* *

Une fois récupéré l'ordinateur du Meyer's, Fred et Théo rentrèrent à l'hôtel de police pour un visionnage sur grand écran. Les images seraient plus claires et, s'il y avait quelqu'un à repérer, ce serait plus facile, de même que pour les captures d'écran et les tirages de photos, si nécessaire.

Ils étaient installés dans la salle de réunion quand Ménard fit son apparition.

— Déjà ? s'étonna Fred. Il n'y avait pas un accident sur la route ?

— Non, je n'ai rien vu. C'était peut-être dégagé.

Jumet tiqua. Un accident grave ne se déblaie pas en une heure à peine.

— C'est Victor qui t'a ramené ?

— Oui, il est reparti chercher Laura.

Par acquit de conscience, Fred appela sa collègue. Elle ne répondit pas. Inquiet, il contacta la morgue. Une jeune femme décrocha.

— Mme Claes ? Elle est encore en salle d'autopsie avec le docteur Lambert.

— Dites-lui de me téléphoner quand elle sortira.

Il ne pouvait pas savoir que la technicienne avait fini son service. Elle partit en oubliant de laisser le message.

*

* *

Après plus d'une heure de visionnage infructueux, Théo, qui semblait somnoler sur sa chaise, se leva brusquement.

— Au bar, là. Ce type m'est familier. Sa silhouette, grand, fort, mais surtout sa façon de se tenir...

— Agrandis, demanda Fred à Joël.

L'homme tournait le dos à la caméra.

— Zoome. Il va bien finir par se retourner.

Il le fit quand une hôtesse vint parler à l'inconnu.

— C'est Victor ! s'exclama Théo, consterné.

Fred ne fit qu'un bond vers son téléphone.

La morgue ne répondait plus.

Il appela sur le portable de Laura, la boule au ventre. Il serait toujours temps de clarifier les choses après. En attendant, il ne fallait pas qu'elle monte dans cette voiture.

*

* *

Jean Lambert sortit de la morgue une demi-heure plus tard. Il se dirigeait vers sa voiture quand un objet attira son attention.

— Qu'est-ce que c'est que ça ?

Un sac à main, bleu avec une chaînette, traînait par terre.

Il le ramassa avec un mauvais pressentiment. Ce sac lui faisait penser à celui de Laura. L'aurait-elle laissé tomber en montant dans la voiture ? C'était étrange. Ce n'était pas son genre. Il hésita à l'ouvrir. Un homme aussi bien éduqué que lui n'avait pas pour habitude de fouiller dans les affaires d'une femme. Mais là...

Il l'ouvrit, soupira devant le bazar commun à tous les sacs de femmes, mais ce qui l'inquiéta le plus fut la présence du Samsung. Même distraite, Laura ne serait pas partie sans son téléphone.

Elle avait bien précisé que Victor l'attendait, se remémora-t-il. Si tout allait bien, elle devait être arrivée au poste de police. Peut-être avait-elle simplement laissé tomber son sac.

Il allait appeler Jumet lorsque le doute s'insinua en lui. À moins que... Victor pouvait-il être celui qu'ils recherchaient ? Un homme travaillant pour la police, pouvant être au courant de l'évolution de l'enquête... Victor était discret, invisible et serviable...

Le téléphone de Laura vibra dans son sac.

Lambert s'en empara.

C'était Fred Jumet.

Lambert redouta le pire.

*

* *

Laura s'était effondrée sur le siège arrière. Il s'arrêta dans un coin désert en dehors du périmètre de l'hôpital et la cala contre la portière. Quelqu'un la voyant de l'extérieur pourrait croire qu'elle dormait. Il se posa ensuite la question de savoir par où entrer dans la zone du port pour rejoindre ce qu'il appelait pompeusement son « labo ». S'il passait par la clôture démontée, il craignait de tomber sur une des rondes mises en place. C'était risqué. Il pouvait aussi passer par l'entrée officielle, pariant sur le fait que le gardien ne contrôlerait pas une voiture de police. Cela ne marcherait que si la nouvelle de l'enlèvement n'était pas encore relayée. Il misa sur ce cas de figure. Si l'alerte avait déjà été donnée, la radio de bord branchée sur les fréquences de la police diffuserait des messages, or pour l'instant ce qu'il captait n'avait rien à voir avec la disparition de la jeune femme. Ce n'étaient qu'accidents et bagarres dans les quartiers mal famés de la ville. Rien d'inquiétant pour lui.

Si jamais le gardien posait trop de questions, il pourrait toujours lui envoyer un jet de son spray. C'était terriblement efficace, cependant le contenant se vidait... Bientôt, il ne pourrait plus compter sur le souffle du dragon.

Il se présenta à l'entrée du port, gyro en action. Il n'eut même pas à donner un coup de sirène. La barrière s'ouvrit. Il était dans la place.

Il allait pouvoir tenter son ultime expérience.

*

* *

Lucien Jean était encore de service cette nuit, et toujours seul. Son collègue, souffrant d'une lombalgie aiguë, n'était pas revenu. Lucien avait donc décidé d'en faire le moins possible. Il avait appris par les camarades de jour qu'une fouille systématique avait eu lieu à Casse 2000, sans succès, et que des rondes de police continueraient jusqu'à ce que l'affaire du tueur soit résolue. Aussi, il ne s'étonna pas quand une 5008 aux couleurs de la police se présenta à l'entrée. Il actionna l'ouverture. Le conducteur lui fit un petit signe de remerciement à travers la vitre avant de démarrer en trombe. Il lui sembla distinguer une silhouette à l'arrière, mais la personne paraissait dormir. Eh bien ! Ils n'étaient pas près d'arrêter le tueur si le personnel dormait au boulot ! Heureusement qu'il n'en faisait pas autant !

*

* *

Victor se dirigea, serein, vers la gare désaffectée et, comme la veille, conduisit la voiture dans le hangar. Ni vu ni connu, il pouvait se livrer en toute quiétude à sa dernière expérience, du moins ici au Havre. Une fois en Amérique latine, il dénicherait bien des individus que personne ne réclamerait pour s'adonner à de nouveaux tests. De la même manière qu'il l'avait fait ici au début, d'ailleurs. En réalité, il désespérait de trouver une solution pour sa pauvre maman quand, lors d'une visite impromptue au MuMa, il avait vu le tableau d'Il Todeschini. Une révélation ! Il s'était organisé, s'était fourni en drogue pour capturer ses futures victimes. Ça marchait d'enfer ! Il avait commencé sur des personnes seules, indigentes qui, selon lui, n'avaient rien à perdre. Lorsqu'elles mouraient, il les chargeait sur son petit bateau de pêche en alu et allait les balancer en pleine mer. Il y avait toujours un risque que la marée les ramène sur la côte, mais ce n'était arrivé qu'une fois. L'enquête avait conclu à un accident. C'est ainsi qu'il s'en était pris à Renato. Le jeune homme voyageait seul et il était tombé dessus par hasard. Encore un que personne ne réclamerait. Renato était un trans. Cela sautait aux yeux, ce qui avait confronté Victor à ses propres démons. Le diable était lâché. Il avait alors décidé d'offrir à ce garçon ce qu'il avait toujours désiré : être une femme. Un beau cadeau. Le dernier. Pour les autres, tout avait été relativement facile. Aujourd'hui, les trans ne se cachent plus. Il fallait juste les repérer sur les sites dédiés, les suivre et les attraper dès que c'était possible. Un jeu d'enfant.

C'est avec un peu de nostalgie et tout à ses pensées qu'il se dirigea vers son conteneur. Il voulut l'ouvrir, mais la poignée résista. Pourtant, la nuit précédente, cela marchait ! Il tira de toutes ses forces, sans succès. La barre, tordue au départ, ne s'était pas remise en place correctement, empêchant le mouvement nécessaire à l'ouverture. Il jura. Son matériel était à l'intérieur et Laura n'allait pas tarder à reprendre conscience. Il fallait l'immobiliser, et vite. Elle gémit et tenta de s'extirper de sa torpeur lorsqu'il la sortit de la voiture.

Il avisa une chaise rouillée et de vieilles cordes dans un coin du hangar. Il allait la ligoter là-dessus. Il se méfiait d'elle. C'était une flique et, qui plus est, une flique entraînée. Quand il l'avait récupérée à l'aéroport, elle rentrait d'un stage auprès du FBI aux États-Unis. Il la saucissonna sur la chaise. Il chercha de quoi la bâillonner dans le coffre. Ici, elle pouvait toujours crier, personne ne l'entendrait, mais il valait mieux être prudent. Il jura, il ne trouva que son Scotch et se rappela qu'il avait utilisé le reste de tissu pour Jules. Tant pis, il s'en contenterait, et d'une claque si elle braillait. Pendant qu'elle était encore inconsciente, il retourna tenter une nouvelle fois d'ouvrir son conteneur.

*

* *

Lambert avait décroché le téléphone de Laura tout en sachant déjà au fond de lui que Laura avait été kidnappée par le tueur. Et maintenant ce tueur avait un nom : Victor.

— Jean ? avait demandé Jumet. C'est toi ? Où est Laura ?

— Je crains le pire, Fred. Victor devait la ramener. Elle n'est pas arrivée ?

— Non, sinon je ne l'appellerais pas !

La voix de Jumet suintait l'inquiétude.

— Elle m'a quitté il y a une demi-heure à peu près. La voiture est partie, mais j'ai trouvé son sac sur le parking, expliqua Lambert.

— Alors c'est lui. Il l'a enlevée, dit Fred, la voix cassée. Elle n'aurait pas abandonné son sac comme ça. Elle n'a même pas son arme ! Elle ne la prend jamais pour aller aux autopsies.

Joël vint en ligne :

— On a formellement identifié Victor sur les bandes de vidéosurveillance de la boîte de nuit.

Théo lança derrière :

— On va perquisitionner chez lui. On aura peut-être un indice pour savoir où il se cache.

Ménard, qui s'en voulait de ne pas avoir attendu Laura à l'hôpital, annonça :

— Je récupère son prélèvement ADN et je file au labo pour confirmer.

— De mon côté, je reprends des recherches sur les corps, proposa Lambert. Je trouverai peut-être un indice qui nous aurait échappé jusqu'ici.

Il n'y croyait pas beaucoup, mais il ne pouvait pas rester à ne rien faire. Laura, c'était sa fille de cœur. Il fallait la sortir de là à tout prix.

*

* *

Fred Jumet était hors de lui. Il ne pouvait pas imaginer Laura aux mains du tueur. Pas elle. Surtout pas elle.

Il se força à rester calme et à réagir en professionnel :

— Trouvez-moi tout ce que vous pouvez sur ce Victor, ordonna-t-il aux M&M's. Je veux tout savoir, de sa naissance à aujourd'hui. C'est un trans ? demanda-t-il à Théo.

— Je ne pense pas, en tout cas, je n'ai rien remarqué.

— Prends son adresse. On y va immédiatement, ordonna Jumet.

— À 22 heures passées, sans commission rogatoire ? C'est hors des clous.

— Tu te fiches de moi ? La vie de Laura est entre les mains de ce type. L'enlèvement est évident. C'est de la flagrance !

Puis, se tournant vers les M&M's :

— Sortez le proc de son lit. Mettez-le au jus. On n'a pas le temps d'attendre. C'est parti. Mettez des renforts en alerte, aussi. Dès qu'on aura une idée de l'endroit où il se planque, on débarque. On emmène une patrouille avec nous.

Maintenant, ils savaient qui était le tueur, en tout cas ils avaient de fortes présomptions. Mais cela ne leur disait pas où chercher. Malheureusement pour Laura.

Six minutes plus tard, Fred Jumet, une barre dans la poitrine, posa son doigt sur la sonnette de l'appartement de Victor Van den Broek, situé quai Guillaume-Le-Testu. Il ne relâcha la pression que lorsqu'une voix féminine un peu apeurée répondit à l'interphone.

— Police, madame. Ouvrez immédiatement. C'est extrêmement urgent.

— Mais... Mon mari n'est pas là. Il travaille pour la police. Il a eu un accident ?

— Ouvrez, madame. On vous expliquera tout.

— Troisième étage.

La porte s'ouvrit avec un chuintement et ils pénétrèrent dans un hall sans ascenseur. Les cinq policiers escaladèrent les trois étages quatre à quatre. Malgré leur entraînement de sportifs, ils étaient relativement essoufflés en se présentant devant la porte de Mme Van den Broek.

Elle était en peignoir, visiblement prête à aller se coucher. Une voix angoissée sortit d'une chambre située au fond du couloir qui partait sur la gauche :

— Maman ?

— Vous avez des enfants ?

— Des jumeaux, oui. Mais ils dormaient, avant que vous ne fassiez un boucan d'enfer, dit-elle avec une certaine animosité. Que voulez-vous ?

— Les enfants peuvent-ils aller quelque part immédiatement ? Nous devons perquisitionner votre appartement.

— Mais... Non. C'est impossible. Enfin, pour les enfants, oui, chez la voisine du premier, mais vous ne pouvez pas tout fouiller comme ça ! Vous avez un papier, comment on dit déjà...

— Une commission rogatoire. Elle arrive. Préparez vos gamins, on va les descendre. Ils n'ont pas à entendre ce que nous avons à vous dire.

— Victor... Il lui est arrivé quelque chose ?

Un des agents était allé sonner chez la voisine. Il revenait avec elle.

— Mélodie ! Qu'est-ce qui se passe ?

— Je ne sais pas.

Mélodie avait les larmes aux yeux. Cette incursion dans sa vie de femme au foyer était violente.

— Emmène les garçons, s'il te plaît. Je viens dès que je peux.

— Pas tout de suite, déclara Jumet. Quand nous aurons fini la perquisition, vous allez répondre à quelques questions. Si vos explications sont floues ou imprécises, vous nous accompagnerez à l'hôtel de police. Ne comptez pas sur elle tout de suite, dit-il en se tournant vers la voisine.

— C'est de l'abus de pouvoir ! protesta celle-ci.

— Une vie est en jeu, madame. Si mes méthodes ne vous conviennent pas, vous pouvez toujours porter plainte !

La voisine haussa les épaules et alla récupérer les enfants dans leur chambre. Ils avaient une dizaine d'années et se montrèrent curieux à la vue des brassards de police aux bras de ceux qui avaient envahi leur appartement.

— C'est comme dans les films !

— Allez-y, mes chéris, je viens vous chercher le plus vite possible, les rassura Mélodie en les embrassant.

— Maintenant que nous sommes seuls, vous allez répondre à quelques questions. Savez-vous où est votre mari ? demanda Jumet.

— Je n'en ai aucune idée. Il travaille. C'est à vous de savoir où il est !

— Avez-vous remarqué des différences dans son comportement ces derniers temps ?

Mélodie n'était pas tombée de la dernière pluie et avait une passion pour l'émission *Faites entrer l'accusé*[1].

— Vous ne pensez pas qu'il est coupable de quelque chose ?

1. Émission de la télévision française.

Elle hésita :

— De ces crimes horribles...

— Répondez à la question.

Sa voix se cassa :

— Il s'absente souvent la nuit, mais c'est pour son travail. Il est distrait, aussi.

— Plus qu'avant ?

— Oui, oui. Depuis trois semaines, c'est régulier. Sauf hier soir. Il a été adorable.

— Il a quitté l'appartement pendant la nuit ?

Elle hésita.

— Je dormais, mais quand je me suis réveillée, dans la nuit, il n'était plus là. Il m'a semblé l'entendre vers 6 heures, mais le temps que j'émerge et que je me lève, il était parti. Dites-moi que ce n'est pas vrai ! Il ne peut pas...

Bricart, qui perquisitionnait les chambres, appela :

— Fred, viens voir.

*

* *

— Attendez, madame. Ne bougez pas.

La fliquette qui faisait partie de la patrouille resta pour la surveiller. Si l'épouse de Victor était sa complice, un coup de fil est vite passé.

Fred entra dans la chambre des jumeaux et faillit se prendre les pieds dans le circuit d'un train électrique.

— Quoi ?

— Regarde ce train. Tu vois la locomotive, les wagons, mais aussi des wagons de fret qui portent des conteneurs.

Fred comprit l'idée. Mais c'était peut-être un peu léger pour lancer une descente. Il appela Mme Van den Broek :

— Ce train électrique, il appartient à vos enfants ?

— Oui, bien sûr. C'est mon mari qui leur a offert. Pourquoi ?

Il essaya de penser comme Laura. Peut-être que Victor, par l'intermédiaire de ce jouet, revivait ses fantasmes à la maison. Les jeux des enfants étaient un bon prétexte qui n'éveillait en rien l'attention.

— À l'origine, il comportait ce genre de wagons ? demanda-t-il en désignant les wagons de fret.

— Non. Les wagons s'achètent à part. Victor a toujours aimé les trains. Quand il était gamin, il avait un cousin cheminot qui parfois l'emmenait avec lui.

— Ce cousin, il travaillait au port ?

— Je crois, oui. Victor adore ce train. D'ailleurs, il passe du temps à jouer avec. Peut-être plus que les enfants.

— Merci, madame, retournez dans le salon.

— Laura y verrait un message, suggéra Bricart. Combien d'hommes adultes ont ce genre de jeu à la maison ?

Théo, qui était arrivé entre-temps, réfléchit à haute voix :

— Beaucoup de fret se faisait par train, il y a quelques années. Plus maintenant, le transport par camion est moins cher, bien qu'on ait tendance à y revenir pour l'écologie. Il existe forcément des terminaux au port où se trouvent encore des stations désaffectées.

— Avec des wagons et des conteneurs ? demanda Jumet.

Théo haussa les épaules.

— Aucune idée ! Mais c'est plausible. Avant qu'ils dégagent tout le matériel, il peut se passer du temps.

— On sait qu'il garde ses victimes dans un conteneur hors service, sûrement au port en raison de la salinité trouvée sur les corps. On fonce. Préviens un responsable pour qu'il nous guide vers ces stations désaffectées.

Il ne restait qu'à prier pour que l'idée de Bricart soit la bonne.

25

J'avais repris conscience avec un sérieux mal de tête. Ce n'était pas le plus grave. Je savais maintenant que j'étais aux mains du tueur. Si je ne réagissais pas, ma céphalée deviendrait le cadet de mes soucis.

Un morceau de Scotch me barrait la bouche, mais rien ne m'empêchait de déglutir normalement. Pour l'instant, j'avais évité le bâillon, et ma respiration, une fois calmée, pouvait se faire normalement. C'était en soi un soulagement. Je regardai autour de moi. La pièce où je me trouvais était plongée dans l'obscurité, éclairée seulement par de lointaines lumières extérieures qui provenaient du port. Car je n'en doutais pas un instant, j'étais au port. Mais où ? Nous avions fouillé Casse 2000 sans résultat et les autres conteneurs étaient utilisés tous les jours par les armateurs. On ne peut pas détenir quelqu'un dans un conteneur bourré de marchandises. D'ailleurs, je n'étais pas dans un conteneur. Même si je n'y voyais pas grand-chose, je sentais bien que j'étais dans un espace plus vaste où l'air passait sans difficulté. Mon côté claustrophobe aurait été en alerte si j'avais été enfermée dans un espace clos. Il y avait des odeurs de gasoil, de graisse, de ferraille, aussi.

Pour l'instant j'étais seule, et cela m'allait très bien. J'avais le temps de réfléchir et d'établir une stratégie pour sortir d'ici. Les autres allaient me rechercher, mais quand arriveraient-ils ? Je n'avais pas du tout envie de finir sous la lame d'une scie.

Sers-toi de ta tête et reste calme ! m'ordonnai-je.

Le calme est souvent ce qui permet aux flics en danger de s'en sortir. C'était ce qu'on m'avait enseigné à Quantico. Je ne pensais pas, alors, qu'à peine quelques jours plus tard je me trouverais dans une situation apparemment insoluble.

J'analysai la situation : j'étais dans un vaste espace, assise sur une chaise. Des cordes entouraient mon torse, emprisonnant mes bras, mais pas mes mains. Mes jambes et mes pieds étaient libres.

Par rapport aux autres victimes, c'était sans doute pour le tueur un pis-aller. Pour une raison ou pour une autre, il n'avait pas pu me mettre dans son conteneur et m'avait ligotée ainsi en attendant de pouvoir le faire. J'entendis des pas à l'extérieur et une lourde porte coulissa. Je compris que nous étions dans un hangar ou un garage. Cela allait se corser.

Victor, muni d'une puissante lampe torche, entra. On aurait dit un fantôme, avec la lumière qui lui éclairait seulement le bas du visage. Il était agité, mécontent, de toute évidence. Il tourna brutalement la lampe vers moi et je n'eus que le temps de fermer les yeux et de baisser la tête pour lui laisser penser que j'étais encore inconsciente, espérant ainsi gagner du temps.

La lumière changea de direction et je vis la voiture de police stationnée dans un coin reculé, loin de la porte maintenant ouverte. Victor ouvrit le coffre et fouilla. Il finit par sortir une barre métallique dont le bout ressemblait à un outil, une clé, sans doute pour desserrer les boulons des roues. Il la soupesa dans sa main, haussa les épaules et marmonna :

— Je vais essayer avec ça.

Après un dernier coup d'œil vers moi, aussi immobile qu'une statue, il ressortit.

Il semblait avoir un problème.

Je l'entendis s'éloigner, puis des coups résonnèrent dans la nuit. Il frappait sur quelque chose de métallique.

Continue, mon coco, pensai-je. Tu fais un boucan d'enfer, mais comme tu es obsédé, tu ne le réalises même pas !

Avec un peu de chance, ces coups répétés allaient alerter du monde.

Il était occupé, c'était le moment ou jamais pour moi d'essayer de m'en sortir.

Il m'avait pris mon sac, je n'avais pas d'arme, mais j'avais un petit truc en plus. Le stage à Quantico avait ses avantages !

On nous avait appris à créer dans la ceinture de nos jeans une poche oblongue, juste de quoi y glisser un petit cran d'arrêt. Si Victor m'avait fouillée pendant que j'étais inconsciente, il s'était sûrement arrêté aux poches, car je sentais le contact du précieux couteau contre mon ventre. Le tout était de le récupérer, de l'ouvrir sans le faire tomber et de parvenir à couper mes liens. Du sport en perspective.

Je commençai à me tortiller pour atteindre la précieuse poche. Heureusement pour moi, les cordes étaient vieilles et détendues et, même s'il avait pensé les serrer, elles avaient un minimum de jeu.

Au bout de nombreuses contorsions, ma main toucha enfin l'indispensable couteau.

Dehors, il y eut un juron et un cri de victoire.

Il n'allait pas tarder à revenir.

*

* *

Le directeur du port en personne attendait la Task et ses hommes dans le bureau de Lucien Jean, qui n'en revenait pas de toute cette agitation.

— Bonsoir, je suis Paul Lebon, allons dans le bureau à côté et essayons de cibler les zones susceptibles de vous intéresser.

Paul Lebon était un homme jeune et, malgré l'heure tardive et le fait qu'on l'ait certainement arraché à sa famille, il était tiré à quatre épingles.

— Fred Jumet, je suis le commandant de cette Task, voici Joël Bricart, mon adjoint, et Théo Delaunay, capitaine à la Crim' du Havre. Les collègues qui vous ont prévenu vous ont-ils bien expliqué la situation ?

— Parfaitement. Je tiens à vous préciser que Lucien, ici présent, a ouvert la barrière de sécurité à une voiture de police à 22 h 26 précises. Il pensait que cela faisait partie du dispositif mis en place la veille et n'a pas posé de questions. Il a cependant remarqué que la personne à l'arrière, il ne sait pas si c'est un homme ou une femme, semblait dormir.

Fred consulta sa montre. Il était maintenant 23 h 40. Qu'avait pu subir Laura pendant cette heure et demie ?

— Il n'est pas ressorti ?

— Non. Voici les plans du port. Vous recherchez des zones de fret ferroviaire désaffectées, si j'ai bien compris au téléphone ? C'est ça ?

— C'est ça, avec des conteneurs à l'abandon.

— Il y en a plusieurs. Les terminaux 7, 15 et 18 ont ce genre de structure.

— Cela fait beaucoup de possibilités, regretta Joël, on ne peut pas être partout à la fois. Si le suspect se rend compte que l'on fouille le secteur, il peut tuer Laura.

— J'y ai pensé, enfin pas comme ça, dit le directeur, je pensais qu'il pourrait prendre la fuite. Comme vous, mais aussi comme tout le monde ici, on veut l'attraper. J'ai réuni une vingtaine de dockers. Ils sont motivés, car la fille de l'un d'entre eux a été tuée par ce type.

— Bravo, vous arrivez à mobiliser plus de monde que nous !

— Question de personnel !

— On va organiser les trois descentes en simultané, décréta Jumet. S'il est bien là, Victor ne pourra pas nous échapper. Vous nous avez bien déblayé le terrain, on va gagner un temps précieux. Par contre, vous portez-vous garant de vos hommes ? Je préfère voir Victor Van den Broek devant un tribunal plutôt qu'au fond du port.

— Je les ai briefés. Après, une fois lâchés, je ne serai pas à côté d'eux.

— Mouais... De toute façon, on n'a pas le choix.

— Voici un talkie-walkie. Chaque équipe en aura un. Le premier qui le trouve ou qui a un doute prévient les autres. Pas la peine de continuer à chercher s'il est localisé, dit Paul Lebon.

— Vous êtes très organisé, admira Bricart. Si c'est une de vos équipes qui le localise, qu'ils n'interviennent pas. Je vous rappelle que Victor a un otage. On ne veut pas risquer la vie de notre collègue.

— Bien entendu. Quel terminal choisissez-vous ?

— Lequel est le plus lointain ? demanda Jumet. S'il y a une route derrière, c'est encore mieux, car avant que nous ne ciblions le port il ne rentrait certainement pas par l'entrée officielle. J'imagine des terrains vagues et une clôture qu'il aurait pu défoncer.

Paul Lebon réfléchit, les yeux posés sur la carte.

— Le 18 et le 15 sont les plus près d'ici. Ils donnent tous les deux sur des rails désaffectés. Actuellement, ces rails sont noyés dans des terrains vagues très humides qui étaient drainés avant, mais ce n'est plus le cas. J'imagine mal une voiture arriver par là. Elle risquerait de s'embourber.

— Et le 7 ?

— Il se trouve au bout des quais, entre le bassin Théophile-Ducrocq et le bassin Bellot.

— Le nom est prémonitoire, sourit Théo. C'est mon prénom !

— Les rails sont en place et le sol est sec. C'est le dernier point avant les trains de fret, qui partent aujourd'hui d'une gare plus lointaine et en activité. Votre homme peut ensuite rejoindre l'avenue Christophe-Colomb en passant par la route du Môle-Central. Là-derrière, il y a des petits chemins. Tout juste carrossables, mais c'est possible.

— On prend celui-là, décréta Jumet sans hésitation.

En sortant du bureau, ils trouvèrent une vingtaine d'hommes prêts à les seconder.

— Attention, les gars, pas de violence, insista Jumet en remarquant que certains étaient équipés de barres de fer. Si vous avez un doute, vous nous prévenez. Je vous rappelle qu'une vie est en jeu…

— C'est parti ! déclara Bricart en vérifiant son holster.

Paul Lebon accompagna l'équipe pour les diriger à travers les dédales du port. Sans son aide, ils n'auraient jamais trouvé. La voiture de Théo, suivie de deux voitures de patrouille, prit la direction du terminal 7.

*

* *

Ma main se crispa sur le couteau encore fermé quand Victor entra dans le hangar.

— Ah ! Vous êtes réveillée. C'est bien. Vous savez que vous êtes une petite futée, vous !

Je ne l'avais pourtant pas identifié. Je l'interrogeai du regard.

— Si, si. Je suis passé par le bureau, j'ai vu le tableau, pas mal. Mais, surtout, lorsque vous avez fait votre discours au commissaire, j'étais dans le couloir. J'ai tout entendu. Je sirotais tranquillement mon café. Si on m'avait posé des questions, j'aurais dit que je vous attendais et tout le monde aurait trouvé ça normal. Je ne suis qu'un chauffeur employé par la police comme contractuel et à votre service ! Bravo ! Vous m'avez bien cerné. La femme que j'aurais aimé être si j'avais pu vivre au grand jour mes fantasmes refoulés, et puis la trépanation. Vous avez pensé à rechercher quelqu'un, parmi les proches des policiers, atteint de démence. Vous avez soupçonné le malheureux Marc. Mais vous n'avez pas cherché de mon côté, je ne suis que contractuel, pas policier. Donc vous n'avez pas pensé à ma pauvre mère qui se meurt au fond d'une unité psychiatrique.

— Mmm.

— Pardon ? Ah oui. La mère ! Le gros problème des meurtriers. Mais la mienne était adorable. Elle était gentille avec moi, j'étais un enfant gâté. Pas de quoi faire de moi un tueur redoutable et redouté. C'est sa maladie qui m'a rendu fou. Je veux la sauver à tout prix.

Je ne pouvais pas m'exprimer, mais à mon avis ce garçon était lui-même atteint de démence précoce. Une dégénérescence d'origine génétique, peut-être. La maladie plus le transgenrisme refoulé avaient donné naissance à un monstre.

Il continuait :

— Mais ce que j'ai préféré, c'est votre couplet sur la tendresse et la compassion envers les victimes. C'était touchant et pas faux. Pour finir, je les aimais bien. Et votre tête, au musée, quand vous avez vu le légiste ! J'ai adoré ! C'est vrai que cette peinture m'a inspiré. Et là… comment vous dites, déjà ? Ah oui ! La lithotomie. Ça doit marcher, car le type sur le tableau, il a l'air bien vivant. Il faut juste que je m'entraîne encore un peu. D'ailleurs, on y va.

Le ton de sa voix changea et devint autoritaire :

— Je vais vous détacher et vous allez me suivre gentiment. À la moindre incartade, je vous fais respirer mon produit magique. Vous ne saurez même plus ce qui vous arrive ! Sachez que vous allez participer à l'évolution de la science. Soyez fière. C'est un honneur !

Ce type était complètement fou !

Une onde de panique me traversa. Je m'obligeai au calme et ne voulus retenir qu'une chose : il allait me détacher. Je serrai plus fort encore mon précieux couteau. Il ne fallait surtout pas qu'il se rende compte que je l'avais en main.

*

* *

Jumet ordonna de laisser les voitures à cinq cents mètres du terminal 7. Dans la nuit, le bruit des moteurs pouvait alerter Victor, même si en fond sonore on entendait les portiques de déchargement et les cavaliers au travail. La vie du port ne s'arrêtait jamais. Çà et là, des injonctions fusaient, trop lointaines pour être comprises.

— Vous, fermez les portières et attendez dans la voiture, ordonna-t-il à Paul Lebon.

Celui-ci approuva. Il n'avait d'ailleurs aucune envie de se frotter à un tueur dont on ne savait pas s'il était armé ou non.

La lueur des projecteurs en provenance des quais fit qu'ils purent avancer sans trop de difficulté jusqu'à la gare désaffectée. Ils arrivèrent face à un hangar. Juste à côté, un vieux wagon portait encore un conteneur dont la porte était ouverte. Il était plongé dans le noir, mais une lumière se déplaçait dans le hangar. Une de ces super lampes torches, imagina Fred. Des éclats de voix leur parvenaient. Une voix d'homme qui semblait soliloquer. Il eut beau tendre l'oreille, il n'entendit pas Laura. Pourvu qu'il ne soit pas trop tard.

Le talkie-walkie de Théo grésilla, au grand dam de Jumet. Il ne fallait pas gâcher l'effet de surprise !

— Groupe 1, RAS.

Jumet sortit son Sig Sauer et, par signes, indiqua aux hommes de se placer de chaque côté de la porte. Théo et Joël se joignirent à lui, l'arme à la main, tandis que les flics en uniforme se positionnaient de l'autre côté du battant. Eux aussi avaient sorti leur arme de service, dont ils ne s'étaient peut-être jamais servis, à part à l'entraînement. Jumet espéra qu'ils étaient adroits. Il ne s'agissait pas que Laura prenne une balle perdue.

Il décompta sur ses doigts, trois, deux, un, et donna le top.

Le spectacle qui les attendait à l'intérieur était ahurissant.

*

* *

Victor était fou, mais prudent. Il me passa une corde autour du cou qu'il serra avec un nœud coulant avant de détacher les liens qui me retenaient à la chaise.

— Maintenant, tu vas te lever gentiment. Marche devant et, en sortant, tu montes dans le conteneur. C'est un peu haut, mais il y a un marchepied. Si tu essaies de t'enfuir ou de crier, je tire sur la corde. Cela bloquera l'arrivée du sang au cerveau et tu tomberas dans les pommes, au risque de te pendre dans la chute ! C'est marrant, non ? Et n'oublie pas, j'ai toujours mon spray magique.

Il passait au tutoiement. C'était mauvais signe. Il avait perdu toute considération pour moi. Il allait vraiment devenir dangereux dans les minutes qui allaient suivre.

Il entreprit de me désaucissonner. Les liens glissèrent à terre tandis que la corde autour de mon cou se resserrait dangereusement. Je toussai sous le Scotch.

— Debout ! ordonna-t-il.

C'était le moment de saisir ma chance si je ne voulais pas finir trépanée.

J'appuyai sur le mécanisme de libération de la lame de mon couteau.

Il entendit le clic et recula brutalement, écourtant encore le lien qui m'étranglait. Au lieu de résister, je fis un bond en avant, me projetant sur lui, et lui plantai le couteau dans ce qui se présenta. Ce fut sa gorge.

Il me fixa, étonné, émit un gargouillis horrible tandis qu'un geyser de sang jaillissait sur moi. Il s'écroula sans lâcher la corde qui m'étouffait, m'entraînant dans un magma fait de nos deux corps couverts de sang.

J'étais au bord de l'inconscience.

Du tréfonds de mon cerveau, j'entendis :

— Police ! Lâchez-la !

*

* *

— J'ai cru que tu étais morte, soupira Fred. Tu m'as fait une de ces peurs.

— C'était son sang, pas le mien ! répondis-je d'une voix cassée par la pression de la corde sur ma trachée.

— Je ne pouvais pas le savoir !

Les secours arrivèrent. J'eus la surprise de trouver Lambert dans l'ambulance qui venait me chercher.

— Je vais bien, opposai-je, n'ayant aucune envie de finir ma nuit à l'hôpital. J'ai juste besoin d'une bonne douche et de changer de vêtements.

— Peut-être, mais tu es en état de choc. En plus, tu as inhalé de la drogue et sans doute absorbé des gouttelettes de sang de cet individu dont on ignore tout de l'état de santé. Je t'emmène et ne discute pas, ordonna-t-il. Je vais m'occuper personnellement de toi.

— Je ne suis pas morte !

— Heureusement ! Allons-y !

Le fourgon mortuaire arrivait. Victor, que j'avais poignardé au niveau de la carotide, s'était vidé de son sang en quelques secondes. C'est tout juste s'il s'était vu mourir. Une fin presque trop douce par rapport à ce qu'il avait fait subir à ses victimes.

— Au moins, il ne finira pas à l'asile avec une chance d'en sortir un jour, dit Bricart, lui aussi visiblement très inquiet à mon sujet.

— Je reste pour les constats, m'expliqua Jumet. Ménard arrive, et Pasquier le rejoint. Les prélèvements dans la voiture, le conteneur et le hangar prendront des heures. On va avoir l'IGPN sur le dos, mais ne t'en fais pas, la légitime défense ne fait aucun doute. Cela va prendre un peu de temps, mais je te rejoins à l'hôpital dès que possible.

— Ne préviens pas Serge. Il va se faire un sang d'encre pour rien.

— Tu es sûre ?

— Oui.

— Comme tu veux.

— Je l'appellerai. Si je lui parle moi-même, il sera rassuré.

— OK.

— Il faut y aller, décida Lambert.

Les brancardiers m'allongèrent sur la civière. La tête me tournait un peu malgré tout mon désir de me montrer vaillante.

À Monod, on m'attribua une chambre individuelle, ce que j'appréciai. Lambert fit tous les prélèvements possibles et imaginables sur moi, puis récupéra mes vêtements tandis que j'enfilais une blouse d'hôpital.

Il hésita à me poser la question fatidique :

— Il ne t'a pas touchée ?

— Non ! Il n'a pas eu le temps. Fred est arrivé avant que Victor ne me fasse subir les pires outrages.

— Il me semble que tu t'en es très bien sortie toute seule !

— C'est un coup de bol. Si je l'avais raté, il m'emmenait dans le conteneur, et là, si l'équipe n'était pas arrivée…

Je n'osais imaginer la suite.

Lambert me donna le feu vert pour prendre une bonne douche une fois les prélèvements effectués. Jamais l'eau qui coulait sur mon corps meurtri ne m'avait paru aussi agréable. Le liquide souillé qui s'évacuait dans la bonde emportait Victor et ses fantasmes morbides dans un autre monde.

Avant de sortir, Jean me rendit mon sac.

— Je crois que c'est à toi. J'ai fait tous les prélèvements dessus. Fred est d'accord pour que je te le rende.

— Merci.

Après son départ et malgré l'heure tardive, j'appelai mon mari. Un peu de réconfort me ferait du bien.

Épilogue

J'avais dormi comme un bébé. Les restes de drogue dans mon organisme plus le calmant imposé par Lambert, qui craignait que je ne fasse des cauchemars, y étaient sûrement pour quelque chose. Dès 6 heures, comme toujours dans les hôpitaux, une infirmière entra dans ma chambre pour prendre ma température et ma tension. En ouvrant les yeux, je vis Fred, affalé dans le fauteuil visiteur, qui dormait du sommeil du juste. Je ne l'avais pas entendu arriver. Je supposai qu'il n'avait pas voulu me laisser seule au cas où j'aurais passé une mauvaise nuit. C'était touchant.

Il ouvrit des yeux vagues en entendant la porte se refermer.

— Laura ? Tu vas bien ?

— J'aurais volontiers dormi un peu plus, mais, oui, je vais bien. En réalité je n'ai aucune blessure. Ma gorge est encore irritée, mais j'ai eu les médicaments pour calmer la douleur. Par contre, toi, tu as l'air crevé !

— Pour cause. Je suis arrivé ici vers 4 heures, et encore parce que Joël m'a conseillé de te rejoindre et qu'il pouvait finir le travail sans moi. Après ton départ en ambulance, le proc et le commissaire ont débarqué. J'ai cru que le proc allait faire un malaise devant la quantité de sang. Il y en avait partout !

— C'est normal, dis-je. Si elle est sectionnée, une blessure à la carotide provoque des giclées de sang qui jaillissent à chaque pulsation cardiaque et qui peuvent faire des jets jusqu'à quinze centimètres. Donc, forcément, il y en a dans toutes les directions. En trente secondes, Victor était mort.

— Là, tu ne m'apprends rien. J'ai déjà eu l'occasion de voir ça. N'empêche, c'est impressionnant, surtout pour quelqu'un qui n'est pas habitué aux scènes de crimes violentes. Pour le reste, Pasquier et Ménard sont toujours au boulot. Lambert va faire l'autopsie de Victor cette après-midi, bien que les causes de la mort soient évidentes. Mais il nous faut un rapport officiel, comme dans chaque enquête criminelle. On aura besoin de ta déposition, aussi, car, tu t'en doutes, l'IGPN va mettre son nez là-dedans. Aujourd'hui, les flics qui tuent des délinquants sont toujours soupçonnés d'abus de pouvoir. Le temps de l'enquête, ils peuvent être mis en garde à vue…

— Qu'est-ce que tu es en train d'essayer de me dire, là ? demandai-je, sur mes gardes tout à coup.

— Rien qui te concernera, je m'en occupe personnellement. J'ai parlé au procureur. S'il le faut, j'appellerai le ministre lui-même. Après tout, c'est lui le grand patron direct de la TASK. Pour l'instant, tu n'es pas suspendue. Mais c'est pour ça qu'il faut être carré. Si la veuve Van den Broek porte plainte, il va falloir se défendre pied à pied, et l'IGPN exigera ta suspension le temps de l'enquête.

J'étais outrée. Victor n'avait pas seulement tué cinq personnes, il les avait littéralement massacrées. Sans compter ce qu'il m'avait fait et ses intentions à mon égard. Et c'est moi qui serais inculpée ? Un cauchemar !

Je ne dis rien de plus, un peu sonnée. Fred s'en alla quand on vint me chercher pour des examens.

— Je vais prendre une douche. Appelle-moi si tu veux rentrer. Je viendrai te chercher.

— Merci.

Il me posa un baiser sur la joue.

— Tu m'as fait vraiment peur, tu sais.

*

* *

La matinée se passa en examens divers, les résultats étaient bons. J'étais juste un peu fatiguée, mais quoi de plus normal après une soirée aussi agitée ?

Lambert se présenta à midi, une boîte de pizza à la main.

— Tiens, je t'ai apporté ça. J'ai cru comprendre que tu n'apprécies pas la nourriture des hôpitaux. Bien dormi ?

— Trop peu, mais ça va. Je vais retourner à l'hôtel de police. J'ai un rapport à faire.

Je lui résumai les craintes de Jumet.

— Tu as fait l'autopsie de Victor ?

— Je m'y mets cette après-midi avec Bertin. Je crois qu'Enzo Robert sera là aussi. Il veut voir le cerveau d'un grand malade, même s'il n'y a sans doute pas grand-chose à voir. C'est psychiatrique, pas physique.

— Qui sera l'OPJ ?

— Je ne sais pas encore. Pas toi, en tout cas, tu es trop impliquée.

— Bien sûr.

— J'ai aussi apporté la presse. Pour les Havrais, tu es une héroïne !

Les journaux étaient dithyrambiques. Ils me présentaient comme une héroïne qui avait débarrassé la ville d'un tueur qui la terrorisait, et ce, au péril de sa vie.

— L'opinion publique compte, dit Lambert. Je serais étonné que l'IGPN te charge. Il faudra juste un peu de patience, tout cela se résorbera.

*

* *

Je rentrai à l'hôtel de police dans l'après-midi. Jumet était venu me chercher, comme prévu.

— Tu as de la visite, m'annonça-t-il avec précaution. Je te préviens, les bœufs-carottes sont déjà là. Ils m'ont cuisiné dès leur arrivée, puisque je suis ton supérieur direct. Bien entendu, je t'ai défendue bec et ongles, tout comme Joël et Théo. Tes états de service irréprochables et le nombre de vies que tu as sauvées dans ta carrière plaident pour toi. Pour le moment ils étudient le dossier et interrogent les collègues. Après ce sera ton tour. J'ai prévenu le syndicat. Un de leurs représentants sera là pour t'assister. Toute l'équipe témoignera en ta faveur. Ils recevront aussi Mme Van den Broek. La suite dépendra d'elle.

Lorsque j'arrivai dans les bureaux, je fus accueillie par une salve d'applaudissements. Au moins, les collègues étaient de mon côté. Cela faisait chaud au cœur. Seuls deux hommes se tenaient en retrait de l'enthousiasme général. Je n'eus pas besoin de demander qui ils étaient, c'était évident.

Juste après ces chaleureuses retrouvailles, ils me convoquèrent dans le bureau de Théo, mis à leur disposition.

— Commandant Giraud et lieutenant Aubry, IGPN. Nous aimerions connaître votre version des faits qui se sont déroulés cette nuit.

Un autre homme était assis face au bureau. La trentaine, plutôt beau gosse, il se présenta :

— Philippe Roche, représentant de votre syndicat.

Je m'exécutai. L'entretien dura presque deux heures, jusqu'à ce que Théo frappe à la porte.

— Mme Van den Broek est là.

— Très bien, nous allons la recevoir. Madame Claes, vous pouvez disposer.

Je la croisai dans le couloir. Elle était seule. Apparemment, elle ne s'était pas fait accompagner d'un avocat.

En me voyant, elle s'arrêta.

— C'est vous qui avez tué mon mari ? demanda-t-elle.

Elle était calme. Son attitude ne trahissait pas une femme dévastée par le chagrin, contrairement à ce à quoi je m'attendais.

J'opinai.

— Je suis désolée, madame. Ce n'était pas mon intention. J'aurais préféré qu'il aille en prison pour les meurtres qu'il a commis.

— Ne le soyez pas. Ces derniers temps, il devenait fou. Il m'a fait vivre l'enfer, me dit-elle en retroussant sa manche et me montrant d'énormes bleus. J'ai bien essayé de le séduire comme avant, mais ce n'était pas une réussite. Il me faisait peur, par moments. Il aurait fini de la même manière que sa mère...

— Madame Van den Broek ! Ne parlez pas avec Mme Claes, ordonna une voix sortant du bureau. Entrez !

Elle s'éclipsa en me jetant un dernier regard.

Je retournai dans la salle de réunion, où les autres m'attendaient.

— Comment ça s'est passé ?

Ce fut Roche qui répondit à ma place :

— Bien. Ils n'ont rien contre elle, c'est manifestement de la légitime défense.

Une autre heure passa, qui me parut une éternité.

Je fus à nouveau convoquée dans le bureau. Roche et Jumet m'emboîtèrent le pas.

— Je ne te laisse pas seule ! S'il le faut, j'ai encore quelques arguments, précisa Jumet.

Les deux policiers de l'IGPN, consultant leurs notes, maintinrent le suspense par un silence qui s'éternisa.

— Bien, finit par dire Giraud. Tous les témoignages sont en votre faveur, y compris, ce qui est étonnant, celui de la veuve. Elle ne porte pas plainte. Vous n'êtes donc pas suspendue et pouvez reprendre vos fonctions dès maintenant. Votre arme de service vous sera rendue. Je compte sur vous, commandant Jumet, pour nous remettre un double complet du dossier, afin que nous puissions classer l'affaire.

Un énorme poids s'envola de ma poitrine. L'enquête était close.

En sortant, je reçus un coup de fil de Lambert. Je mis le haut-parleur afin que mes collègues puissent entendre ses conclusions.

— Alors ?

— Tout va bien, je suis blanchie.

— Il ne pouvait pas en être autrement. L'autopsie de Victor est terminée, il est bien mort d'une exsanguination massive due à sa blessure à la carotide. J'ai quand même constaté un début de tumeur au cerveau, ce qui a sans doute précipité sa folie. Il en serait mort en six mois maximum. Tu peux tourner la page. D'une certaine façon, tu lui as évité des souffrances, même si lui n'a épargné personne.

— Dieu seul sait combien d'autres victimes il aurait pu faire en six mois, observa Joël. À raison d'une par semaine, cela fait du monde.

— Oui, la ville a échappé au massacre. Bien, il est déjà tard. On va s'accorder un moment de détente. Ce soir, je vous invite tous à boire un verre au Bout du Monde ! déclara Fred. C'est un endroit réputé à Sainte-Adresse. Il paraît que les tapas y sont excellentes et la vue magnifique. Tu pourras enfin me raconter les détails de ton stage. On est tous impatients de savoir comment cela s'est passé.

Le Bout du Monde était un endroit convivial d'où nous pûmes admirer le magnifique coucher d'un soleil enfin revenu. Je crus même distinguer le fameux rayon vert qui apparaît quelques micro-secondes quand le soleil plonge dans la mer. C'était magnifique et apaisant.

Ensuite, nous allâmes faire un tour au casino. Nous nous laissâmes aller à jouer sur des machines émettant des sons de jeux vidéo. Plus de pièces dégringolant dans un joli cliquetis donnant l'impression d'avoir fait fortune, mais des cartes et une simple musique signalant les gagnants. C'était presque frustrant !

Lorsque ma machine afficha trois chats en même temps et que retentit la sirène du vainqueur, Fred sauta de joie pour moi !

— Bravo, Laura. Tu as remporté le jackpot !

— C'est vrai, mais ce soir ma vraie victoire, c'est d'avoir sauvé des vies en éliminant un tueur. Et cela, ça n'a pas de prix.

Remerciements

Je tiens tout particulièrement à remercier mes éditeurs, Édith Leblond et Renaud Leblond, qui ont cru en moi en m'apportant leur confiance et leur soutien indéfectibles. Merci aussi à Grégoire Garsenguel, interlocuteur toujours disponible, à Catherine de Larouzière, qui pour moi a traversé Paris à la recherche d'un colis perdu mais tellement important ! À David Pairé, et à Bruno Barbette pour son aide précieuse. Merci à toute l'équipe de XO pour sa mobilisation afin de donner toutes ses chances à cet ouvrage.

Merci aussi à Nathalie Théry, éditrice, pour ses conseils et son soutien.

Merci à Rodolphe Geisler, journaliste au *Figaro*, pour la mise en avant de mon travail et son soutien tout au long de l'aventure.

Merci à mes premiers lecteurs, Sylvie Jouny, Bruno Moutard et Christine Duteurtre, à ceux qui, par leurs connaissances de la police, de la médecine légale, des méthodes de sauvetage ou des armes, m'ont permis d'éviter des erreurs techniques : commandant Dominique Dubus, du commissariat de Granville, docteure Delphine Colussi, Pascal Sciberras, instructeur mécanicien opérateur de bord à la Sécurité civile, Loïc Roiesnel, conseiller technique départemental des sauveteurs spécialisés héliportés, chef d'unité plongeurs et chef de garde, ainsi que mon époux, Daniel Mousselet, ancien policier et pilote d'hélicoptère à la Sécurité civile, ayant travaillé aux bases du Havre et de Granville.

Merci enfin à ceux sans qui rien ne serait possible, les libraires, les organisateurs de salons du livre et les lecteurs toujours enthousiastes.

Un grand merci aussi à l'équipe de Pocket, Bénédicte Gimenez, Perrine Brehon et leurs collègues, qui donnent une nouvelle vie aux titres déjà existants.

Dans l'attente d'avoir le plaisir de vous rencontrer et d'échanger lors d'une prochaine dédicace.

À très vite pour une nouvelle enquête de Laura Claes !

Composition et mise en pages
Nord Compo à Villeneuve-d'Ascq

Soucieuses de la préservation de l'environnement, les Éditions XO utilisent du papier issu de forêts gérées de manière responsable.

Impression réalisée par CPI BUSSIÈRE
Saint-Amand-Montrond (Cher), en avril 2025

N° d'édition : 5410/01 - N° d'impression : 2084464
Dépôt légal : mai 2025

Imprimé en France